Osez doublement

Double Dare

La Série Dare Ménage (The Dare Ménage Series)
Tome 1

Jeanne St. James

Traduction par
Literary Queens

Pour ne rien rater de ses actualités et de ses parutions, consultez son site web www.jeannestjames.com ou inscrivez-vous à sa newsletter (Seulement en anglais) : http://www.jeannestjames.com/newslettersignup

Liens d'auteur : Instagram * Facebook * Goodreads Author Page * Newsletter * Jeanne's Readers Group * BookBub * TikTok * YouTube

La Série Dare Ménage
The Dare Ménage Series

Osez doublement (livre 1)
Proposition osée (livre 2)
Osez être trois (livre 3)
Un désir osé (livre 4)
Oser s'abandonner (livre 5)
Un voyage audacieux (livre 6)

Chapitre Un

Logan Reed glissa un doigt dans le col de sa chemise blanche et tira. Il avait vraiment besoin d'air, bordel !

Qu'est-ce qu'il foutait ici de toute façon ?

Alors qu'il observait l'église, une goutte de sueur perla sur son front. Sa respiration était devenue irrégulière et saccadée. Il allait faire de l'hyperventilation juste là et s'évanouir, se ridiculisant devant tout le monde.

En sursautant, il réalisa qu'un des placeurs lui parlait.

— Quoi ?

— Le marié ou la mariée ?

Le marié ou la mariée ? Est-ce qu'il ressemblait à une mariée ?

Tout ce qu'il voulait faire, c'était enlever sa chemise rigide, sa cravate asphyxiante et sa veste étouffante, puis enfiler un jean usé et un de ses t-shirts confortables, s'affaler dans son canapé, mettre ses pieds sur la table basse et descendre une bonne bière fraîche.

Quel fantasme !

Mais il était là, debout dans un costume de pingouin au

milieu d'une église, sur le point d'être expédié en enfer à tout moment. Il soupira longuement pour calmer son cœur battant la chamade.

Logan fixa le placeur confus. Malheureusement, il comprenait ce sentiment.

— Aucun des deux.

— Ça va ?

Logan s'était juré de ne plus jamais faire ça. De ne jamais plus remettre les pieds dans une église.

Il se rappela qu'il était ici uniquement pour observer. Il n'avait pas à participer. Mais ça n'aida pas. Quelqu'un qui comptait autant de péchés que Logan devrait être banni des endroits religieux. Ça devrait être une loi. Mais ce n'était pas le cas.

Putain ! Il devait se ressaisir. C'était un mariage, pas une crucifixion.

Il avait promis à sa sœur qu'il serait là. Et même si Logan était un pêcheur, il respectait sa parole. Toujours.

Le placeur éclaircit sa gorge.

— Mec...

Logan cloua d'un regard noir le jeune au visage à présent rougit et dégoulinant de sueur, et dont le costume paraissait deux fois trop grand.

— Mec ?

Il observa la pomme d'Adam de l'adolescent sautiller plusieurs fois avant qu'il sente un *souffle* d'air près de lui et que quelqu'un attrape son coude. Fermement.

— Logan ! C'est sympa d'être arrivé à l'heure.

La voix féminine était chantante et délicieusement sirupeuse. Le genre de voix qui en disait bien plus avec le ton qu'avec les mots.

Logan se tourna pour voir sa sœur. Il dut baisser les yeux, car elle faisait presque trente centimètres de moins que lui.

— Hé, Demi-Portion. Tu tombes bien.

La petite brunette lui fit un sourire crispé.

— Je vois ça, répondit-elle en pivotant vers le placeur. On est avec la mariée, dit-elle gentiment. On va s'installer tous seuls. Merci.

Le placeur sembla soulagé et Logan se sentit presque mal. Presque.

La poigne sur son coude s'accentua, et sans prévenir, sa sœur l'entraîna dans l'allée centrale, vers un des bancs sur la gauche.

— *Assieds-toi,* dit Paige au travers de dents serrées, bien qu'un grand sourire arborait son visage.

Il s'assit.

Elle lissa sa robe et la glissa de manière raffinée sous ses fesses en s'asseyant sur le banc à côté de lui.

— Bordel, Demi-Portion ! C'est quoi le problème, bon sang ?

Logan regarda sa façade se fissurer.

— Logan, t'es dans une église, bon sang ! Ce n'est pas le meilleur endroit pour ce genre de langage. Et si tu continues, je vais devoir changer de banc pour ne pas être envoyée en enfer avec toi.

Elle lissa sa coiffure et fit un sourire d'excuse au couple de vieux les scrutant, bouche bée, de l'autre côté de l'allée.

— Hé, je ne voulais pas venir d'abord.

— Je t'ai demandé une faveur...

— Une ? Hum. Tu dois avoir la mémoire courte.

— OK, OK. Arrête ! Crois-moi, j'apprécie ta venue.

— Et les remerciements que j'obtiens, c'est un bleu au coude ?

— Désolée, j'ai bien cru que ce gars allait se pisser dessus.

— Eh ben, merde... il m'a dit *mec.*

— Oh ouais... c'est bien pire que *Demi-Portion.*

— Je pensais que t'aimais ce surnom…

Paige lui donna un coup de coude dans le ventre avant qu'il puisse dire autre chose.

La marche nuptiale commença et les doubles portes s'ouvrirent pour faire place à la mariée.

Sa sœur lui en devait une belle.

Quinn Preston s'étouffa presque avec sa Tequila Sunrise quand son amie la heurta dans les côtes.

— Aïe.

Elle retint sa gorgée et évita de la renverser sur son affreuse robe de demoiselle d'honneur. Ouais… ça aurait été dommage de ruiner une belle robe mal fagotée en taffetas rose dégueulasse. Elle ressemblait à une pastille de Spasfon. La mariée avait dit qu'elle pourrait la reporter. Comme pour une soirée cocktail. Ou peut-être à son propre enterrement. *Ouais, bien sûr… Personne de sain d'esprit ne voudrait se faire inhumer dans ce truc.*

Ruiner la robe n'aurait pas été une grosse perte, mais son verre oui. Elle buvait des Sunrises pour deux raisons : se sentir bien et être saoule.

Lana lui donna un autre coup de coude.

— Tu vois ça ? demanda-t-elle en faisant un signe de tête vers le fond de la pièce.

— Quoi ?

Quinn s'en foutait de ce qui excitait Lana. Elle voulait juste en finir avec cette journée. Elle en avait marre de regarder l'heureux couple. Elle était fatiguée de se coller un faux sourire pour le photographe. Et elle en avait vraiment sa claque d'écouter les félicitations mièvres. Tant de choses qu'elle n'aurait jamais… le mariage, l'époux, le bonheur nuptial. Quelque chose que ses parents ne manquaient jamais de lui rappeler. Surtout maintenant qu'elle avait la trentaine. Et qu'elle était célibataire. Encore.

— Pas quoi. Qui.

— Hein ?

Elle aspira sur la petite paille fragile que le barman lui avait mise dans son verre. C'était peu probable qu'il en sorte quelque chose. Elle était peut-être juste conçue pour touiller. Elle la retira donc et la jeta sur le bar. Elle avait vraiment besoin d'une de ces géantes pailles qui venaient avec ces boissons gelées chic.

— Lui. Là-bas.

Lana attrapa Quinn par les épaules et la retourna pour voir ce qui avait attiré l'attention de son amie.

— Oh, lui.

Elle prit une grande gorgée de son punch, bien qu'il n'y eût pas une once de punch dedans. Enfin, pas celui aux fruits.

— Ouais. Lui.

Lana insista sur *lui* comme si elle suçait une cerise au sirop et en savourait la sucrosité sur sa langue.

Quinn regarda à la va-vite. Les hommes étaient sur sa liste noire en ce moment. Elle s'en fichait qu'ils soient sexy. L'alcool fort dans sa main était la seule compagnie dont elle avait besoin. Elle sourit à son verre, meilleur rencard qu'elle avait depuis une éternité.

Une deuxième tâche floue de taffetas rose tournoya jusqu'à elle, à bout de souffle.

— Seigneur, Louise ! T'as vu ce beau gosse ?

Paula, une autre victime du style cauchemardesque de ce mariage, était toute rouge et avait une goutte de sueur qui dévalait ses joues d'écureuil.

— Vous pensez qu'il est célibataire ?

Quinn haussa une épaule et se retourna vers le bar. Ça avait déjà été suffisant quand ces trois-là avaient dû se tenir les unes à côté des autres à l'autel, puis pendant la séance photo épuisante, suivies par l'interminable dîner à la table d'honneur. Tout ça empaquetées dans cette horrible écume rose. Mais c'était fini maintenant. Elles avaient fait leur devoir pour leur amie Gina. Il n'y avait aucune raison qu'elles restent là, à donner l'impression que quelqu'un avait vomi des pastilles de Spasfon.

Elle s'appuya sur le bar et demanda l'heure au barman un peu mignon. Quand il répondit qu'il était six heures, elle serra les dents. Ils n'étaient à la réception que depuis une heure. Il était bien trop tôt pour se barrer.

Merde.

Avec un soupir, elle se retourna vers ses amies. Celles-ci reluquaient toujours le beau mec de l'autre côté de la salle.

— Je me demande s'il aime les femmes avec un peu de viande sur les os, souffla Paula.

Un peu de viande ? Elle ouvrit la bouche pour corriger son amie, mais la ferma rapidement. Paula n'avait pas besoin de subir les frais de sa pitoyable humeur.

— Quinn, je parie qu'il te ferait oublier Peanut.

Quinn grimaça et but une autre grande gorgée de son verre. Elle adorait la saveur et la sensation acidulées sur sa langue. Et puis, elle essayait d'oublier Peanut. D'ailleurs, elle détestait le surnom que ses amies avaient trouvé pour son ancien copain, Peter. Une fois, elles l'avaient réellement appelé Peanut devant lui... par accident, bien sûr. *Évidemment*. Ça lui avait pris un moment pour oublier cet incident. Il n'avait plus apprécié ses amies par la suite.

D'un autre côté, ses amies n'avaient jamais supporté Peter, et ce, dès le début. Contrairement à ses parents, qui adoraient ce salaud. Sûrement plus qu'ils l'aimaient, elle.

— Ouais, Quinn ! Il te ferait probablement monter au septième ciel et tu oublierais ce crétin une fois pour toutes.

Quinn regarda Paula en fronçant les sourcils. Elle remarqua le collier de perles de son amie qui se perdait dans la peau de son cou. Les mains de Quinn allèrent automatiquement vers le sien pour toucher un collier similaire, un accessoire de leur stupide costume de cérémonie. *Argh !* Elle détestait les perles !

Elle détestait le taffetas. Elle détestait le rose. Elle détestait les robes à froufrous.

Elle but une autre grande gorgée de son verre.

Et elle détestait Peter. Ce connard.

Son cadeau pour la dernière Saint-Valentin n'avait pas été une bague de fiançailles. Oh non... après cinq longues années perdues à sortir avec ce con, il ne lui aurait pas offert une bague. Nan. À la place, il lui avait envoyé un SMS.

C'était tout.

Un stupide petit SMS. Deux misérables lignes.

Ça ne marche plus. J'ai trouvé quelqu'un d'autre.

Elle méritait plus que ça. Quelque chose de mieux. Après toutes ces années à ses côtés, loyale, à jouer la « gentille copine convenable ». Comme l'avait désiré Peter. Comme s'y étaient attendus ses parents. La copine que tout homme respectable voudrait avoir à son bras. N'est-ce pas ?

Pas même une excuse. Pas même une explication. Rien.

Et le jour suivant, FedEx avait livré un carton avec toutes les affaires qu'elle avait laissé à son appartement durant les cinq dernières années.

Quinn vida son verre et se retourna vers le bar, refusant d'écouter les jacasseries de ses amies sur M. Le Beau Gosse.

Un autre homme, il ne manquait plus que ça !

Elle fit glisser son verre sur le comptoir, et avant qu'elle puisse en commander un deuxième, une voix grave recouvrit la sienne.

— Le prochain est pour moi.

Crétin. Les boissons sont offertes. Elle pivota pour engueuler le mec et s'arrêta. Sa bouche s'ouvrit, mais aucun son ne s'en échappa.

— Vous ressemblez à un poisson sorti de l'eau avec la bouche ouverte comme ça.

Quand il sourit, les rides autour de ses yeux se plissèrent. Il était hâlé, un bronzage découlant d'activités au grand air. Pas un bronzage artificiel. Et il avait des yeux verts magnifiques. Bon sang ! Elle n'avait jamais vu un regard aussi beau chez un homme. Son nez était un peu courbé, comme s'il avait été cassé, et ça le rendait encore plus beau. Non. Pas beau. Il était... Il était...

Quinn ferma la bouche et déglutit. Il était tellement *imparfait* qu'il en était parfait. Ses cheveux étaient d'un marron foncé avec des reflets naturels, une autre preuve qu'il aimait le plein air. Ils étaient longs et tirés en une queue-de-cheval soignée.

Elle détestait les cheveux longs chez les hommes. Mais ça lui allait bien.

Il avait une barbe qui n'en était pas une, légèrement plus longue qu'une barbe de trois jours.

Pourtant, elle avait les poils du visage en horreur.

Il avait un cou puissant et musclé qui disparaissait dans une chemise rigide. Le col avait déjà été déboutonné, avec un deuxième bouton détaché. Le nœud de sa cravate était lâche et elle pendait en biais autour de son cou.

Les manches de sa chemise blanche raide étaient remontées jusqu'aux coudes, et ses avant-bras bronzés étaient recouverts de poils noirs. Ses mains...

Oh. La vache.

Ses mains étaient grandes. Des mains qui travaillaient. Pas douces et choyées, mais calleuses, épaisses et puissantes.

Capables. À même de faire toutes sortes de choses.

Les tétons de Quinn se durcirent sous le taffetas rêche.

Ses mains pouvaient faire toutes sortes de trucs coquins et obscènes.

Des choses que Peter n'avait jamais voulu faire...

Quinn arracha son regard et se retourna vers le bar, s'y accrochant pendant un instant pour reprendre son souffle. Elle attrapa son nouveau verre et avala une gorgée.

— Holà ! Doucement.

Pressant la boisson froide sur son front, elle tenta de se rafraîchir.

Elle devait aller changer sa culotte toute mouillée.

Elle pouvait sentir sa chaleur près d'elle, son corps telle une fournaise. Elle voulait planter ses mains sur son torse et confirmer à quel point son corps était chaud. Ses doigts frémirent autour de son verre.

— Tout va bien ?

Le timbre grave de sa voix foudroya son corps, trouvant son centre.

Quinn ne put que hocher la tête.

Posant sa paume sur son épaule nue, il la tourna pour qu'elle lui fît face. Il soutint son regard, ses lèvres s'élargissant en un sourire.

Ses lèvres. *Bon sang.* Des lèvres pareilles pourraient probablement lui faire toutes sortes de choses, à elle et avec elle. Des lèvres faites pour autre chose que les baisers...

— *Oui.*

Bon Dieu ! C'était le genre de oui qu'elle lâchait quand elle était en plein orgasme. Du moins, d'après ses souvenirs. Ça faisait si longtemps qu'elle n'avait pas joui... enfin, avec un partenaire.

L'excitation remonta le long de sa nuque alors qu'elle reculait, rompant le contact.

— Je... Je vais bien, assura-t-elle en éclaircissant sa gorge. Merci pour le verre.

Elle prit une autre gorgée avant de lever sa boisson pour le remercier.

— De rien.

Quand il rit, les genoux de Quinn se dérobèrent presque.

— Profites-en bien.

Il recula, puis s'arrêta. Néanmoins, il sembla se raviser et continua son chemin.

Quinn s'appuya contre le bar et laissa sortir un soupir tremblotant.

Soudain, ses amies l'encadrèrent des deux côtés. Elle avait été si distraite qu'elle n'avait même pas remarqué leur disparition.

— Quinn...

— Quinn !

— Oh. Mon. Dieu !

— Je t'avais dit qu'il était sexy !

— Oh ! J'aurais aimé ne pas être déjà mariée.

— J'aurais aimé qu'il apprécie les rondelettes.

Quinn fut incapable d'en supporter davantage. Elle leva les mains pour capituler.

— Arrêtez. Ça suffit.

— Mais Quinn...

— Mais rien, répondit Quinn à Paula.

— Tu vas le laisser partir ?

— Paula, il ne va nulle part. Malheureusement, je ne vais nulle part. On doit être là encore pendant deux heures... au moins.

— Est-ce que tu vas laisser Peter détruire le reste de ta

vie ? demanda Lana. Tous les hommes ne sont pas des connards comme lui.

Quinn s'étrangla de rire et prit une autre gorgée de son Sunrise.

— Pourquoi tu ne danses pas avec lui, au moins ?

— Non.

— Pourquoi pas ? insista Lana.

Pourquoi pas ? Parce que si elle le faisait, elle se retrouverait sur la piste de danse. Parce qu'elle finirait dans une flaque de sa sève vaginale. L'image dans sa tête la choqua. Elle, allongée sur la piste de danse, au milieu d'une foule, en proie à un orgasme. Entourée par tous les invités du mariage…

Le cocktail était plus fort que ce qu'elle pensait.

— Parce que personne ne danse encore.

— Bien sûr que si. Regarde.

Quinn jeta un œil vers la zone dégagée pour la danse. En effet, un groupe de gens s'y trouvait en train de se trémousser. Quinn avait été trop occupée par son verre pour le remarquer.

À première vue, certains participants sur la piste de danse avaient profité comme elle de l'open-bar. Même la mariée et son nouvel époux sautaient et se dandinaient au milieu de la foule.

Au moins, c'était un couple *heureux*.

Quinn prit une autre gorgée.

Lana la regarda en fronçant les sourcils.

— Tu vas boire toute la soirée ou tu vas faire un truc pour remédier à ta situation ?

— Ma situation ? Quelle situation ?

— T'envoyer en l'air.

Quinn jeta un œil par-dessus son épaule pour voir si le barman écoutait. C'était le cas. Il affichait un grand sourire. *Super…*

Le père de la mariée se présenta au bar et demanda un gin-tonic. Pendant qu'il attendait, il se tourna vers elles.

— Salut, les filles. Vous vous amusez ? Vous êtes belles dans ces robes. Ma femme les a choisies.

Oh, super ! Quinn devrait se souvenir de la gifl... remercier. Elle était impatiente d'arracher cet affreux truc qui la grattait.

Les trois femmes lui rendirent son sourire et mordirent leurs langues. Il finit enfin par s'éloigner, et Lana et Paula se remirent directement à la harceler. Heureusement qu'elles étaient ses amies.

— Aller... Un coup d'un soir te ferait du bien. Regarde-le.

— Je l'ai déjà regardé.

Bon sang... Elle savait que leurs intentions étaient bonnes, mais elles lui tapaient sur les nerfs.

— Ouais. Et on t'a aussi vue baver.

Elle n'avait pas salivé. Sa main alla automatiquement à sa bouche.

— Tu ne l'intéresses sûrement pas de toute façon, dit Paula.

— Ouais. Tu ne pourrais pas décrocher quelqu'un comme lui. T'attires les tocards comme Peter, ajouta Lana.

Si elles pensaient que la psychologie inversée allait fonctionner... eh bien, ce ne serait pas le cas.

— On dirait qu'il est avec Paige Reed de toute façon.

Le regard de Quinn se tourna vers le coin de la salle de réception où le grand type se tenait près d'une petite beauté aux cheveux noirs. Paige Reed. *Évidemment.*

— Je croyais que Paige sortait avec Connor Morgan, grommela Quinn.

Elle avait dû marmonner assez fort parce que Lana lui répondit.

— C'est le cas. Connor a dû retourner en Australie pour le boulot.

— Alors pourquoi elle est avec lui ? demanda Quinn.

Pourquoi était-elle si curieuse tout à coup ? Pourquoi s'en souciait-elle ?

Elle s'en fichait. Elle sirota son cocktail. Après un Sunrise et demi, elle commençait à se sentir bien pompette. Elle n'avait pas l'habitude de boire. Et quand elle le faisait, elle prenait généralement du vin, pas de l'alcool fort. Surtout pas un cocktail avec un spiritueux si costaud.

— C'est peut-être un escort, chuchota Paula d'un air exaspéré en se penchant vers elles.

Elle le dit comme si c'était un potin, puis rit.

C'était *peut-être* un escort.

Il valait sûrement chaque centime qu'elle le payait.

Il lui tournait à présent le dos, mais cela donna l'occasion à Quinn d'étudier la largeur de ses épaules dans cette chemise. Quand il bougea, le tissu fit des plis et se froissa avec ses muscles.

— Ce n'est pas un escort ! s'exclama Lana en tirant Quinn de ses pensées. C'est Logan Reed, le frère de Paige. Je ne l'ai pas vu depuis qu'on est gosses. Mon Dieu ! Comme il a grandi.

— Comme tu dis, confirma Paula. Quinn, je te défie d'aller lui demander de danser.

— Suis pas intéressée.

— Ouais, je te défie aussi de le faire, renchérit Lana. Fais pas ta mauviette !

Si elle était une mauviette, elle ne se serait pas montrée en public avec cette atrocité rose. Et les chaussures assorties lui bousillaient les pieds. La dernière chose qu'il lui fallait, c'était de danser. Elle finirait estropiée.

— C'est un double défi, tu sais, on est toutes les deux sûres que t'es pas chiche.

Merde ! Un défi. Maintenant, elle allait sans aucun doute le faire... ou pas.

— Vous êtes folles.

— Non, c'est toi qui l'es, si tu laisses passer cette occasion.

— Comment vous savez qu'il est libre ? leur demanda Quinn.

— Tu ne sauras pas avant de lui poser la question, dit Lana. Mais si je me souviens bien, sa femme l'a quitté il y a un moment. Il y a eu plein de rumeurs...

Elle avait aussi entendu plein de rumeurs sur elle et Peter. Mais ce n'étaient que des commérages. Elle n'y faisait pas attention.

— Action ou vérité ? hurla soudain Paula, ce qui fit sursauter Quinn.

Elle eut l'impression d'être à nouveau adolescente.

— Vérité, répondit rapidement Lana en sautillant sur ses pieds comme si elle avait quinze ans.

Seigneur... que quelqu'un mette fin à mon supplice !

— Est-ce que tu te rases ou tu t'épiles ? demanda Paula à Lana.

— Je me rase. OK, Quinn, à ton tour. Action ou vérité ?

Quinn ne participerait pas à ce jeu puéril. C'était stupide. Elle n'allait pas tomber dans ce piège évident.

— Vérité.

— Comment était Peter au lit ? l'interrogea Lana.

Mince. Elle n'allait pas répondre à cette question. Même éméchée comme elle l'était. Elle ne désirait pas se remémorer leur barbante vie sexuelle conservatrice. Et elle ne voulait assurément pas l'admettre ou en parler.

Il ne lui restait donc qu'une seule chose à faire.

Chapitre Deux

LOGAN FIT une nouvelle fois passer un doigt dans son col. Pourquoi ça lui donnait l'impression d'avoir un satané nœud coulant ?

Sa sœur était sur la piste de danse avec le mari de quelqu'un et elle s'éclatait. La femme avait bien sûr accordé sa bénédiction. Celle-ci, enceinte de huit mois, avait ses pieds installés sur une chaise de l'autre côté de la pièce. Elle souriait et incitait son mari à s'amuser pendant qu'elle se reposait.

Logan soupira et regarda sa montre. Il n'était que sept heures. Il baissa les yeux vers l'assiette devant lui. Il l'avait à peine touchée. Il ne voulait pas de daurade, ou quoi que ce fut. Il rêvait d'un gros steak juteux badigeonné d'une sauce BBQ relevée, avec une énorme patate dégoulinant de beurre et de crème fraîche. Ouais, ça, c'était un vrai repas ! Pas des brindilles d'asperges et un filet asséché de poisson. Il mangeait suffisamment ces merdes chez lui.

Jusqu'à maintenant, la nana du bar avait été le seul point positif de la soirée. La façon dont elle l'avait regardé l'avait durci instantanément. Il avait finalement dû se retourner et partir avant de la jeter sur le comptoir et de remonter son affreuse robe au-dessus de sa tête.

Il se serait pris une rouste par sa sœur pour avoir sauté une de ses amies sur le bar. En public.

Il attrapa un des paquets de dragées décorant la table et en mit un dans sa bouche. Il l'avala avec une gorgée de whisky-coca, la raison pour laquelle il s'était approché du bar.

Il pouvait probablement s'éclipser de la soirée, personne ne le remarquerait. Mais sa sœur lui en voudrait jusqu'à la fin de sa vie. Il avait fait les frais de sa colère dans le passé, et ce, à de nombreuses reprises. Ce n'était pas agréable.

En gros, soit il en bavait maintenant soit il souffrait plus tard. Et puis il était déjà là de toute façon...

Il regarda sa montre une nouvelle fois. 7:02. Il râla.

Quand il leva les yeux, il vit une image rose avancer vers lui d'un pas raide. Il se redressa un peu. Merde. La cause de son érection de tout à l'heure venait vers lui.

Elle semblait déterminée et elle tenait toujours son verre fermement, comme si c'était sa ligne de vie.

S'arrêtant juste devant lui, elle mit une main sur sa hanche.

— T'es Logan Reed ?

Oh merde...

— Oui ?

— T'es pas sûr ?

— Oh, si.

— Est-ce que tu baises quelqu'un en ce moment ?

— Là, tout de suite ?

Il regarda autour de lui pour voir si quelqu'un d'autre entendait cette conversation irréelle. Heureusement, personne ne faisait attention à eux.

— Non. Est-ce que ça va fâcher quelqu'un si je te propose de danser ?

— Euh. Non.

Eh bien, c'était une façon originale d'inviter quelqu'un à danser.

— C'est toujours ton deuxième ? demanda-t-il alors qu'elle plaçait son verre sur la table.

— Non, le troisième.

— C'est bien ce que je pensais.

Elle attrapa sa main et le tira, mais il était trop lourd pour qu'elle le hisse. Alors, il se déplia de la chaise pour la satisfaire.

— Est-ce que tu me proposes de danser ?

— Ça te pose un problème ?

— Non, pas du tout.

Il enlaça ses doigts dans les siens et la mena dans un coin de la piste. Heureusement pour lui, le DJ avait baissé les lumières et jouait une série de slows. Il pouvait danser sur ce genre de son. Aucune chance par contre qu'il se lance dans la danse des canards ou la file indienne. Il avait ses limites.

Alors que les grandes enceintes crachaient la lente musique larmoyante, Logan glissa ses mains autour de la taille de sa partenaire de danse. Ses doigts écartés se posèrent dans le creux de son dos. Le tissu de sa robe lui conférait une sensation horrible. Il se demandait pourquoi les femmes portaient des daubes pareilles et souffraient. La robe ne la mettait certainement pas en valeur.

Mais ce n'était pas l'enveloppe extérieure qui captivait Logan. C'était le prix qu'il trouvait à l'intérieur quand il était défait.

Il s'approcha un peu plus et attira ses hanches près des siennes. Il jura entendre un petit soupir. Il sourit contre les cheveux coiffés d'un châtain clair et se blottit plus près. Sous toute la laque, il surprit une odeur de fleurs des champs. Elle sentait bon.

— C'est quoi ton nom ? murmura-t-il dans sa crinière.

— Quoi ?

Elle tourna légèrement la tête et se retrouva lovée dans son cou. Ses lèvres, dont la forme lui rappelait la courbe d'un arc, étaient chaudes et douces. Il put détecter l'odeur fruitée des Sunrises dans son souffle.

Elle avait la taille normale d'une femme, et était donc un peu plus petite que lui. Il dut se pencher pour placer ses lèvres à son oreille.

— C'est quoi ton nom ?

Il perçut le frissonnement de son corps contre le sien, alors il traça le délicat lobe de son oreille avec le bout de sa langue. La caresse était assez légère, mais elle la sentit indéniablement. En réponse, elle arqua sensiblement son dos pour presser un peu plus ses hanches contre les siennes.

— Quinn, confia-t-elle finalement d'une voix fébrile.

— Quinn, répéta-t-il tout en décalant sa main dans le dos de celle-ci, jusqu'à la peau nue qui dépassait de sa robe.

Il passa la pulpe de son pouce sur l'étendue lisse de chair, puis sur sa colonne exposée, le remontant jusqu'à sa nuque pour capturer celle-ci dans sa paume. Son pouce continua de caresser sa peau le long de la veine de son cou.

Il se recula un peu et regarda son visage. Ses yeux étaient à demi clos, et ses lèvres étaient ouvertes. Ses bouffées étaient courtes et rapides.

Il eut du mal à retenir son envie de se plaquer contre elle. Si elle paraissait si belle dans cette immonde robe, il se demandait à quoi elle ressemblait avec des habits normaux. Ou sans vêtements tout court.

Ou juste des menottes.

Ses couilles se tendirent et il souffla longuement par le nez pour calmer son pouls.

— Quinn, est-ce que tu aimes le sexe ?

Il plaça sa joue contre la sienne et ils chaloupèrent sur la musique, leurs hanches et leurs cuisses se frottant les unes contre les autres.

— Parfois, répondit-elle après quelques battements de paupières.

— Pourquoi pas tout le temps ? chuchota-t-il à son oreille.

Elle haussa légèrement les épaules, et une de ses minuscules manches glissa un peu, exposant davantage sa chair laiteuse.

Logan effleura la peau lisse et délicate de sa clavicule avec ses lèvres. Quand il arriva à son épaule, il fit demi-tour et plaça un baiser dans le creux de son cou.

Il entendit un grognement. Il ignorait de qui il provenait. Elle ? Lui ? Il s'en fichait. Sa main dans le bas de son dos dériva encore, jusqu'au début de la courbe de ses fesses. Le tissu de la robe l'empêchait de sentir les détails, mais son imagination prit le relais.

La mélodie fit place à une autre, et ils ne firent plus attention aux couples qui dansaient autour d'eux.

Ses hanches suivaient une allure régulière de va-et-vient pendant que sa main dans le dos de Quinn la maintenait près de lui, en rythme.

Il était dur. Elle en était sans aucun doute consciente. Même avec les couches d'étoffe qui entouraient son abdomen, son ventre frottait contre sa longueur, titillant sa bite.

— Quel genre de sexe aimes-tu ? demanda-t-il d'une voix qui sembla grave et rauque à ses propres oreilles.

— Celui qui me fait jouir.

Logan gloussa contre sa tempe et glissa la main qu'il avait autour de son cou sur son épaule. Ses doigts effleurèrent sa peau. Il ne put s'empêcher de remarquer la chair de poule qui apparaissait subitement partout où il la touchait, ce qui voulait dire que ses tétons étaient probablement durs et devaient se languir de ses doigts et de sa bouche.

Sa robe glissa un peu et le décolleté révéla davantage sa poitrine. Le tissu était posé juste au sommet de ses seins, il put ainsi voir qu'elle ne portait pas de soutien-gorge. En fait, il crut apercevoir l'arête en forme de croissant d'un téton, même sous la faible lumière.

Il voulut plonger sa langue dans son décolleté.

— Quinn ?

— Hum ?

— Pourquoi tu m'as invité à danser ?

— Parce que mes amies...

Sa voix diminua.

— Tes amies ? insista-t-il.

— Mes amies m'ont lancé ce défi. Elles pensent que je suis une cause perdue en matière d'hommes.

— Ah.

— Je choisis toujours M. Mauvais.

— Est-ce que je suis censé être M. Parfait ? l'interrogea-t-il en frottant l'envers de ses phalanges au sommet de ses seins.

— Non. Juste M. Parfait, Là Tout De Suite.

Elle était directe et il se demanda si c'était simplement l'alcool qui parlait.

— Alors tu veux tout bonnement m'utiliser ?

— En gros.

Son audace faiblit, le décevant un peu.

— Mmmh, songea-t-il en levant ses sourcils. Et tu penses que je m'en moquerais ?

Il se pencha légèrement en arrière et baissa les yeux vers elle. Sa peau était une toile pour les lumières colorées qui se réfléchissaient sur la boule disco suspendue au-dessus de la piste de danse.

Elle évita son regard.

— C'est le cas ?

Logan se figea, interrompant soudainement leur danse.

— Est-ce que tu bois autant normalement ?

— Non.

— Tu ferais peut-être bien de décuver.

Il s'écarta et ses doigts se fermèrent en poings. Il pouvait aussi être direct.

— Je ne baise pas les nanas bourrées.

— Oh.

Et il l'abandonna sur la piste, titubante. Seulement, ce n'était pas la musique qui la faisait chanceler.

LE MONDE TOUCHAIT à sa fin.

OK, ce n'était pas vrai. C'était juste une impression. Quinn n'avait pas autant bu depuis la fac.

Devant la salle de réception, elle était assise sur le capot de son Infiniti. Elle avait arraché ses chaussures et les avait envoyées quelque part sur le parking. Bon débarras.

Elle déroulait simplement ses collants le long de ses cuisses, quand elle entendit des raclements de gorge. Elle tenta de reprendre son équilibre, mais il était trop tard. Elle tomba en arrière, tapant sa tête sur le pare-brise de sa voiture.

— Aïe. Sal... Saloperie !

Elle frotta son crâne et commença à retirer les pinces qui creusaient son cuir chevelu, les jetant au sol. Encore un rituel atroce pour les femmes, des coiffures irréalistes maintenues par des épingles en métal. Elle balança de toutes ses forces une attache qui rebondit sur la chaussée avec un *ding* décevant.

— Besoin d'aide ?

Étonnée, elle leva les yeux pour découvrir... c'était quoi son nom ? *Logan*... l'observer.

— Non, c'est bon... Je fais trèès bien... Veux pas de ton aide.

— Ouais, je vois ça.

Ses collants étaient toujours au milieu de ses cuisses, sa robe relevée à sa taille et la moitié de ses cheveux tombaient maintenant dans son visage. Elle ne serait pas dans cette situation si son amie ne s'était pas mariée. Tout était de la faute de Gina.

— Je déteste les mariages, marmonna-t-elle.

— Moi aussi.

— C'est juste un stupide ritou... rituel pour faire souffrir les gens.

— Je suis d'accord, dit-il alors que ses lèvres se déformaient avec un sourire.

— Je dois rentrer.

Elle se mit debout et chancela un peu. Elle fouilla dans une pochette rose assortie et sortit ses clés de voiture.

Il fut tout à coup près d'elle, attrapant sa main, dérobant les clés de ses doigts maladroits.

— Oh, non. Tu ne conduis pas dans cet état.

— Qui le dit ?

— Moi.

Elle fronça les sourcils et essaya de planter sa main sur sa hanche, mais la rata.

— É tu crooooois ête qui, heiiin ?

— Je suis celui avec lequel tu devais coucher pour relever le défi de tes amies.

Il jeta un coup d'œil derrière lui pour sonder les alentours, sa queue-de-cheval se drapant sur son épaule.

— Bref, où sont tes potes ? Elles ne devraient pas être là pour te ramener chez toi ?

Elle eut envie d'envelopper sa queue-de-cheval autour de sa main et tirer. À la place, Quinn s'appuya contre la calandre de sa voiture pour garder son équilibre.

— Elles chon parties y'a loooongtemps. J'leur ré dit qu'je rentrais vec toi.

— Ah bon ?

— Non, j'ai dit ça pour qu'elles m'prennent pas pour une tocarde.

— Pourquoi elles penseraient ça ?

— Parce que j'peux décrocher aucun bon mec.

— Et tu crois que je suis bon ? demanda-t-il en arquant un sourcil, attendant sa réponse.

— Non. Jutement. Pense q'té mauvais. Très mauvais.

— T'as bien raison.

Elle posa les mains sur l'avant de sa voiture pour se mettre sur ses jambes.

— Vois ? T'es troooop mauvais que t'es parfait.

Ce fut le dernier truc dont elle se souvint.

Logan rattrapa Quinn avant qu'elle tombe sur la chaussée la tête la première. Il grimaça. Il détestait les nanas bourrées.

Il ignorait pourquoi, mais il avait le sentiment que c'était un état exceptionnel pour elle.

Néanmoins, il devait faire quelque chose d'elle.

Il reposa le corps flasque de Quinn contre l'avant de son véhicule et la maintint avec son genou. Attrapant sa pochette... pochon, sac, qu'importe comment elles appelaient ça... et fouilla pour dénicher son portefeuille et son adresse.

Rien. Il ne trouva rien dans la besace, à part un tube de rouge à lèvres ! C'était quoi ce bordel ? C'était quoi l'intérêt de prendre ce truc stupide, alors ?

Les femmes !

Il balança les clés de voiture dans le sac en râlant et la souleva sur son épaule. Elle avait la tête vers le bas, sa robe drapée dessus, couvrant complètement son buste renversé. D'après ce qu'il pouvait voir, ça laissait une grande partie de son cul nu.

Il secoua la tête quand il remarqua les collants au milieu de ses cuisses. Et ses chaussures manquaient.

Pas son problème.

Du moment que les forces de l'ordre ne tombaient pas sur lui dans cette situation embarrassante, il était bon.

Il traversa le parking à grands pas vers sa Dodge Durango et ouvrit la porte arrière de la double cabine, côté passager. Il la jeta sur la banquette et claqua la porte.

Il envisagea de la déposer sur le palier de quelqu'un. Peut-être même celui de sa sœur. Ce serait une belle vengeance pour l'avoir traîné dans ce cauchemar. Mais il se ravisa.

Non. Il s'occuperait de la petite Quinn.

Ce serait avec plaisir.

Et sans doute pour elle aussi.

Chapitre Trois

QUINN GROGNA en sentant la terrible douleur dans sa tête. Le gémissement aigu n'aidait pas. D'où venait-il ?

Elle refusa d'ouvrir les yeux, car son lit lui donnait encore l'impression de bouger. Mais elle n'avait pas le choix. Elle devait stopper ce bruit pénible.

Elle traîna ses pieds dans les draps chauds et frotta son visage d'une main, puis la baissa pour gratter sa...

Les yeux de Quinn s'écarquillèrent d'horreur. Elle était nue. Elle ne dormait jamais à poil. Sa main dériva plus bas jusqu'à toucher les boucles élastiques au-dessus de son sexe. Sans conteste, elle était nue.

Et, mon Dieu ! Ce n'était pas non plus le plafond de sa chambre. Elle se redressa d'un coup et poussa un cri de surprise.

Ce n'était pas sa chambre ni celle de quelqu'un qu'elle connaissait.

Elle regarda autour d'elle. Les murs et le plafond étaient constitués de rondins. Des bûches lisses, lasurées et vernies. Le plancher était en bois, et il y avait une fenêtre au-dessus du lit. Elle plissa les yeux face à la lumière éblouissante du jour par la vitre.

Dans le coin, elle aperçut une pile de taffetas rose...

Oh merde !

Maintenant, elle s'en souvenait.

Le défi.

Elle était allée jusqu'au bout.

Non. Attendez. Il l'avait repoussée. Au moins, elle se rappelait cette partie.

Mince. Ses amies lui avaient peut-être lancé le défi de coucher avec un autre gars, et celui-ci avait accepté la proposition d'une bombasse comme elle, servie sur un plateau.

Oh, non... Ça pouvait être n'importe qui. Elle ferma les yeux et commença à faire l'inventaire de tous les célibataires à la réception. Ils avaient été peu nombreux. N'est-ce pas ?

Mince. Elle ferait mieux de ne pas être rentrée avec un mec marié. Elle allait tuer Lana et Paula. Pourquoi l'avaient-elles laissé faire ? Elles savaient que ce n'était pas son genre ces choses-là !

Elle chercha quelque chose pour la couvrir, mais tout ce qu'elle trouva fut son affreuse robe. Elle préférerait de loin être nue plutôt que de remettre ce truc. Elle aperçut une commode et, le drap enveloppé autour d'elle, Quinn alla ouvrir un des tiroirs. Des t-shirts. Noirs pour la plupart. Elle en attrapa un et l'agita pour constater la taille. Il était assez grand pour la masquer, et même un peu plus.

Maintenant, où étaient ses sous-vêtements ? Nulle part.

Il était hors de question qu'elle parte sans. Elle pouvait être dans la maison d'un psychopathe et elle devrait peut-être fuir à toute vitesse. Elle n'allait pas courir dehors le cul à l'air. Elle devait trouver un truc pour camoufler ses parties intimes.

Elle fouilla dans le tiroir suivant, sortit un caleçon d'homme et l'enfila. Il était bien trop grand, mais il la couvrait au moins comme un short. Plus ou moins. Si elle ignorait la vaste fente béante à l'avant.

Elle n'arrivait pas à croire qu'elle se retrouvait dans cette situation. Ça ne lui ressemblait pas du tout.

Idiote. Idiote. Idiote !

Elle alla vers la porte de l'immense chambre. Ce devait être la chambre principale, surtout avec un lit si spacieux. Elle ouvrit tout doucement la porte pour jeter un œil dehors. La voie était libre, le long couloir vide. Elle put voir de la lumière à l'autre bout. C'était peut-être sa chance de fuir.

Elle traversa le corridor sur la pointe des pieds et passa devant une salle de bain avec regret. Elle avait vraiment besoin de se soulager. Mais ça devrait attendre. Les priorités, se rappela-t-elle. Elle se faufila plus loin dans le couloir et réalisa que le bruit aigu avait cessé.

L'odeur de café fraîchement moulu flotta jusqu'à elle.

Elle entendit le cliquetis d'une poêle. Quelqu'un préparait le petit-déjeuner. Elle se douta bien que la prochaine ouverture du couloir donnerait sur la cuisine. Elle devrait donc passer en douce devant sans se faire prendre.

Mais la curiosité la dévorait. Avec qui avait-elle fini par rentrer hier soir ? Qu'avaient-ils fait ensemble ?

OK. Voulait-elle vraiment savoir ?

Elle se plaqua contre le mur, rongeant avec inquiétude l'ongle de son pouce, et regarda l'énorme cuisine par l'ouverture.

Elle eut le souffle coupé.

Logan Reed se tenait face au fourneau. Les lignes fermes de son dos bougèrent alors qu'il tripotait quelque chose devant lui. Elle fut fascinée par l'ondulation puissante des muscles sous la peau lisse et tannée par le soleil.

Sa voix grave la secoua de sa transe.

— Qu'est-ce que tu fais ? Entre et aide-moi.

Elle resta sans voix. Il n'avait même pas pris la peine de se retourner vers elle. Il savait simplement qu'elle était là.

Elle se redressa et avança dans l'embrasure de la porte. L'homme avait les pieds et le torse nus, un léger jean bleu usé entourait le bas de son corps.

Sa chatte pulsa et sa respiration devint irrégulière.

— Eh bien, viens. Ne reste pas plantée là.

Elle fit un pas hésitant dans la cuisine.

— Le café coule. Prends-toi une tasse.

Il pivota et Quinn mordit sa lèvre inférieure jusqu'au sang. Ses cheveux étaient détachés ce matin et encadraient son visage. Ils étaient assez longs pour frôler ses épaules.

Avait-elle dit qu'elle détestait les cheveux longs ? Oh, elle allait assurément devoir revoir ce point.

Son torse était bronzé et légèrement couvert de poils de ses pecs bien sculptés jusqu'à ses abdos... Oh, mon Dieu ! Il avait vraiment des abdos ! Ils disparaissaient dans son jean. Des veines flagrantes ressortaient de ses biceps puisque les muscles étaient prononcés. Et les tatouages...

Il avait une bande tribale qui encerclait son biceps gauche, et celui sur le droit ressemblait à un tigre blanc en position de traque. Oui, c'était un tigre blanc et il avait sûrement des yeux verts. Toutefois, elle ne le saurait pas avant de se rapprocher. *Si* elle se rapprochait.

Oh, elle voulait *tant* aller plus près.

Non ! Non, c'était faux.

Son téton droit était percé, ce qui la surprit. C'était la première fois qu'elle voyait un homme avec les tétons percés.

Jusqu'à maintenant.

— Jolie tenue. Les tasses sont dans le placard au-dessus du frigo.

Quinn se força à bouger, bien qu'avec raideur, pour attraper deux tasses dans le placard. Elle s'approcha à contrecœur de l'homme qu'elle voulait jeter sur la table de la cuisine et dévorer pour son petit-déjeuner.

Il l'avait repoussée hier soir. Qu'est-ce qui lui avait fait changer d'avis ?

— Il y a de l'aspirine sur la table pour ta gueule de bois.

— Merci, mais ça va, répondit-elle après s'être éclairci la gorge.

Il avait une boîte d'œufs sur le comptoir à côté de la cuisinière et il se retourna pour en casser quatre dans la poêle en fonte. Une autre première pour elle, de la vraie fonte. Elle n'avait jamais vu quelqu'un utiliser ce genre de matériel. Elle ne connaissait ce type d'objet qu'en décoration.

— Comment t'aimes tes œufs ?

— N'importe, sauf baveux.

— Assez simple, dit-il.

Son ventre était un peu nauséeux, mais les œufs sur le plat sentaient extrêmement bon. Elle regarda ses muscles se contracter quand il fit sauter les œufs dans la poêle.

— Il y a du jus dans le frigo si tu veux.

— Juste du café, répondit Quinn en secouant la tête.

— C'est prêt. Sers-toi.

Elle le fit, puis s'assit au grand billot de boucher, repliant ses jambes sous elle et tirant le t-shirt XL sur ses genoux.

Il déposa deux assiettes sur la table et sombra dans la chaise en face d'elle, ses yeux verts la clouant sur place.

— Vas-y, mange.

Elle arracha son regard du sien et suivit les lignes de ses épaules.

— Je n'ai pas vraiment faim.

— Tu devrais essayer de mettre un peu de nourriture solide dans ton estomac.

Elle resta silencieuse, mais fixa l'anneau en or qui dépassait du petit téton foncé de Logan.

Elle était tentée de ramper sous la table à quatre pattes et chatouiller le cercle avec sa langue. Elle eut la folle envie de l'aspirer dans sa bouche et sucer... Mais d'où venait cette idée, bordel ? Pourquoi elle penserait un truc pareil ? Elle n'avait jamais engagé le sexe. Jamais. Aucun de ses anciens amants, les deux qu'elle avait eus, ne lui avait donné *envie* d'initier leurs ébats amoureux. Surtout pas Peter.

Elle détourna les yeux et ramassa une fourchette pour prendre une bouchée d'œuf. Son estomac gargouilla et elle attrapa rapidement sa tasse pour avaler une longue gorgée de café noir. Elle se sentit un peu mieux.

— Rude nuit.

Quinn leva brusquement la tête et leurs yeux se croisèrent. Il arborait un petit sourire de filou. Elle dévia vite son regard et rougit.

— Qu'... Qu'est-ce qui s'est passé ?

— Tu ne te souviens pas ?

Elle ouvrit la bouche et leva à nouveau les yeux. Elle réalisa qu'il la taquinait et un éclair de soulagement la traversa.

— On n'a rien fait ?

— Je te l'ai dit, je ne baise pas les nanas bourrées.

— T'as une conscience, c'est ça ?

— Peut-être. Enfin, si je baise quelqu'un, je veux que ce soit plaisant pour les deux. Pour tout le monde.

— Tout le monde ?

— Ça dépend combien on est.

Quinn éclaircit sa gorge.

— Oh.

Son sourire s'agrandit, révélant ses dents blanches bien rangées. Il termina son repas avant de faire glisser à nouveau sa chaise sur le plancher. Après avoir déposé son assiette dans l'évier, il se tourna pour s'appuyer sur le comptoir et croisa les bras sur son torse.

Mince… même ses avant-bras étaient sexy.

— T'as fini ?

Elle acquiesça, incapable de répondre.

Il traversa la pièce pour attraper l'assiette de Quinn.

— Bien. Parce que tu t'es plus bourrée.

Il balança son assiette sur le comptoir, puis vint se placer derrière sa chaise. Le cœur de Quinn rata un battement avant de palpiter furieusement. Sa respiration devint saccadée et ses lèvres s'écartèrent légèrement.

— Tes cheveux sont bien mieux détachés.

La voix grave et chaleureuse de Logan envoya un frisson le long de sa colonne. Elle refusa de se retourner pour lui faire face. Elle se délectait d'ignorer ce qu'il faisait, ce qu'il regardait, la distance qui les séparait et ce qu'il allait faire ensuite. Ses tétons se durcirent et elle eut le souffle coupé. Elle n'avait jamais réalisé que la peur de l'inconnu pouvait être si stimulante.

— Les tiens aussi, sortit-elle avec difficulté.

Ses doigts se retroussèrent sur ses épaules, puis se frayèrent un chemin jusqu'à ses cheveux et massèrent son crâne.

Ses mains se serrèrent en poings, tirant ses cheveux d'une poigne ferme et renversant sa tête en arrière, la forçant à lever les yeux vers lui. Son cou était penché sur le dos de la chaise. Elle regarda ses yeux sérieux et eut peur.

Non. Elle n'était pas effrayée. Ça aurait dû être le cas, mais ce fut le contraire. À la place, elle fut émoustillée.

Un coin de sa bouche se leva et il lâcha un grognement.

— Qui a dit que tu pouvais fouiller dans mes tiroirs et emprunter mes affaires ?

Quinn ouvrit la bouche pour répondre. Mais elle fut incapable de former un mot. Elle ne savait pas quoi faire.

— Est-ce que tu avais la permission ?

Il donna un petit coup sec sur ses cheveux et elle râla.

Ça faisait mal. Mais mon Dieu, c'était bon. Comment c'était possible ?

— Non, chuchota-t-elle alors que sa respiration accélérait.

Quinn enveloppa ses mains autour de ses poignets, mais ne tenta pas de repousser Logan. De toute façon, ça aurait été vain. Il devait être trois fois plus fort qu'elle. Au moins.

— Comment oses-tu toucher quelque chose qui ne t'appartient pas ?

— Je ne sais pas...

Sa réponse fut contrainte, son cou était sous pression dans cette position et le sang se précipitait dans sa tête.

— C'est vrai, t'aimes les défis.

— Non.

— Si.

Sa poitrine se souleva et tomba rapidement sous le t-shirt bien froissé, ses tétons durs sous le coton.

— Est-ce que tu me défies de te faire payer ?

— Payer ?

— Oui, te punir comme ça...

Il enfouit sa tête dans son cou, éraflant sa gorge délicate avec ses dents, passant ses lèvres et sa langue à l'endroit où les dents s'étaient posées. Sa barbe était trop courte pour être douce. Elle donna l'impression du papier de verre contre sa peau.

Quand les doigts de Logan relâchèrent ses cheveux, elle attrapa ses biceps pour le repousser, mais elle l'attira plutôt. Il saisit le t-shirt à pleines mains et le remonta, puis le hissa au-dessus de sa tête, recouvrant son visage et exposant ses seins.

C'était la première fois qu'elle avait les yeux bandés. Elle inspira et le coton remplit sa bouche. Elle l'écarta avec sa langue et se força à se calmer suffisamment pour respirer par le nez. L'odeur de Logan était imprégnée dans le tissu et elle imagina sa bite lovée à l'endroit même de son caleçon où se trouvait actuellement sa chatte.

Ses tétons étaient durs et douloureux, et son sexe pulsait. Pourtant, il ne fit rien. Elle était assise dans sa cuisine, un t-shirt couvrant sa tête recourbée sur la chaise, et elle resta immobile.

Elle attendit comme ça.

Sa respiration était rapide et effrénée. Elle essaya de la calmer suffisamment pour entendre quelque chose, n'importe quoi. Elle n'y parvint pas. Son cœur tambourinait dans ses oreilles, ce qui n'aidait pas non plus.

Elle devrait bouger, partir, et non pas attendre comme une souris prête à se faire sauter dessus par le chat...

Elle en fut incapable. Elle ne voulait pas rater ce qu'il allait faire ensuite.

Elle reprit enfin sa respiration quand quelque chose effleura ses tétons. La pulpe de ses doigts décrivit des cercles autour des pointes dures. La caresse était légère. Duveteuse.

Elle gémit et arqua son dos, souhaitant qu'il...

Aille plus loin.

C'était jouissif d'être aveuglée, juste de sentir. D'ignorer ce qui allait se produire.

Il fit rouler gentiment ses deux tétons entre ses pouces et ses index. Quinn se tortilla sur sa chaise et enfonça ses doigts dans les bras de Logan. Il continua de plus en plus fort jusqu'à tordre les bosses dures et les tirer.

Quinn le maudit. Elle pesta contre elle-même, de réagir ainsi. D'apprécier un truc pareil. Sa tête lui criait qu'elle ne devrait pas. Répondre si vivement. Le désirer autant...

Elle serra les dents et frotta sa chatte sur l'assise ferme de la chaise. Elle voulait se soulager, mais elle souhaitait aussi que ça dure le plus longtemps possible.

Elle en désirait plus, plus de lui.

— *Plus.*

Elle ne reconnut même pas sa voix.

Une main relâcha son sein et glissa sur son ventre pour plonger dans le caleçon ample. Les doigts de Logan jouèrent avec ses poils pubiens humides, proches, mais évitant l'endroit où elle avait besoin de lui.

Toujours aveuglée, elle tâta ses bras puissants jusqu'à son torse et palpa ses tétons. Ils étaient aussi durs que les siens. Elle sourit dans l'obscurité du t-shirt.

Punition, mon cul.

Elle pinça les deux tétons de Logan et donna une petite pichenette hésitante sur l'anneau. Elle le sentit tressaillir. Elle ignorait qu'un petit bijou en or pouvait rendre son téton si réactif. L'anneau n'était pas une simple décoration, c'était une source de plaisir. Ou possiblement de douleur ?

Le doigt de Logan trouva son point chaud et elle oublia tout ce qu'elle faisait.

Il décrivit avec son pouce des cercles autour de son clitoris ferme et hypersensible, tout en écartant les lèvres de sa chatte avec son index et son majeur. Les hanches de Quinn bondirent. Elle le voulait en elle. Le membre lui importait peu, elle prendrait n'importe quoi... ses doigts, sa langue, sa bite. Le vide en elle avait absolument besoin d'être comblé. *Maintenant.*

Ses doigts jouèrent sur les lèvres de sa chatte et continuèrent de titiller son clitoris, maintenant un rythme qui l'incitait à balancer ses hanches en même temps.

— Putain ! lâcha Quinn entre ses dents serrées.

Les doigts épais de Logan trouvèrent la petite portion de peau entre son sexe et son anus, et la frottèrent. Il fit des va-et-vient, palpant occasionnellement son trou du cul, le poussant à se contracter, puis il retourna de nouveau au bord de sa chatte. Elle s'ouvrit d'ailleurs pour lui, le désirant, l'appelant.

— Je vais te baiser, murmura Logan.

Elle essaya de dégager sa tête. De retrouver la raison. Mais elle en fut incapable...

— OK.

— Pas quand tu veux. Quand moi je le souhaiterai.

— OK.

Son pouce plongea légèrement dans sa chatte et ses hanches firent un mouvement brusque vers l'avant pour le rejoindre.

— Patience, murmura-t-il.

Elle fut choquée de découvrir la chaleur de son souffle juste au-dessus de sa bouche. Les lèvres de Logan effleurèrent les siennes au travers du tissu. Elle n'avait jamais expérimenté de baiser pareil. C'était comme s'embrasser au travers d'un voile. Le t-shirt l'empêchait de toucher sa langue avec la sienne, de le goûter. Ses lèvres bougèrent sur les siennes, le coton du vêtement s'humidifiant au contact.

Soudain, il recula et Quinn ressentit un sentiment de manque. Elle voulait le déguster sans la barrière. Elle souhaitait explorer ses lèvres, sa langue.

Il avait d'autres plans pour sa bouche. Il se pencha pour prendre son sein gauche et le leva jusqu'à ce que Quinn sente la succion de sa bouche chaude sur son téton. Sa langue effleura le bout dur, la faisant crier.

Elle arqua encore plus son dos, soulevant sa poitrine vers lui. Il suça, pinça et mordilla son sein.

Des mots sortirent de la bouche de Quinn, mais elle n'eut aucune idée de ce qu'elle disait. Elle s'en fichait. Tout ce qui lui importait, c'était qu'il continue.

Logan glissa deux doigts en elle au même moment qu'il

mordait son téton. Quinn hurla et tendit à l'aveuglette la main vers lui, entrant en contact avec sa cage thoracique. Elle enfonça ses ongles dans la peau de Logan alors qu'il plongeait un troisième doigt en elle et l'enfouissait aussi loin que possible. Les ongles de Quinn le griffèrent et elle le sentit frissonner.

Ses hanches s'écartèrent de la chaise, la propulsant contre les doigts de Logan. Elle était si mouillée et glissante qu'ils ne rencontrèrent aucune résistance.

Puis, contre toute attente, il partit.

Il avait reculé, hors d'atteinte, et Quinn gémit.

Avant qu'elle puisse protester, il la souleva de la chaise et décala celle-ci du chemin. Une fois que Logan eut posé Quinn sur ses jambes, il la poussa en avant jusqu'à ce que ses hanches se plaquent contre la lourde table en bois. Avec une main sur son dos, il la pencha. D'un coup sec, son caleçon emprunté se rassembla à ses chevilles et de l'air frais chatouilla sa peau enflammée. Il attrapa l'arrière du t-shirt et le passa par-dessus sa tête pour qu'il soit devant son cou, comme un collier. Ses bras étaient encore piégés dans les manches. Sa tête était libre à présent, mais puisqu'il l'immobilisait d'une main, son champ de vision était toujours limité. Et elle voulait le voir...

Elle désirait le voir entièrement.

Lui voyait tout son corps à elle.

Le grincement de sa braguette se mélangea aux sons de leurs respirations précipitées. Le bruissement de son jean contre sa peau la fit trembler quand il l'enleva.

Des cuisses fermes et des poils rêches se pressèrent contre l'arrière de ses jambes. Elle essaya de se plaquer contre lui, mais il l'inclina davantage.

— Ne bouge pas.

Sa paume parcourut sa colonne vertébrale jusqu'à une fesse, puis l'autre.

— Ne change pas de position, la prévint-il. Même pas d'un centimètre.

Ou quoi ? Elle voulait le savoir. Que ferait-il ? Que pouvait-il éventuellement lui faire qui serait plus grisant que ce qu'il faisait déjà ? L'idée lui donna envie de bouger, mais elle ne prit pas ce risque. Pas encore. Elle ne le connaissait pas. Elle ne connaissait pas ses limites ou de quoi il était capable.

Et cette pensée contracta sa chatte.

— Tu sais ce qui arrive aux mauvaises filles qui empruntent des choses sans demander ?

Oh, attendez. Elle avait oublié. C'était toujours sa punition. En quelque sorte, ça lui était sorti de la tête.

— Elles sont corrigées, répondit Quinn, ne s'embêtant pas à camoufler le plaisir dans sa voix.

Puis, il claqua sa fesse avec le plat de la main, la propulsant vers l'avant de surprise.

— C'est ça.

— Aïe !

Elle fut étonnée d'être fessée. En plus, ça piquait.

Logan passa sa paume sur la fesse cuisante pour l'apaiser.

— Non seulement t'as emprunté mes affaires sans permission, mon froc va devoir être lavé. T'as mouillé tout l'entrejambe.

Il frappa l'autre fesse, et elle fut à nouveau propulsée vers l'avant par la secousse.

— Bon sang !

Elle voulait qu'il arrête. Non ! Non, ce n'était pas ce qu'elle souhaitait. Oh, mon Dieu ! Qu'est-ce qui n'allait pas chez elle ?

— Pas de plaintes ou ça prolongera ta punition.

Quinn sentit ses longs cheveux sur son derrière avant que la langue de Logan apaise une de ses fesses échaudées. Il la lécha encore et encore avec de longues lampées lentes, jusqu'à ce qu'elles soient toutes les deux humides.

Puis, il la fessa de nouveau. Cela piqua plus puisque sa peau était mouillée, mais rendit le plaisir plus intense pour Quinn. Jamais dans ses rêves les plus fous elle n'aurait pensé qu'elle serait fessée par un autre adulte. Mais elle réalisait à présent ce qu'elle avait raté. C'était malicieux et excitant. Chaque fois que sa paume entrait en contact avec son cul, la foudre la traversait, durcissant encore plus ses tétons et contractant ses muscles internes.

— Ton cul est si rouge. Il est si beau comme ça. Si baisable.

— Alors, baise-moi... *s'il te plaît.*

Elle attendit de se faire réprimander pour avoir parlé. Mais il resta silencieux. À la place, il glissa sa bite sur ses fesses cuisantes, et entre elle.

Elle se tendit alors qu'un instant de panique l'envahissait. *Mon Dieu.* Il était large. Pas aussi gros que certains mecs qu'elle avait observés dans les pornos à la fac, mais plus que son ex.

Elle ne pouvait pas le voir parce qu'elle était toujours clouée sur le ventre, ses bras ligotés derrière son dos par le t-shirt, mais il semblait aussi dur que l'acier, épais et long.

Ses couilles pendaient lourdement, frottant sa fente. Il écrasa ses fesses l'une contre l'autre et glissa sa bite entre, plongeant vers elle.

Quinn leva ses hanches et poussa son derrière vers lui, l'encourageant à passer à la prochaine étape.

Logan se pencha sur elle, pilant son cul avec ses hanches pendant qu'il léchait le bas de sa colonne, évitant ses bras liés. Il mordilla son omoplate. Ses mains étaient assez dégagées pour étirer les doigts et entrer en contact avec la tête de sa bite. Elle était glissante, lisse et très, très chaude.

Elle tenta d'enrouler ses doigts autour, mais Logan se retira.

— Ne bouge pas, l'avertit-il à nouveau.

Elle ne fit rien. Elle ne voulait rater ça pour rien au monde.

Du moins, c'était ce qu'elle croyait avant d'entendre le coulissement d'un tiroir. Que prenait-il ? Oh, mon Dieu. Qu'allait-il faire avec un ustensile de cuisine ?

Quinn se détendit quand elle perçut le déchirement d'un paquet en aluminium. La question fugace sur la présence de préservatifs dans sa cuisine lui sortit de l'esprit au moment où le bout de la bite de Logan se plaqua contre son entrée.

Il frotta la tête bulbeuse dans tous les sens, sur son clitoris jusqu'à son anus. Il l'incita à mouiller plus, à être plus glissante, plus désespérée de l'avoir en elle.

Elle fut sur le point de crier de frustration quand elle le sentit écarter davantage ses cuisses avec les siennes, lover sa verge entre les lèvres de son sexe, attraper ses fesses de ses grandes mains et bien l'ouvrir à lui.

— T'es prête à m'accueillir ?

Le front plaqué contre le plateau de la table, Quinn le secoua d'avant en arrière pour acquiescer.

Les doigts de Logan s'enfoncèrent encore plus dans son cul.

— Je ne t'entends pas.

Elle laissa s'échapper un souffle frémissant.

— Oui.

— Oui ?

La cime de son membre heurta sa chatte, n'y entrant pas vraiment. Mais presque...

— Oui, je suis prête.

— Défie-moi de te baiser.

Elle resta silencieuse. Elle en était incapable. Elle n'avait jamais rien demandé pendant le sexe auparavant. Jamais.

Il glissa sa bite d'un seul centimètre vers l'intérieur. Sa tête était large et celle-ci écarta la chatte de Quinn. Il était à peine en elle et qu'elle sentait déjà son orgasme commencer à monter.

Elle essaya de s'écraser à nouveau contre lui, pour le faire sombrer plus loin en elle, mais il freina ses hanches avec sa poigne.

— Fais-le ! aboya-t-il, et un frisson parcouru la colonne de Quinn.

Elle serra les mains et lâcha un long grognement. Pour-quoi devait-il la bousculer ? Pourquoi voulait-il entendre à quel point elle le désirait en cet instant ?

— Je te défie de me baiser.

— Plus fort.

— Je te défie de me baiser ! hurla-t-elle après un long gémissement.

Quinn poussa un cri de surprise lorsqu'il enfonça sa bite au fond d'un vif mouvement de hanches, assez loin pour heurter son col de l'utérus. Ses muscles internes se contrac-tèrent autour de lui, refusant de le laisser partir quand il se retira. Mais avant de sortir complètement, il plongea à nouveau en elle. Son dos s'arqua, sa tête s'inclinant vers lui. La douleur et le plaisir se mélangèrent.

— Merde, t'es trop serrée. Détends-toi.

Sa voix sembla tendue, mais elle fut incapable de lui répondre.

Elle *était* crispée, au point que ce soit pénible, mais il l'éti-rait plus à chaque impulsion de ses hanches. Il lâchait de petits grognements à chaque mouvement.

— Ta chatte est si chaude.

Il frappa à nouveau sa fesse, faisant crier Quinn de surprise et se pressant en arrière plus violemment contre lui. Elle voulait, elle devait s'accrocher à quelque chose, mais elle ne pouvait pas. Ses bras étaient toujours ligotés dans le t-shirt, impuissants. Ses doigts gigotèrent, essayant de saisir quelque chose, n'importe quoi.

— T'es si serrée.

Logan relâcha sa taille et se pencha en avant, clouant les doigts de Quinn sous son bas-ventre. Il changea alors l'angle de ses hanches, les poussant vers le bas. Sa bite effleura son point magique, incitant ses genoux à se dérober. Elle ne soutenait plus son poids sur ses jambes. Il la tint en place, la maintenant où *il* la voulait. Pour la pénétrer à *son* rythme.

Ses doigts écrasés ressentirent chaque grappe de ses muscles abdominaux alors qu'il la conquérait. Qu'il la prenait pour son plaisir.

Elle ne s'était jamais sentie autant sous le contrôle de quelqu'un de sa vie. Jamais. Et elle adorait ça.

Quinn réalisa qu'elle gémissait les deux mêmes mots encore et encore, coordonnés aux vagues de la bite de Logan dans les profondeurs de son corps.

Baise-moi.

Baise-moi.

Baise... moi.

Il posa son torse sur son dos, mettant plus de poids sur elle, piégeant davantage ses bras entre eux. Il libéra une de ses mains et la glissa entre la table et elle, pressant ses doigts sur son clitoris et faisant de rapides mouvements qui contrastèrent avec ceux de ses hanches.

Son autre main empoigna ses cheveux détachés et il plongea ses dents dans l'épaule de Quinn alors qu'il la broyait avec de petites poussées vives pour rester aussi profond que possible.

— Jouis avec moi.

Elle le fit.

Quinn cria alors que les spasmes la submergeaient, secouant tout son corps jusqu'au centre. Ses muscles agrippèrent et relâchèrent sa bite avec l'orgasme le plus violent qu'elle eut jamais ressenti. Elle n'avait pas réalisé que ça pouvait être si intense.

Logan jura et elle put sentir sa verge vibrer en elle, ses hanches bougeant de manière incontrôlée alors qu'il jouissait aussi fortement qu'elle.

Il se figea alors qu'elle ressentait des secousses. Elle se sentit faible et molle. Ses muscles étaient relâchés et elle ignorait si elle était capable de rester debout par elle-même.

Mais ça pouvait attendre. Logan était encore en elle, bien au fond, et elle voulait savourer ce moment.

Elle venait de vivre la meilleure baise de sa vie. Et tout découlait d'un stupide défi.

Un rire sortit de sa bouche alors que Logan s'extirpait et reculait. Il démêla gentiment le t-shirt de ses bras et la redressa. Le sang se rua dans ses membres libérés et elle grogna, soulagée et un peu courbaturée.

Logan la retourna pour lui faire face, un air inquiet sur le visage.

— Ça va ?

Frottant ses bras pour réactiver la circulation, Quinn leva les yeux vers lui et sourit. Ne pouvait-il pas voir qu'elle venait de vivre la meilleure baise de sa vie ?

— Plus que jamais.

Il lui rendit son sourire et hissa le menton de Quinn vers lui avec son index.

— Bien.

Il se pencha et l'embrassa, lui donnant ce qu'elle avait voulu tout à l'heure, mais qu'elle n'avait pas pu obtenir. Sa bouche s'inclina sur ses lèvres et sa langue frotta tendrement la sienne. Elle fut déçue quand il mit fin au baiser, mais il se rattrapa en l'enveloppant dans ses bras et plaquant son corps nu contre le sien. Sa bite était toujours grosse, mais plus douce qu'elle l'avait été. Elle était pressée contre sa hanche. Ses tétons frôlèrent la légère fourrure de son torse.

Habituellement, elle se sentait embarrassée quand elle était nue. Mais pas là. Avec cet homme, elle se sentait bien.

Il posa une joue barbue au sommet de sa tête.

— On doit t'étirer, dit-il après quelques instants.

Cela demanda un moment à Quinn pour digérer ce qu'il venait de dire. Mais elle ne comprit pas. Oui, elle avait été serrée, mais il était bien rentré. Très bien même.

— Pour quoi ?

Une voix grave inconnue retentit derrière elle.

— Je suppose que j'ai raté le petit-déjeuner.

— Pour lui, répondit Logan en inclinant la tête vers l'entrée de la cuisine.

Quinn se tendit dans les bras de Logan et essaya de se retirer, gênée de se retrouver nue devant un autre homme. Il refusa de la lâcher, mais les fit pivoter tous les deux jusqu'à ce qu'elle puisse voir le détenteur de la voix suave.

Il était foncé, sa peau de la même couleur que le chocolat. Assez noire pour qu'à cette distance, il lui fût difficile de discerner les traits de son visage. Mais elle pouvait dire qu'il avait un regard foncé et un sourire bien blanc.

Ses deux yeux sombres les scrutèrent tous les deux et son sourire s'agrandit encore plus.

— Wacuh. Je ne m'étais pas attendu à ce que tu rapportes un cadeau de mariage.

Alors qu'il s'approchait, Quinn s'accrocha à Logan comme à une couverture, essayant de masquer ses parties intimes. Mais c'était inutile. Logan la dévoila et recula. Sa nudité exposée devant ce deuxième homme ne sembla pas l'ennuyer du tout. Il tint sa main, la forçant à faire face au nouveau venu.

— Ty, voici Quinn... la présenta-t-il en la scrutant d'un air troublé.

— Je suis désolé. Je ne connais pas ton nom de famille.

— Preston.

C'était étrange, d'être présentée toute nue à un autre homme. Elle regarda autour d'elle, à la recherche du t-shirt.

— Preston, répéta Logan. Quinn, voilà Tyson White. Mon... colocataire.

La façon dont il avait prononcé *colocataire* lui fit arrêter sa recherche.

Ty fit un deuxième pas pour s'approcher et ausculta Quinn.

— Elle est magnifique.

Puisqu'il s'était avancé, Quinn put voir que les yeux de Ty étaient marron foncé, presque noir. Son crâne était rasé de près, révélant une tête joliment formée. Il possédait un petit arceau doré à chaque oreille, de beaux agréments à la nuance de sa peau. Son nez était large et ses lèvres rondes. Ses épaules paraissaient plus vastes que celle de Logan dans son t-shirt noir moulant. Et il était aussi plus grand. D'un centi-mètre ou plus.

C'était un homme très costaud. Et Quinn réalisa que c'était la dernière de ses préoccupations. Elle devait se couvrir.

Elle aperçut le t-shirt isolé, abandonné sur l'une des chaises écartées de la table. Elle avança pour le prendre quand Ty tendit la main et attrapa son coude.

— Attends. Laisse-moi te voir.

Sa poigne fut douce, mais quand Quinn tenta de se reti-rer, il serra les doigts.

Logan se plaça derrière elle et glissa ses bras autour de sa taille, approchant ses lèvres près de son oreille.

— Shhh. Tout va bien. Il ne va pas te faire de mal.

Le cœur de Quinn palpita et se mit en alerte quand Ty fit courir un pouce sur son menton. Il passa un de ses longs doigts sur ses lèvres écartées, le souffle rapide de Quinn vibrant sur le dos de ses phalanges.

— Splendide, dit-il en lui faisant un sourire apaisant.

Ses doigts continuèrent leur chemin le long de son cou jusqu'à ses épaules, et tracèrent légèrement la partie inférieure de ses seins. Entre la pression dans son dos de la bite douce, mais toujours épaisse de Logan, et les doigts de Ty qui caressaient sa cage thoracique, les tétons de Quinn se durcirent à nouveau. Ty s'attarda un peu avant de les descendre sur son ventre et ses boucles humides. C'était la preuve de la relation sexuelle que Logan et elle avaient eu quelques minutes plus tôt.

Elle eut le souffle coupé et resta bien immobile. Elle avait l'impression d'être une biche hypnotisée par des feux de route, consciente qu'elle devait fuir, mais trop abasourdie pour le faire.

— Elle est très serrée, révéla Logan d'un air détaché, sa voix normale, comme s'il parlait de la météo.

Alors que Quinn se disait à elle-même que cette situation n'avait rien de normale, Ty tomba à genoux devant elle et passa ses paumes sur ses hanches et ses jambes. Il parcourut les fluides qui restaient encore à l'intérieur de ses cuisses. Ses mains n'étaient pas aussi rugueuses que celles de Logan, mais elles provoquèrent de la même façon les frissons dans sa colonne.

Il frotta son pouce et son index, testant l'humidité entre.

— Elle doit être très réactive. Tourne-la.

Logan la fit pivoter dans ses bras et Quinn leva les yeux

vers les siens, l'interrogeant silencieusement. En réponse, il plaça un léger baiser sur son front.

S'il pensait que ce serait suffisant pour la calmer, il se trompait grandement. Elle détestait être inspectée comme un cheval aux enchères. Mais aucune protestation ne franchit ses lèvres. C'était peut-être sa curiosité naturelle de voir où tout ça mènerait.

Ou il l'avait peut-être baisé si fort que son cerveau en avait été affecté. Littéralement.

Les mains de Ty effleurèrent son cul. Puis, il se leva, s'approchant suffisamment pour presser son aine recouverte d'un jean dans le creux de son dos.

— Encore rose, murmura-t-il, en référence à son derrière fessé.

Logan et Ty se rapprochèrent et se retrouvèrent au-dessus de l'épaule de Quinn. Elle fut coincée, impuissante, entre les deux hommes alors que leurs lèvres se trouvaient et qu'ils s'embrassaient.

Ce ne fut pas non plus un baiser fraternel.

— Putain de merde ! lâcha Quinn avant de pouvoir se retenir.

Les hommes rompirent leur baiser, échangèrent un regard que Quinn ne parvint pas à décrypter, avant de reculer tous les deux et de la libérer.

Avec cette nouvelle liberté, elle se précipita vers la chaise et attrapa le t-shirt pour recouvrir sa nudité. Avec les mains sur ses hanches, elle se tourna vers les deux hommes. Logan avait renfilé son jean et était en train de boutonner le dernier cran.

— Qu'est-ce qui se passe ici, bon sang ?

— Quinn...

— Je veux dire, d'abord tu baises avec moi, et ensuite... ensuite tu l'embrasses. Ce n'est pas que je suis jalouse ou quoi. Je ne le suis pas. Je suis juste...

Elle secoua la tête.

— Je suis perdue.

Perdue était une façon douce de décrire ce qu'elle ressentait. Elle sombra sur l'une des lourdes chaises en bois et fixa les deux hommes en face d'elle dans la cuisine. Logan s'appuya contre le torse de Ty et les mains de l'homme à la peau foncée caressèrent langoureusement les bras de celui-ci.

Pour une certaine raison, Quinn ne comprenait pas ce qu'elle voyait.

— T'es gai ?

Sa question était dirigée vers Logan, même si elle s'en foutait de celui qui lui répondrait.

— Non, je ne suis pas gai. J'aime les femmes.

Quinn pressa ses doigts sur ses tempes pour essayer de soulager le léger élancement s'établissant dans sa tête.

— Mais t'aimes aussi les hommes.

— Je ne vois ni couleur ni genre, la plupart du temps. Je ne vois que les gens.

— T'es gai ? demanda-t-elle à Ty.

Il secoua la tête.

— J'apprécie aussi les femmes. Mais j'aime Logan.

Quinn abandonna son massage et laissa tomber ses mains sur ses genoux. Elle était désarmée.

Logan pressa l'avant-bras de Ty avant de se dégager et venir vers Quinn, puis de s'accroupir devant elle. Ses doigts étaient chauds et fermes en la serrant.

— Quinn, quand je suis allée au mariage hier, je n'avais pas prévu de rencontrer quelqu'un. Je rendais simplement service à ma sœur. Et je n'escomptais certainement pas de ramener chez moi une fille saoule.

Elle fronça les sourcils.

— Une femme, corrigea-t-il alors. Désolé.

Ses pouces caressèrent la peau délicate de ses poignets.

— Mais...

— Mais j'ai été attiré par toi et intrigué par le défi de tes amies. Mais...

Ses mots s'évanouirent.

— Mais ?

— Mais quand tu t'es bourré la gueule, j'ai changé d'avis.

— Mais j'ai quand même fini ici.

— Ouais.

— Est-ce qu'il s'est passé un truc hier soir ?

Logan resta silencieux. Son expression fut suffisante.

— Je ne sais toujours pas comment j'ai atterri là.

Logan lui expliqua pendant que Ty se déplaçait dans la cuisine, prenant une tasse de café et tendant clairement l'oreille vers l'intéressant récit des évènements.

Quinn fut déçue d'apprendre que ses amies l'avaient abandonnée alors qu'elle était dans cet état. Elle allait avoir une petite discussion avec elles. C'était une chose qu'elles veuillent qu'elle s'envoie en l'air. Ou qu'elle oublie Peter. C'en était une autre de la laisser saoule et d'attendre qu'elle rentre avec un inconnu. OK. Ce n'était peut-être pas un parfait étranger, mais quand même...

Ty plaça une nouvelle tasse de café devant elle. Logan se poussa et s'installa sur une chaise de l'autre côté de la table pour lui donner de l'espace. Ty s'appuya contre le comptoir à quelques pas d'elle et croisa ses chevilles pour l'observer. Les deux semblaient attendre une réaction de sa part.

— Alors... vous êtes un couple ? leur demanda-t-elle, gardant ses yeux fixés sur la tasse de café fumant.

— Depuis quatre ans, répondit finalement Ty.

Logan avait trompé son partenaire avec elle. Elle était *l'autre femme*. Elle ne causerait jamais volontairement des tensions dans une relation. La culpabilité lui tordit les intestins.

— Je suis désolée, dit-elle.

— De quoi ? lui demanda Ty.

— Tu nous as surpris... On... Je ne voulais pas...

Pourquoi s'excusait-elle ? Se sentait-elle fautive ? Elle ignorait que Logan était pris. Elle pivota pour le regarder. Il était installé confortablement dans sa chaise, un air préoccupé sur le visage.

— Tu n'as pas à t'excuser, déclara Logan, avec fermeté.

— Ça ne te dérange pas de le partager ? demandai-je en me tournant vers Ty.

— Oh, ça ne m'embête pas, du moment que je participe.

Quinn fronça les sourcils, réfléchissant un instant à ce qu'il avait dit.

— Tu le partages beaucoup ?

Ty rit et prit une gorgée de son café, évitant en réalité la question.

— Écoute, je sais que ça paraît plutôt... étrange. Mais Ty et moi avons une super relation. Elle est stable. On sait tous les deux ce qu'on souhaite en retirer et ce qu'on attend de l'autre. On discute depuis un moment d'inclure une troisième personne.

— Holà, holà, holà... bafouilla Quinn.

— On veut une femme pour nous compléter. On ne cherchait pas de manière active, mais...

— Apparemment, le destin t'a amenée à nous, finit Ty, à la place de Logan.

— Le destin ? s'étonna Quinn en secouant la tête. C'était un défi stupide.

Logan se pencha en avant, au-dessus du billot de boucher, et écarta les doigts, à plat sur la surface. Le regard de Quinn fut automatiquement attiré par les grandes mains de celui-ci. Le souvenir de ce qu'elles lui avaient fait la fit gigoter sur son siège.

— Quinn, je te défie de rester quelques jours avec nous.

Elle se força à lever les yeux vers lui. Il ne riait pas… ni ne souriait. Il était très sérieux ! Il voulait tout simplement qu'elle laisse tout tomber et séjourne plusieurs jours avec non pas un, mais deux hommes !

Euh… ouais, bien sûr.

— Logan, j'ai un travail.

Pas qu'elle aimait son poste d'analyste financier, mais ça payait bien. Elle n'allait pas faire sauter des jours de congé juste pour se taper deux mecs… Merde ! Pas juste deux mecs, mais deux en même temps.

Comme si elle *allait* le faire…

Un des deux gars, Ty, se mit derrière elle et plaça les mains sur ses épaules, ses doigts se décalant jusqu'à ce qu'ils caressent la cavité à la base de son cou. Elle se maudit silencieusement quand ses tétons durcirent sous le t-shirt.

Ce qu'ils proposaient… c'était si dingue… si interdit.

Comme si elle *pouvait*…

Les paumes de Ty dérapèrent vers le bas, et il saisit la partie extérieure de ses seins pendant que Logan continuait à parler.

— OK, alors viens chez nous le week-end prochain. Rentre pour le moment, va à ton travail, vis normalement ta vie cette semaine. Puis vendredi après le boulot, je viendrai te chercher et te ramènerai ici pour le week-end. Ou viens ici par toi-même. Comme ça, tu auras un moyen pour t'échapper si tu trouves que c'est trop. Ce sera une expérience que tu n'oublieras jamais.

— Tu te souviendras longtemps de ce week-end et de la façon dont on t'aura fait plaisir murmura Ty à son oreille en se penchant. Tu veux un avant-goût ?

Ses pouces caressèrent ses tétons durcis et elle s'arqua involontairement vers ses mains.

Quinn expira, tentant de reprendre ses esprits. Elle s'éloigna des mains de Ty et quitta son siège pour mettre de la distance entre eux.

— Je suis incapable de réfléchir quand tu fais ça.

Les deux hommes échangèrent un sourire complice. Ils croyaient l'avoir convaincue. Juste parce qu'elle fondait entre leurs mains...

Elle laissa sortir un long soupir. Le fait était qu'elle *se liquéfiait* entre leurs mains. Et elle adorait ça. Logan semblait être un amant compétent. Et Ty... eh bien, elle ne pouvait que l'imaginer.

Avançant vers l'évier, elle regarda une lointaine rangée d'arbres par la fenêtre.

Son dilemme résidait dans la partie d'elle-même qui voulait dire oui. Elle souhaitait voir ce que ça faisait d'être une mauvaise fille, sans se soucier de ce que les gens pensaient d'elle. De faire fi de toute prudence.

L'autre part d'elle-même avait peur parce que... Parce que...

Oh, et puis merde !

Quand allait-elle avoir à nouveau une chance pareille ? Personne ne serait au courant, à part eux trois. N'est-ce pas ?

Ce n'était qu'un week-end. Elle pourrait partir si ça devenait écrasant.

Elle allait le faire. Non. Non, elle ne le ferait pas. C'était impossible.

— OK, leur dit-elle sans se retourner.

Elle devait sortir sa réponse avant de changer d'avis.

— Voilà le marché. Le week-end prochain, je viendrai par moi-même, juste au cas où. Et on doit prendre nos précautions. Et si je ne veux pas faire un truc...

Elle n'entendit rien derrière elle, alors elle se tourna pour les regarder. Ils parurent tous les deux en état de choc. Ils n'avaient pas pensé qu'elle accepterait. Oh, mon Dieu, dans quoi s'était-elle fourrée ?

— Maintenant, est-ce que vous avez un truc potable que je peux porter ? Je dois aller récupérer ma voiture et rentrer. J'ai un dîner prévu avec mes parents.

— On va te trouver quelque chose. Qu'est-ce que tu veux faire de ta robe ?

— La brûler.

Logan rit avec force.

Ce devait être la journée la plus bizarre de sa vie.

Chapitre Quatre

Vendredi n'approchait pas assez vite pour Quinn. Après avoir quitté la ferme de Logan dimanche dernier, elle ne pensait qu'à ça.

Sa concentration au travail diminuait. Elle s'arrêtait en plein milieu du couloir et fermait les yeux. La sensation de son derrière cuisant, quand Logan avait plongé sa bite en elle, reprenait vie. Comme si c'était en train de se produire.

Parfois, elle était si faible après avoir revécu ces moments qu'elle devait attraper un mur environnant pour reprendre son souffle pendant quelques secondes. Ses tétons avaient été constamment durs, chaque jour visibles sous son chemisier, attirant ainsi le regard de certains collègues.

En fait, ce n'était pas étonnant que deux gars, pour le moment, l'eussent invitée à sortir cette semaine. Après la deuxième proposition, elle était allée dans les toilettes et s'était bien observée. Le visage rougi, les paupières lourdes et les tétons raides lui donnaient l'air de s'être fait bien baiser ou de vouloir une bonne baise. Et c'était déjà assez dérangeant que la perspective du vendredi la fasse mouiller sans arrêt.

Certains des mecs devaient probablement relever l'odeur musquée quand elle traversait les bureaux de la compagnie d'assurance.

Elle était comme une chienne en chaleur. Elle n'avait jamais vraiment pensé au sexe avant. En ce moment, c'était constant. Presque une addiction. Les souvenirs du plaisir qu'elle avait découvert avec ces hommes interrompaient continuellement sa journée de travail.

Le lundi soir, elle soulagea la tension qui bouillonnait en elle avec son vibro.

Le mardi, elle ne prit pas la peine d'utiliser son jouet, elle s'occupa d'elle avec ses doigts. Dans les toilettes du boulot, dans sa voiture et chez elle sur le canapé.

Jusqu'à mercredi, elle ne parvint pas à arrêter de ressasser la journée de dimanche dans sa tête. Elle était assise à son bureau avec son téléphone décroché, visualisant la route dans le fourgon de Logan pour retourner à la salle de réception.

Ne se rappelant pas du trajet de la veille pour partir du lieu, elle avait été surprise de voir à quelle distance il vivait de la ville. La voie privée faisait déjà près de deux kilomètres, entourée par des prairies bien entretenues. Logan lui avait appris que c'était du gazon. Il gérait une ferme de pelouse qui fournissait de l'herbe pour toutes sortes d'entreprises. Ça expliquait pourquoi son fourgon présentait partout les lettres LGR SOD, INC. : *Où la Pelouse est Toujours la Plus Verte...*

Leur séparation près de la voiture sur le parking s'était terminée avec un baiser et une promesse. Si elle osait se montrer, elle vivrait le meilleur sexe de sa vie. Quinn pensait que c'était facile à battre. Après s'être presque ennuyée à mourir avec les performances de Peter au lit, n'importe quoi serait mieux.

Quinn imagina Peter au-dessus d'elle dans la position du missionnaire, comme d'habitude. Aucun préliminaires, juste quelques mouvements en elle avant de dire « Oh, oh, bébé » et de grogner, puis tirer sa cartouche. C'était fini avant même qu'elle soit mouillée.

En revanche, qu'est-ce qui pourrait être mieux que passer le week-end, non pas avec un, mais deux splendides hommes libérés et expérimentés ?

Deux rien que pour elle. Tous les deux au service de son plaisir.

À cette pensée, elle dut presser ses cuisses pour empêcher sa chatte de convulser. Mais quand elle le fit, elle jouit tout de même. Elle poussa un cri de surprise et plaqua sa main sur sa bouche alors que ses yeux se révulsaient de l'ivresse qui parcourait son corps. Elle fut si contente d'avoir fermé la porte de son bureau.

Le jeudi, elle eut des doutes, mais quand elle rentra du travail, elle avait un message sur son répondeur. C'était Peter. Le crétin commençait par « Quinn, j'ai réfléchi... »

Quinn écrasa le bouton Suppr avant d'entendre la suite. C'était décidé, elle allait le faire et en savourer chaque seconde.

Après avoir déterré un sac de voyage du fond de son armoire, elle y jeta quelques affaires essentielles : des sous-vêtements (probablement inutiles), du maquillage et des produits pour les cheveux, et... Elle avait besoin d'une tenue sexy. Alors qu'elle fouillait dans ses tiroirs, elle réalisa qu'elle n'avait rien, à part un string brillant que Lana lui avait donné pour lui faire une blague à un de ses anniversaires. Elle ne pensait pas qu'un bas déclarant *Venez, on est ouverts* serait très séduisant. Elle décida donc de s'arrêter chez Victoria's Secret le lendemain pendant sa pause déjeuner.

Elle n'avait jamais acheté quoi que ce soit dans cette boutique renommée de lingerie, préférant aller chercher ses sous-vêtements dans un grand magasin local. Mais il était peut-être temps pour elle de bousculer ses habitudes.

Alors qu'elle fermait le cabas, sa sonnette retentit. Il vaudrait mieux que Peter ne soit pas venu supplier son pardon. Heureusement, ce ne fut pas le cas. Quand elle ouvrit la porte, Lana et Paula passèrent devant elle, bavardant jusqu'à la petite cuisine.

— On a amené du thaï ! annonça Lana en soulevant les deux poches marron qu'elle avait dans les mains.

— Et du vin !

Paula dégagea l'étroite table de Quinn, fouilla dans ses placards et dressa des assiettes, des couverts et des verres à vin.

Les filles continuèrent de discuter en virevoltant dans la cuisine et servant la nourriture. Pendant ce temps, Quinn resta là, à faire un inventaire mental de ce qu'elle avait pris dans son sac de voyage et ce qu'elle avait oublié. Qu'est-ce qu'on prévoyait pour une orgie ?

Des préservatifs ? Les gars en auraient.

Du lubrifiant ? À nouveau, les mecs, si besoin.

Des jouets ? Pas sa spécialité.

Du Voltaren pour les muscles douloureux ?

— Hé, qu'est-ce qui se passe dans ta jolie petite tête ?

Les yeux de Quinn mirent une minute avant de se fixer sur le visage de Paula, à quelques centimètres du sien.

— Mangeons.

Elles bavardèrent et se racontèrent des potins pendant le dîner, alors que Quinn ne disait que quelques mmh mmh, OK et aaaah appropriés. Elle avait l'habitude que les deux autres jacassent en continu sur les scandales récents, que ce soit quelqu'un qu'elles connaissaient ou quelqu'un dans les derniers magazines à potins. Les filles amenaient du thaï uniquement quand elles voulaient faire des commérages.

Après avoir débarrassé la table, Lana remplit tous les verres à vin une nouvelle fois avant de s'installer sur son siège.

— Alors…

Quinn grimaça en prévision d'un possible interrogatoire. Elle eut le sentiment qu'elle était au centre des potins de ce soir.

— Alors, répéta Paula.

— Des plans pour le week-end ?

— Pas vraiment.

— Tu vois tes parents dimanche ?

— Non.

— Quinn, tu dois sortir et commencer à rencontrer des gens. Essayer de nouvelles expériences.

Si seulement elles savaient…

— Qu'est-ce qui s'est passé avec Logan Reed ?

— Rien.

— Je croyais que t'étais rentrée avec lui.

— Eh bien, j'ai fini par échouer.

— Ça ne m'étonne pas, dit Lana. Parce que j'ai fouiné cette semaine, et la rumeur dit qu'il est de l'autre bord.

Quinn leva un sourcil et prit une gorgée de vin.

— Il n'aime pas les femmes, clarifia-t-elle.

— C'est dommage, soupira Paula. Encore un de perdu à l'équipe adverse.

Le vin que Quinn but emprunta le mauvais tuyau et elle s'étouffa, toussota et toussa en essayant de reprendre son souffle. Paula se pencha et la tapa entre les omoplates.

— Aïe !

— Je ne voulais pas utiliser la méthode Heimlich, rétorqua Paula en lui faisant un sourire confus.

Lana se trompait sur Logan en disant qu'il n'aimait pas

les femmes. Ce n'était tout simplement pas tout ce qu'il appréciait.

Enfin, ce ne serait pas elle qui confirmerait ou démentirait la rumeur. Ce week-end était son petit secret. La dernière chose qu'elle souhaitait, c'était que ses amies le découvrent. Même si elles étaient bien intentionnées, c'étaient deux pipelettes. Avant qu'elle s'en rende compte, ses parents seraient déjà au courant. Ses parents coincés, pratiquants et impliqués dans la communauté.

Quinn grommela à l'idée.

Elle pouvait déjà imaginer leur condamnation. Ils ne lui parleraient plus jamais. Ils seraient la risée du country club.

Ses parents avaient adoré Peter, qui travaillait dans une très grande entreprise de courtage. En fait, ils la tenaient pour responsable de leur séparation. À leurs yeux, Peter était parfait. Ce n'était pas important qu'il ne le soit pas pour elle, il l'était pour eux et leur image.

Ou plutôt, pour l'image de la mère de Quinn. C'était *elle* la plus inquiète pour sa réputation. *Elle* qui voulait être au contrôle. Du père de Quinn. De Quinn.

Ça avait toujours été comme ça durant son enfance. Ils ne devaient pas se maintenir au niveau des Joneses. Oh, non ! Non, ils devaient atteindre celui des Roosevelts. Des Vanderbilts, bon sang.

Et qu'est-ce qui pourrait être mieux ? Une fille et un gendre qui étaient tous les deux des analystes financiers brillants avec leurs diplômes MSFA, leurs distinctions et leurs carrières prospères...

Mais aucun de ses parents ne devait coucher avec Peanut. Euh, Peter...

Chapitre Cinq

Des pierres rebondirent sous la voiture de Quinn alors qu'elle roulait sur l'allée sans fin de la ferme de Logan. Son cœur palpita de nervosité, mais ses tétons durcirent par anticipation de ce qui... ou ceux qui... l'attendait à la fin de cette route.

Elle était directement venue après le travail. Il était six heures, mais le soleil brillait encore haut dans le ciel de ce début d'été.

Quand elle prit la dernière courbe du chemin, le reflet du soleil sur les multiples fenêtres de l'immense ranch en rondins lui coupa le souffle. La maison était magnifique. Comme les deux hommes qui y vivaient.

Quinn gara son Infiniti à côté du grand SUV noir, se demandant ce que signifiait le BB 17 de la plaque d'immatriculation personnalisée. Elle ne vit nulle part le fourgon de Logan. Elle fut étonnée, pour ne pas dire un peu contrariée. Après tout, ils l'avaient invitée pour le dîner.

Elle finirait peut-être sur la table. Une nouvelle fois. Servie comme repas.

Elle sortit de son véhicule, et quand elle alla vers la banquette arrière de sa berline pour attraper son sac, quelque chose lui bouscula le derrière. Elle se retourna et découvrit un immense Berger allemand. Le chien remuait la queue et lui aboya dessus, ce qu'elle supposait et espérait être un comportement enjoué.

— Magnum, laisse-la tranquille. Attends, Quinn. Laisse-moi le faire pour toi.

Ty dévala les marches de la terrasse en petite foulée et avança vers sa voiture pour lui prendre le sac des mains. Il portait un t-shirt confortable des Boston Bulldogs sur un long short gris satiné qui descendait plus bas que ses genoux, le tout accompagné d'une paire de Nike étonnamment rouge. Sa casquette de baseball rouge et noir des Bulldogs était installée à l'envers sur son crâne lisse. Le regard de Quinn fut attiré par la peau au-dessus de ses sneakers. Il avait un tatouage de barbelés qui enveloppait sa cheville droite. Sa peau était tellement foncée qu'il fut difficile à voir.

Le chien, Magnum, poussa sa main avec sa truffe humide.

— Il veut de l'attention.

N'était-ce pas ce que nous recherchions tous ? pensa-t-elle en frottant le grand crâne carré du chien.

— Viens, allons à l'intérieur, dit Ty en penchant la tête vers la maison. Le dîner est prêt.

Quinn le suivit en observant son derrière musclé bouger sous le tissu satiné de son short alors qu'il montait les marches.

Une fois dans la bâtisse, elle laissa tomber son sac dans le salon et l'escorta jusqu'à la cuisine.

Elle s'arrêta sur ses pas quand elle ne vit que deux assiettes dressées sur la table avec laquelle elle avait fait connaissance le week-end précédent.

— Je ne comprends pas.

Ty continua d'avancer vers les fourneaux.

— Logan pensait qu'on devait passer un peu de temps seuls ensemble, expliqua-t-il en remuant quelque chose dans la large poêle. Pour mieux apprendre à se connaître.

— Mais je ne le connais pas vraiment non plus.

— Ce sera le cas, répondit Ty en lui souriant par-dessus son épaule.

Elle l'espérait. OK. Elle savait à l'avance qu'elle allait devoir se laisser aller et leur faire confiance. Elle était l'invitée ici. S'ils voulaient qu'elle ait un dîner intime avec Ty, alors elle le ferait. Et dans tous les cas, ce qu'il cuisinait sentait délicieusement bon.

— On mange équilibré chez nous. J'espère qu'un poulet sauté te convient.

— Oui. Ça me paraît super.

Quinn glissa sur une chaise, celle de dimanche dernier.

— C'est rafraîchissant de voir des mecs bien se nourrir, sans qu'une femme les y force...

Quinn ravala la fin de son commentaire avant de se mettre davantage les pieds dans les plats. Elle fit un sourire embarrassé à Ty.

— Désclée.

— Non, t'as raison. Je suppose qu'être ancien athlète a influencé mes habitudes alimentaires. J'ai fait changer à Logan sa façon de manger. Il n'était que bière, pizza et frites avant qu'on se rencontre.

— On ne s'en douterait pas avec son corps, dit Quinn en sentant la chaleur remonter dans son cou.

Ty glissa une assiette de poulet sauté devant elle, puis en plaça une autre en face et s'installa sur une chaise. Il retira sa casquette de sa tête et la jeta sur un siège vide.

— Il travaille dur, gloussa-t-il en passant une main sur son crâne lisse.

— J'en suis sûre. Alors t'étais athlète ? Quel genre ?

Elle enfourna une fourchette de légumes dans sa bouche et fut agréablement surprise par le goût.

Ty plaça ses deux mains sur sa tête et fit un bruit blessé.

— Oh, ça fait mal.

— Quoi ?

— Tu ne sais vraiment pas ?

Quinn mâcha pensivement, mais secoua la tête. Elle n'avait aucune idée. Pourquoi croirait-il le contraire ?

— J'étais un ailier éloigné chez les Boston Bulldogs.

Elle le regarda d'un air ahuri.

Ty écarta ses bras, négligeant son repas qui refroidissait.

— Les Boston Bulldogs ? Tu sais, l'équipe de NFL ? À Boston ? Dans la division NFC ?

Quinn commençait à avoir l'impression qu'elle ratait quelque chose, qu'elle devrait savoir qui il était. Mais elle l'ignorait. Elle ne connaissait rien sur le football. Elle n'avait jamais regardé de Super Bowl.

— Alors t'étais un joueur majeur de l'équipe ?

— Bah ouais ! J'étais un ailier éloigné. C'est important. Je te dirais bien mes stats, mais je ne pense pas que tu...

— Comprendrais, finit-elle pour lui. Tu pourrais peut-être m'apprendre des trucs sur le football ?

— Bien sûr, ça me ferait plaisir, dit-il en tendant la main sur la table pour prendre une des siennes. Mais il y a d'autres choses auxquelles je préférerais t'initier d'abord.

Quinn scruta le vif contraste de pigmentations entre eux deux. Elle paraissait pâle à côté de son intense teint noir. Elle n'avait jamais été avec un homme noir auparavant, elle n'y avait jamais vraiment songé.

Ce n'était pas que la différence de couleur, c'était aussi la taille de sa main. Elle faisait deux fois la sienne. Des grandes mains qui avaient tenu un ballon de football. Ses ongles étaient soigneusement coupés, et quand elle retourna sa main, sa paume et la pulpe de ses doigts présentaient un léger rose. Quinn fit dériver un doigt sur les sillons de sa main. Il la ferma, le capturant un moment avant de le retirer.

— Finissons de manger... dit-il d'une voix rauque.

Vite fut implicite entre eux.

Quinn essaya d'oublier ce qui allait se passer.

— Pourquoi t'as arrêté de jouer au football ?

— Une blessure. Je ne voulais pas rester sur le banc jusqu'à la fin de ma carrière.

Et il n'ajouta rien de plus.

Ty vida son assiette, puis attendit patiemment qu'elle mange les deux tiers de son repas. Au bout du compte, elle dut repousser l'assiette, repue.

— Excellent, le félicita-t-elle alors qu'il débarrassait la table.

Elle suivit ses mouvements des yeux alors qu'il emportait la vaisselle vers l'évier.

Il devait avoir le cul le plus succulent qu'elle eut vu. Même avec son short, elle pouvait dire qu'il était rebondi, musclé et rond. Très rond. Elle eut une envie soudaine de le toucher.

Oserait-elle ? Ses doigts se retroussèrent dans ses paumes. Les bonnes filles comme elle n'attrapaient pas les fesses d'un étranger. Enfin, ce n'était pas vraiment un inconnu, mais presque.

Mais, au diable les convenances ! Elle était là pour repousser ses limites. N'était-ce pas ce qu'elle était censée faire ? Ça serait inutile de se retenir.

Écartant sa chaise, elle se leva et vint derrière lui. Il lui tournait le dos et rinçait la vaisselle dans l'évier. Elle le colla, appuyant sa poitrine contre lui et glissant ses mains sur sa croupe. Elle pressa doucement son postérieur, testant la fermeté de sa chair et pétrissant les muscles sous ses doigts.

Une assiette tomba. Ty cala ses bras de chaque côté de l'évier et baissa la tête vers l'avant alors que Quinn aplanissait le tissu satiné de son short sur son cul. Ses fesses étaient dures et incroyablement fermes, donnant envie à Quinn de les croquer à pleines dents.

— Comment ?

Elle ne réalisa même pas que la question lui avait échappé jusqu'à ce qu'il réponde, sa voix un peu plus grave.

— Beaucoup de squat, de poids soulevés et de course.

Elle glissa ses mains au niveau de la ceinture de son short et parcourut ses hanches avec ses doigts, jusqu'à la courbe de son cul. Il n'y avait rien entre le short et son membre, juste de la peau et sa chaleur. Elle se rapprocha et passa ses bras autour de la taille de Ty, plaçant sa joue contre son vaste dos, et tâtant tout le long de son avancée jusqu'à l'avant de son corps.

Là. Elle s'y trouvait. Elle était dure à rater. Littéralement. Sa bite était de travers dans son short et elle la bougea pour la mettre dans une position que Quinn pensait plus confortable. Elle caressa sa longueur rigide, stupéfaite par sa grosseur. Juste comme elle l'avait craint. Bien sûr, elle avait entendu des blagues qui suggéraient la façon dont les noirs étaient montés. Mais dans le cas de Ty, c'était vrai. Sa main paraissait petite en comparaison.

Elle voulut le lécher. Le goûter. Le sucer. Voir si sa peau était aussi délicieuse et douce qu'elle le semblait.

Quand elle murmura ce qu'elle souhaitait, il décolla ses bras autour de son corps et secoua la tête.

— Pas ici. Viens avec moi.

Ces trois derniers mots promettaient beaucoup de choses.

Elle savait qu'elle suivrait Ty. Dans la chambre et sur des chemins plus coquins.

Il prit sa main et la conduisit dans le salon. Il se laissa tomber à genoux sur le tapis en peluche jeté devant l'impressionnante cheminée en pierres. Tout ce qu'il manquait, c'était un feu crépitant... trop chaud pour la saison. Il l'attira à côté de lui et ils s'agenouillèrent en face l'un de l'autre. Il retira son t-shirt et le balança de côté. La respiration de Quinn devint irrégulière quand il tendit la main vers elle.

— Est-ce que je suis ton premier noir ?

— Oui.

Il prit son haut en coton dans son poing et le tira par-dessus sa tête, le jetant dans la même direction que le sien.

— Tu as peur ?

— Oui.

Elle portait le soutien-gorge noir en dentelle qu'elle avait acheté plus tôt au magasin de lingerie. Elle tendit la main dans son dos pour le défaire, mais les mains de Ty y étaient déjà, repoussant les siennes. Il détacha adroitement les petits crochets.

Ses seins, maintenant libres, pointaient. Ty se pencha, mais ne les toucha pas. À la place, il lui fit un baiser qui envoya des ondes électriques calciner son corps.

— Parce que je suis noir ?

Un frisson d'excitation la parcourut.

— Non. Parce que t'es trop gros.

Il rit contre sa bouche avant que ses lèvres capturent les siennes. Ses dents tirèrent sur sa lèvre inférieure et sa langue explora la bouche de Quinn. Elle s'accrocha plus fort à lui, ses tétons pressés contre l'étendue lisse de son torse. Elle frotta les bouts durs contre sa peau, se délectant de chaque contact qui faisait pulser sa chatte avec plus d'intensité.

Elle planta sa main sur son buste et le poussa jusqu'à ce

qu'il soit à plat, le dos sur le tapis. Il s'allongea, toujours vêtu de son short, ce qui tendit son érection. Quinn ôta une sandale avec ses orteils, puis l'autre, avant de se dandiner pour enlever son pantacourt, toujours à genoux, et de l'envoyer sur le canapé à proximité. Elle se déplaça pour enfourcher les hanches de Ty et s'asseoir doucement sur ses cuisses. Les bras de celui-ci étaient pliés sous sa tête. Il l'avait observée se déshabiller, mais n'avait pas bougé un muscle. En parlant de ça, Quinn ne put s'empêcher de remarquer la musculature du haut de son corps. Il ressemblait à une œuvre d'art, une sculpture, tout en courbes et angles saillants. Une couleur intense, des ombres foncées.

Il était imberbe. Pas un poil sur la tête, sur son torse, même sous ses aisselles. Sa peau était épurée et semblait délicieusement comestible. Autre le tatouage de barbelés à la cheville, son biceps droit présentait un tigre blanc qui était exactement comme celui de Logan.

Il avait d'épaisses flammes noires tatouées sur les côtés de sa cage thoracique. Elle ne put voir où elles commençaient, quelque part au-delà de la ceinture de son short. Mais elles remontaient sur ses deux flancs et s'arrêtaient juste en dessous de ses pectoraux. Ils étaient fermes et développés, les tétons petits et foncés, presque noirs.

Quinn planta ses mains sur ses abdos et se pencha, prenant un de ces tétons noirs dans sa bouche. Elle fit tournoyer sa langue autour, lui donna un petit coup, puis un deuxième. Les paupières de Ty s'abaissèrent et il souleva ses hanches vers les siennes, la chaleur de ses cuisses charnues brûlant sa chatte glissante.

Elle actionna ses lèvres sur ses côtes, se stoppant pour lécher son nombril avant de s'arrêter à son short. Elle agrafa ses pouces dans la ceinture et le tira vers le bas jusqu'à ce que sa bite jaillisse, libre. Elle se leva suffisamment pour mener son short jusqu'aux chevilles de Ty et l'enlever. Maintenant, il était complètement nu. Un étalon noir sur un tapis clair en peluche.

Il était splendide. En tous points. Elle eut envie de le toucher plus intimement. Et elle n'allait pas lutter.

S'installant entre ses cuisses, elle saisit ses boules dans ses paumes, les pressa gentiment, caressant la peau plissée presque noire. Elle ceintura la base de sa bite avec ses doigts et remonta sa langue sur l'envers de son manche. Sa verge eut un spasme contre la bouche de Quinn. Elle jeta un rapide coup d'œil vers son visage. Il l'observait, mais ses bras étaient toujours derrière sa tête. Le léger évasement de ses narines et la contraction de sa mâchoire furent des indices suffisants.

Quinn approcha sa bouche du sommet en champignon de sa queue, goûtant son précum salé. Elle nettoya la pointe en la léchant, trempant doucement sa langue dans la fente à l'extrémité. Avec une main saisissant ses couilles et l'autre pressant la base, elle enfonça la bite de Ty aussi loin que possible dans sa bouche. Elle aspira, frictionna et suça fortement la soie d'acier de sa peau. Ses lèvres titillèrent sa longueur pendant un moment, avant de le reprendre dans sa bouche, bien au fond.

Il n'avait toujours rien dit. Rien fait. Jusqu'à ce qu'elle entame un tempo avec sa bouche et sa main.

Il fut rapide. Sans prévenir, il fourra ses doigts dans ses cheveux et leva ses hanches en rythme avec sa bouche. Quinn aspira plus fort à chaque mouvement vers le haut.

— Tourne-toi. Je veux ta chatte pour finir, dit Ty dont la voix glissa sur elle comme du chocolat fondu.

Sans relâcher sa bite palpitante, elle se retourna et enfourcha sa cage thoracique, basculant son sexe vers le visage de Ty. La petite culotte assortie qu'elle portait était trempée. Et quand elle sentit son doigt parcourir la lisière de l'élastique, elle laissa sortir un gémissement torturé autour de sa verge.

Il palpa, tâtonna et titilla sa chatte pendant qu'elle suçait plus intensément et plus loin sa longueur.

Il fit suffisamment pour la rendre folle. N'entrant pas en elle. Ne la léchant pas. Ne la touchant même pas complètement. S'il le faisait, elle pourrait venir instantanément. Elle passa sa langue sur la couronne de sa bite et commença à le caresser, sa salive et son précum le lubrifiant assez pour qu'elle le suce plus fort et plus vite.

Elle sentit un souffle chaud contre le nylon humide de sa culotte et cria quand les lèvres de Ty trouvèrent sa peau brûlante. La seule barrière entre eux fut le tissu. Des doigts poussèrent l'étroit tissu du sous-vêtement sur le côté. Elle sentit quelque chose de chaud, sa langue, plonger dans son sexe. Ses cuisses tremblèrent et elle enfouit sa tête entre les jambes de Ty, capturant ses bourses entre ses lèvres et roulant ses boules sur sa langue, luttant pour éviter de le mordre quand des vagues d'extase la parcoururent. Elle le pétrit avec les deux mains et téta ses couilles, laissant échapper des petits miaulements de plaisir alors que sa langue faisait de la magie. Lorsqu'il attrapa son clitoris entre ses lèvres et tira, elle frémit et s'effondra, haletant alors que les ondes de l'orgasme la traversaient.

Elle tenta de reprendre son souffle, mais en fut incapable. Sa joue était pressée contre la cuisse de Ty et tout son poids était sur lui, trop faible pour bouger. Finalement, son cœur ralentit et sa respiration devint plus aisée. Elle essaya d'enlever son poids de Ty, mais il la tint en place avec les mains sur son cul, ses bras enroulés fermement autour de ses cuisses.

Elle devait le finir. Elle l'avait laissé insatisfait et c'était injuste.

Elle s'éleva de ses jambes, et...

Regarda droit vers Logan.

De l'autre côté de la pièce, Logan était étalé dans une causeuse en cuir, son jean défait et un peu baissé. Juste assez pour avoir sa bite dans sa main. Il se caressait, inclinant ses hanches vers le haut, enfonçant bien sa verge dans son poing.

Quinn ne put que le fixer. Elle ignorait depuis combien de temps il était là. Dans quelle mesure il les avait vus. Assez apparemment.

Ty tendit une main vers Logan. Une invitation silencieuse pour les rejoindre. Logan verrouilla son regard dans celui de Quinn et se leva. Sa bite était dure et dépassait de son corps, à la perpendiculaire, encadrée par le jean.

Une pensée fugace, *Ça y est,* traversa l'esprit de Quinn. C'était pour ça qu'elle était venue ici et elle n'allait pas se dégonfler. Quelque chose chez ces deux hommes la poussait à vouloir s'abandonner et apprécier le moment. Toute sa vie, elle avait fait ce qu'on attendait d'elle. Mais maintenant... Maintenant, elle désirait simplement enfreindre les règles. Braver l'interdit. Juste faire quelque chose pour elle-même. Quelque chose d'inattendu, d'osé. Logan et Ty semblaient lui faciliter la tâche.

Elle ne voulait plus avoir peur de ce que pensaient les gens d'elle. Elle ne souhaitait plus s'en soucier. Ce week-end était peut-être un début.

Sans rompre leurs regards, Logan déboutonna sa chemise et la retira de ses épaules, puis jeta ses bottes et retira son jean. Alors qu'il le poussait vers le bas, une couleur éclatante attira les yeux de Quinn. Quelque chose qu'elle n'avait pas remarqué auparavant... Un serpent corallien, plus grand que nature, mais tout aussi beau, enroulé autour de ses étroites hanches. Une fois nu, il se rapprocha d'eux, déviant son attention vers l'homme, et non son tatouage.

Quinn se trouva un peu bête, affalée sur Ty, alors elle essaya à nouveau de se retirer. Cette fois, il la laissa partir.

Ainsi, elle glissa à genoux sur le tapis. Elle était celle qui portait encore quelque chose, sa culotte noire en dentelle.

Elle se sentit impuissante. Elle ne savait pas quoi faire. Comment ça marchait. Ce qui était attendu d'elle.

— Arrête de t'inquiéter, la rassura Logan en tendant la main pour lever son visage vers lui.

Quinn relâcha sa lèvre inférieure de sous ses dents et expira. Logan sombra sur ses genoux, devant elle. Il repoussa une mèche de cheveux de son visage. Il échangea un rapide regard avec Ty quand le deuxième homme roula sur le côté et posa une main sur le dos de Quinn. Les grands doigts de celui-ci cajolèrent sa colonne. C'était apaisant, mais cela fit durcir à nouveau ses tétons.

Les doigts de Logan dérivèrent de son visage à ses seins, effleurant un téton, puis l'autre.

— On va y aller doucement.

La respiration de Quinn accéléra avec les doigts d'un homme qui titillaient ses tétons pendant que l'autre caressait son dos, jusqu'à la cime de sa culotte. Ty passa soudain un bras devant ses épaules et la poussa jusqu'à ce qu'elle soit allongée sur le dos, à côté de lui. Logan, quant à lui, fit dériver ses mains sur ses flancs.

— Libérons-toi de ce truc, murmura-t-il en tirant la culotte sur ses hanches et ses cuisses.

Il hissa avec soin une de ses jambes, puis l'autre, enlevant sa culotte noire par les pieds. Pendant toute la manœuvre, ses mains frôlèrent sa chair, caressèrent sa hanche, touchèrent la peau sensible derrière son genou, entourèrent son talon. Il leva un pied et plaça un baiser sur le cou de celui-ci. Il l'abaissa et passa ses mains sur ses mollets. Quand elles furent au niveau de ses genoux, il les poussa pour les écarter.

— Je veux te voir.

À nouveau, Logan fit un regard à Ty, mais Quinn ne put deviner sa signification.

Ty se redressa et décala Quinn entre ses jambes. Son dos contre l'avant de son corps, sa bite lovée sur sa colonne. Dure, brûlante. Elle put sentir la veine pulser. Ty enveloppa ses bras autour de sa taille et plaça ses lèvres sur son cou. Sur son pouls palpitant.

Au même moment, Logan leva ses genoux et les écarta, exposant Quinn à sa vue. Ses caresses.

— Si rose, souffla Ty à son oreille.

Quinn sentit un picotement entre les lèvres de son sexe et réalisa que c'était ses propres jus. Elle était si mouillée, si prête. Elle attendait.

Logan bougea entre ses jambes sur son ventre pendant que Ty la décala contre lui pour la mettre davantage dans une position assise. La posture parfaite pour regarder ce que Logan allait faire.

— J'ai raté le dîner, dit doucement Logan en gardant les yeux fixés sur sa chatte. J'ai très faim.

Quinn laissa retomber sa tête en arrière, contre le torse de Ty. Celui-ci se blottit dans son cou, son souffle chaud lui donnant la chair de poule.

— Regarde-le.

Elle le fit.

Logan glissa son index et son majeur en V entre ses lèvres gonflées, l'écartant pour lui. Sa tête se baissa et elle sentit la première caresse chaude de sa langue, le long de ses plis et jusqu'à son clitoris. Il décrivit un cercle, lécha et suça. Quinn haleta et inclina ses hanches pour lui offrir un meilleur accès.

Ty épingla ses bras sur les côtés, mais attrapa ses tétons entre ses doigts, les tirant, les tordant et pinçant les pointes durcies. Sa respiration s'accentua contre son cou, sa bite se contractant dans son dos. Ses testicules donnaient l'impression d'être des boules de feu contre la base de son cul.

Logan décala vers le haut le V de ses doigts, jusqu'à ce qu'il encadre son clitoris. Les lèvres de celui-ci s'ouvrirent et il la suça fortement. Quinn cria et essaya de tourner son corps. Le plaisir était trop. Trop intense. Il plongea deux doigts dans sa chatte.

— Combien de doigts peut-il y rentrer...? chuchota Ty contre la peau de Quinn, ses dents égratignant son épaule alors qu'il pinçait plus fort ses tétons. Il se balança contre elle, sa bite presque douloureusement dure contre sa colonne, son précum rendant sa peau huileuse.

Logan joua avec le noyau rigide de son clitoris et les plis glissants de sa chatte, puis inséra un troisième doigt en elle. Il fit des va-et-vient avec les trois doigts, à une allure insupportablement lente.

Quinn arqua son dos, poussant ses seins contre les mains de Ty et propulsant son sexe vers la bouche de Logan. Elle lutta pour libérer ses bras, voulant désespérément attraper les longs cheveux de Logan et presser sa bouche plus près d'elle.

La langue de celui-ci remplaça ses doigts, s'introduisant et sortant alors que son pouce décrivait des cercles, cette fois-ci, autour de son clitoris.

Quinn laissa échapper un petit gémissement alors que la tête de Logan faisait des mouvements saccadés entre ses jambes.

La langue de Ty caressa l'extérieur de son oreille et il suça son lobe, continuant de rouler les tétons de Quinn entre ses doigts. Ils étaient gonflés et endoloris, mais ça faisait délicieusement mal.

Encore une fois, deux doigts furent en elle, en va-et-vient, alors que Logan embrassait doucement l'intérieur de ses cuisses.

— Logan.

La voix grave la réveilla de son hébétude provoquée par le sexe.

— Laisse-moi la goûter.

Logan sourit à la demande de Ty. Avec un dernier grand coup sur sa chatte, il se hissa sur ses genoux, ses lèvres brillant de ses jus.

Quinn s'attendit à ce qu'ils échangent leur place, mais ils n'en firent rien.

Logan plaqua son torse contre la poitrine de Quinn et rencontra les lèvres de Ty au-dessus de son épaule. Leurs lèvres s'ouvrirent et la langue de Ty traça les lèvres de Logan avant de plonger entre. Leurs yeux se fermèrent, leurs bouches s'inclinant, et ils approfondirent ce baiser. La bite de Logan pressa contre son bas-ventre, où elle laissa une rayure brillante de son précum.

Quinn aurait dû se sentir écartée. La passion, l'amour entre les deux hommes était indéniable. Mais ce n'était pas le cas.

Elle se trouvait chanceuse d'en faire partie.

Et elle en voulait un, ou deux, en elle.

Pendant le baiser, Ty libéra ses bras. Elle tendit la main entre eux pour capturer la bite de Logan, utilisant son précum pour huiler sa paume alors qu'elle le frictionnait. Elle passa l'autre dans son dos et attrapa la verge déjà lubrifiée de Ty. Elle le caressa au même rythme que celle de Logan alors qu'ils continuaient de s'embrasser au-dessus d'elle, piégée entre les deux.

Leur baiser se rompit et Logan effleura ses lèvres avec les siennes avant que Ty s'en empare à son tour, lui donnant un petit baiser intense.

— Allonge-toi, ordonna Logan à Ty.

Celui-ci se remit sagement au centre du tapis en peluche,

sur le dos. Son sexe était toujours dur et se cognait contre sa hanche.

— Maintenant, toi, indiqua Logan à Quinn en prenant ses deux mains dans les siennes et la déplaçant pour qu'elle enfourche la taille de Ty.

Logan se pencha et aspira un de ses tétons dans sa bouche, mordillant le bout, ce qui fit crier Quinn. Il le relâcha et fit la même chose avec l'autre. Quinn plongea ses doigts dans les cheveux de Logan, mais il attrapa fermement ses poignets et les retira.

— Assieds-toi ! commanda-t-il en lui faisant un sourire rassurant.

Quinn baissa les yeux. Elle était toujours face aux pieds de Ty. Est-ce que Logan voulait qu'elle grimpe sur Ty à l'envers ? Elle n'était pas certaine qu'il rentre normalement.

— Logan, je...

Celui-ci plaça un doigt sur ses lèvres, interrompant sa protestation.

— Ne t'inquiète pas.

Il tint ses bras pour qu'elle ne tombe pas.

— Assieds-toi, répéta-t-il.

En se cramponnant à lui, Quinn s'abaissa, prévoyant de s'installer sur le ventre de Ty et de l'insérer doucement. Mais ce n'était pas ce qu'avait souhaité Logan. Il la tira par les bras jusqu'à ce que sa chatte fut directement au-dessus de la bite de Ty. Ce dernier avait sa verge dans la main pour la garder en place, déjà enveloppée de latex.

Quand sa fente glissante rencontra l'épaisse pointe de sa queue, Quinn lâcha un souffle tremblotant. Elle lutta contre l'envie de sombrer sur lui et de le monter violemment. Mais elle fut plus avisée. Logan souleva la majorité de son poids alors qu'elle se positionnait au-dessus de Ty, la tête de sa bite poussant un peu plus ses plis.

Quinn ressentit une appréhension, effrayée, mais excitée en même temps. La verge de Logan était à quelques centimètres de sa bouche, et avant d'y réfléchir à deux fois, elle la captura entre ses lèvres, remuant sa langue autour de l'extrémité. Logan grogna et lâcha presque ses bras, mais se décala pour avoir une meilleure prise. Elle aspira son sexe au fond de sa gorge, la tirant violemment avec sa bouche. Sa chatte pulsa, à la recherche de quelque chose, de quelqu'un au fond d'elle. Elle gigota ses hanches et trouva la position parfaite pour la queue de Ty alors qu'elle glissait plus loin sur sa tige palpitante.

— Bon Dieu, elle est trop serrée, Lo.

Ty était à peine en elle, mais Quinn se levait et s'abattait en rythme avec les va-et-vient de la bite de Logan dans sa bouche. Chaque fois qu'elle s'abaissait, Ty entrait un peu plus en elle. Un peu plus profondément. Un peu plus loin, l'étirant, la remplissant jusqu'au point où elle pensait exploser. Ça faisait du bien.

Enfin, la queue de Ty tamponna son col de l'utérus. Elle poussa un cri alors qu'un frisson parcourait ses muscles internes, l'enserrant davantage. Elle entendit un souffle sifflant sous elle.

— *Putain.*

Quinn relâcha la bite de Logan avec ses lèvres alors qu'il l'allongeait sur Ty, son dos sur le torse de celui-ci. Son corps était soulevé et tombait à chacune des respirations de Ty. Chaque fois qu'elle était hissée par son buste, sa queue se contractait en elle. Il leva ses hanches, bougeant suffisamment pour qu'elle en veuille plus.

Logan se déplaça au sommet de la tête de Ty et se pencha sur eux, passant ses mains sur les flancs de Quinn, sur ceux de Ty. Ses paumes dérivèrent sur leurs peaux brûlantes. Il décala son poids jusqu'à être au-dessus de Quinn, ses cuisses pressant contre ses épaules alors qu'il s'équilibrait, étirant son corps par-dessus Ty et elle.

En faisant ça, il eut un accès total à son monticule, l'endroit où Ty et elle étaient réunis. Il lui fit de petits baisers et de longues caresses avec sa langue sur le bas de son ventre. Quinn retint sa respiration alors que Logan plaçait sa bouche sur son clitoris et tétait. Ty continua à basculer ses hanches, s'enfonçant profondément dans sa chatte, la sensation d'étirement s'apparentant à un plaisir douloureux.

La position de Logan lui offrit un accès aisé à sa bite, qui frottait sa joue. Tournant la tête, elle lécha sa longueur. Ty inclina la sienne et aspira les boules de Logan dans sa bouche.

Celui-ci se tendit au-dessus de Quinn et souffla violemment contre son clitoris.

— Merde.

Ty continua de rouler les bourses de Logan dans sa bouche tout en pilonnant Quinn. Elle était glissante, mais serrée. Les coups de sa bite combinés aux mouvements des lèvres de Logan la firent gigoter. Elle lécha plus furieusement la verge de Logan, de la racine à la tête, avant d'y décrire des cercles et progresser vers la base.

Quinn souhaita se redresser, mais elle n'y parvint pas. Elle voulait chevaucher Ty longtemps et violemment. Mais leur position la laissait démunie. Le manque de contrôle la poussa plus près du bord.

La main de Ty trouva son sein, le pressant et le pétrissant. Son autre main se leva vers le cul de Logan.

Quinn ne put qu'imaginer ce qu'il faisait à Logan alors que celui-ci grognait contre sa chatte.

— Tyson, grommela Logan alors qu'il se projetait un peu vers l'avant.

La bite de Logan pulsa un peu plus, si c'était possible, dans sa bouche.

Logan se balança un peu au-dessus de Quinn pendant que Ty basculait ses hanches vers elle, enfouissant à chaque coup sa bite au fond de son vagin.

— Ty, je vais venir ! cria Logan en s'extirpant de la bouche de Quinn.

Ty relâcha le cul de Logan et attrapa les seins de Quinn, les pressant l'un contre l'autre. Logan décala assez son poids pour plonger sa verge entre les seins de Quinn alors que Ty pinçait encore une fois ses tétons. Logan se plaqua contre son corps, baisant sa poitrine alors qu'il abattait sa bouche sur son clitoris. Ty se projeta vers le haut, enfonçant plus profondément sa bite en elle.

Quinn sentit la crispation de ses muscles internes commencer.

— Oh, *putain.*

Son orgasme se propagea depuis son centre et elle ouvrit la bouche pour hurler. Rien ne sortit, à part un couinement.

Ty grogna en dessous d'elle alors que Logan la fourrait quelques fois de plus. Puis, elle sentit le soubresaut de la verge de Logan et les chaudes giclées de sperme atterrissant sur son ventre.

Logan se dégagea en roulant et s'affala mollement sur le tapis. Son torse se souleva et tomba alors qu'il respirait difficilement, presque en même temps que le souffle de Ty sous Quinn.

La main de celui-ci dériva sur le ventre de Quinn, décrivant des cercles sur l'éjaculat qui recouvrait sa peau. Il laissa échapper un grand soupir et elle tenta de s'extraire de lui, mais il la tint près de lui, sa bite toujours en elle. Elle se contractait encore occasionnellement. Ty le faisait sûrement exprès, pensa-t-elle, et elle ne put s'empêcher de rire.

Logan roula sur le côté et soutint sa tête avec ses mains, lui faisant un sourire.

— Qu'est-ce que est si drôle ?

Ty fléchit son pénis en elle une nouvelle fois et il se joignit à son rire. S'il continuait, elle allait jouir à nouveau. Il lui en faudrait peu, elle était hyper sensible. Les vibrations de son rire ne l'aidaient pas du tout.

Chapitre Six

Ty étira ses muscles. En le faisant, il se décala suffisamment pour se déloger de Quinn. Logan se mit debout et l'aida à se lever.

— Faut qu'on prenne une douche, proposa Logan en observant les marques sur le ventre de Quinn.

Ty avait définitivement besoin d'une douche. Ça s'était beaucoup mieux passé qu'il le pensait. C'était incroyable que Quinn se soit adaptée si bien à eux deux, si rapidement. Oui, ils y allaient *lentement,* comme Logan le voulait. Mais Quinn semblait très ouverte d'esprit et sensuelle. Il était persuadé qu'elle serait partante pour en explorer davantage avec eux.

Mais pour le moment, il ne souhaitait pas non plus la dépasser et lui faire peur. Cette dernière semaine, Logan et lui avaient marché sur des œufs en se demandant si elle oserait venir. Elle était là. Elle semblait parfaite pour les compléter tous les deux. Certes, il était encore tôt.

Et ils ne la connaissaient pas vraiment. Ni le contraire...

— Ty ? appela la voix rude de Logan, le sortant de ses pensées.

Quinn et lui étaient tous les deux debout à le fixer, nus. Quinn portait toujours la preuve de leur aventure sexuelle.

En effet, ils avaient vraiment besoin d'une douche.

Sans hésiter, Ty ramassa Quinn dans ses bras, la faisant crier de surprise. Mais elle rit alors qu'ils défilaient dans la grande salle de bain principale.

Logan alluma les jets de la douche, ajustant la température, alors que Ty laissait glisser Quinn le long de son corps.

— Ça va ?

— Oui, répondit Quinn après avoir léché sa lèvre inférieure.

— Sûre ?

Elle hocha la tête et lui fit un petit sourire.

— Aucun regret ?

Son sourire s'élargit, le soulageant un peu.

— Aucun.

Logan vint derrière elle et posa un baiser sur son épaule.

— Bien, parce que ce n'était que le début.

Quinn fit serpenter un bras autour du cou et de la tête de Logan, la renversa pour l'attirer dans un baiser.

Un soupçon de jalousie frappa Ty avant qu'elle tende à l'aveuglette le bras vers lui. Il se rapprocha d'elle, les doigts de Quinn s'enroulant sur son torse.

— Douche, dit Logan en rompant le baiser.

Il attrapa la main de Quinn, avec celle de Ty, et les tira dans l'énorme cabine de douche. Elle était entourée de verre dépoli et possédait des jets sur les côtés en plus de l'immense pommeau. Ty l'adorait. Il le devait bien puisqu'il l'avait choisie. Tout comme le grand jacuzzi et la double vasque. Enfin, tout ce qu'il y avait dans la salle de bain était son idée.

Ty ferma la porte en verre derrière lui et se mit devant un des jets, appréciant la pression de l'eau qui lui giclait dessus.

Elle était chaude et lui piquait légèrement la peau, mais cela fit du bien à ses muscles.

Logan saisit une éponge en loofah et versa du gel douche dessus, la frictionnant jusqu'à ce qu'elle mousse. Ty fut envoûté par l'eau chaude qui descendait sur le corps de Logan, et ce, même s'il l'avait vu de nombreuses fois. Ils adoraient baiser sous la douche. Mais ce soir, pour une certaine raison, il semblait plus absorbé par son amant. Peut-être parce qu'il devait le partager.

Pas que ça le dérange. *Pour le moment.*

Il regarda Quinn, qui frottait ses cheveux, d'un blond foncé maintenant qu'ils étaient mouillés. Elle était magnifique. Sa peau était claire, ses cheveux blonds, sa couleur naturelle. L'eau dévala les boucles dorées jusqu'au sommet de ses cuisses. Ses jambes étaient suffisamment longues et bien galbées. Il était plutôt exigeant concernant les femmes. Pendant sa carrière de footballeur pro, il avait eu de nombreuses opportunités, bien trop de groupies. Mais il n'avait rien à reprocher à Quinn.

C'était peut-être pour ça que Logan l'avait ramenée à la maison ? Parce qu'il savait ce que Ty aimait ?

Peut-être. Mais l'attirance entre Logan et Quinn était indéniable, si ce n'est un peu déroutante. Il aimait Logan et ne voulait pas que quelqu'un se mette entre eux.

Les rejoigne ? Éventuellement. Les sépare ? Non.

Logan lui tendit le loofah plein de savon et attrapa un gant sur la grille de la douche pour se décrasser. Il commença à frotter le dos de Quinn et Ty comprit le message. Il passa le loofah sur la poitrine et le ventre de celle-ci, lavant gentiment les restes de leurs ébats. Il se mit à genoux et savonna ses jambes alors que Logan s'occupait de ses bras et son cou. Ty observa pendant que Logan suivait le flux d'eau sur son corps avec ses lèvres, remarquant que son amant durcissait à nouveau.

Ty se leva et se glissa derrière Logan, déplaçant le loofah sur la peau de celui-ci. Il logea sa main entre Logan et Quinn pour laver son torse, s'assurant de toucher l'anneau sur le téton de Logan. La bite de Ty banda, impatiente. Il passa une main sur le cul mouillé de Logan et plongea entre ses fesses.

Logan se retourna et attrapa les bras de Ty, les coinçant derrière son dos. Il poussa celui-ci contre le mur de carreaux et enfouit un genou entre les cuisses de celui-ci. L'expression de Logan parut féroce quand il revendiqua la bouche de Ty, violant ses lèvres des siennes. Ty haleta contre la bouche de Logan, la savourant. Il adorait quand son amant prenait le contrôle, même si c'était le plus petit d'eux deux.

Logan rompit le baiser et attrapa le lobe de Ty entre ses dents.

— Jaloux ?

Ty resta silencieux. Maintenant incroyablement dur, sa bite remontait contre la hanche de Logan.

— Si tu n'aimes pas ça, je t'attacherai et te ferai regarder pendant que je la baise.

Sa menace murmurée dans l'oreille de Ty envoya des éclairs le long de sa colonne. Il hocha légèrement la tête, très conscient de la prise qu'avaient toujours les dents de Logan sur son lobe d'oreille.

Ce dernier le libéra d'un coup et le pouls de Ty ralentit un peu.

Son amant retourna son attention vers Quinn, qui était concentrée à laver ses cheveux. Elle avait ignoré le petit spectacle de dominance masculine, bien que Ty sût qu'elle était moins à l'aise qu'elle le faisait croire.

S'il n'allait pas baiser sous la douche, il n'avait aucune raison de sortir. Il s'extirpa de la douche et attrapa une serviette sur le porte-serviette chauffé. Un autre élément sur lequel il avait insisté pour la salle de bain.

Il sécha son corps imberbe, se regardant dans le miroir. Il passait beaucoup de temps pour garder la ligne, prenant soin de son apparence. Il le faisait pour lui-même, mais aussi pour l'homme qui était dans la douche avec une femme. Une autre amante.

Préalablement, ils avaient discuté en détail d'intégrer une troisième personne. Mais maintenant que ça se concrétisait, il ignorait s'il pouvait s'habituer à l'idée. Il ignorait s'il le désirait.

Par contre, il devait admettre qu'il appréciait Quinn pour l'instant. À l'exception de sa méconnaissance du football, il n'avait rien trouvé de déplaisant chez elle. Mais est-ce que sa relation avec Logan survivrait à une troisième personne ?

— Ty.

Il sursauta et réalisa qu'il caressait sa bite au-dessus de la serviette. Elle était moins dure qu'au moment où Logan l'avait plaqué contre le mur. Le reflet du miroir révéla Logan sortant sa tête de la douche. À un certain moment de sa rêvasserie, l'eau avait été coupée.

— File-moi une serviette, T.

Ty le fit et Logan et Quinn s'extirpèrent prudemment de la douche. Il tint une serviette ouverte pour elle et Quinn avança droit dans les bras tendus de Ty. Il l'enveloppa fermement autour d'elle et coinça le coin en le glissant à l'intérieur.

— Merci, dit-elle en lui souriant.

Ty se rappela à lui-même que l'idée d'être ici ne venait pas de Quinn. C'était celle de Logan. Il l'aimait et devait respecter ses décisions. Quinn ne semblait pas avoir d'intentions cachées. Du moins, de ce qu'il pouvait voir.

Ty donna à Quinn une petite serviette pour sécher ses cheveux. Et quand ils ne furent plus qu'humides, il la conduisit dans la chambre où Logan attendait avec une serviette enroulée autour de sa taille.

Ty n'avait pas pris la peine de se couvrir. Il était toujours nu, sa bite plus détendue, sa serviette mouillée dans sa main. Une pensée malicieuse lui traversa l'esprit et il la roula. Logan ne faisait pas attention, occupé à fouiller dans l'un des tiroirs de la commode.

Il fit claquer la serviette, la fendant sur le cul de celui-ci.

Logan hurla et sursauta, sa serviette mouillée, maigre protection contre le coup de fouet lancinant.

— Petit con !

Avec un rire et un mouvement du poignet, il retira sa propre serviette et la roula rapidement.

Ty se sauva pour se mettre de l'autre côté du large lit, espérant s'abriter grâce à la distance entre eux. Logan bondit vers lui, sa serviette mordant la hanche nue de Ty.

— Putain !

— Ça fait mal, hein ? rigola Logan en écartant les jambes pour prendre une posture de combat. Viens, fais de ton mieux.

Ty sentit le rire remonter dans son ventre. Il adorait les moments comme ça avec Logan. Le chahut avait été quotidien dans les vestiaires de son équipe, mais il préférait taquiner Logan. Ça finissait mieux en général. Avec l'un d'eux au fond de l'autre...

Clac !

Logan l'avait à nouveau eu. Ty frotta sa peau cuisante. Cette fois, la cible avait été son téton et Logan avait frappé dans le mille. Il l'avait eu !

Ty bondit et plaqua Logan sur le lit, l'épinglant sur la couverture. Il saisit les poignets de l'homme plus petit que lui, les maintenant sur le matelas d'une poigne ferme, et il enfourcha les hanches nues de Logan.

— Je t'ai attrapé.

Maintenant, ils étaient tous les deux en totale érection, leurs bites écrasées l'une sur l'autre. Ty décala ses hanches et frotta sa longueur sur celle de Logan. Les paupières de ce dernier se baissèrent et un muscle tressaillit dans sa mâchoire alors que Ty recommençait. Et encore une fois.

Un mélange entre un grognement et un juron émana des lèvres écartées de Logan. Sa respiration devint irrégulière et il laissa échapper un soupir.

Ty se pencha pour l'embrasser, leurs souffles se mêlant comme leurs langues.

— Mon Dieu, je veux te baiser, murmura Ty contre les lèvres de Logan.

Avec les bras de Logan toujours coincés, Ty descendit sur le torse de Logan, effleurant la peau d'un doré clair avec ses lèvres.

— Tu me désires. Tu me veux en toi.

Il attrapa le téton percé de Logan dans sa bouche et tira l'anneau avec sa langue.

Logan souleva ses hanches du lit et, avec une force qui surprit encore une fois Ty, il tordit son corps et renversa d'un coup la situation. À présent, Ty était en dessous et Logan au-dessus.

Ty savait qu'il était le plus fort des deux. Il le savait. Mais Logan semblait toujours avoir le dessus.

Il resta calme un instant jusqu'à ce que Logan se relâche un peu. Puis, aussi rapidement que Logan, Ty se libéra et plaqua celui-ci contre le matelas, le retournant et mettant son poids sur lui pour le garder en place. Il tendit automatiquement la main vers le tube de lubrifiant sur la table de chevet. Agrippant le cul de Logan, il écarta ses fesses.

— Tyson.

Le ton était grave et autoritaire. Mais Ty s'en fichait, il

était attiré par l'anus de Logan. En cet instant, il ne désirait rien de plus qu'être enfoui au fond de son amant. Il ouvrit le couvercle du tube et fit jaillir quelques gouttes de lubrifiant sur la fente entre les fesses de Logan, et sur sa propre bite.

— *Tyson.*

Ty enroula sa main autour de sa verge, la caressa plusieurs fois pour étaler le gel, la pressant contre l'anneau étroit de Logan.

— Tyson !

Cette fois, le ton de Logan le stoppa. Il serra les dents contre la puissante envie de l'enfoncer dans le cul de Logan.

— Putain ! Quoi ?

Le haut du corps de son amant était suffisamment tourné pour lui révéler le mélange d'émotions sur son visage.

Logan voulait qu'il le baise. Logan souhaitait qu'il s'arrête. Mais pourquoi ?

Merde.

Ty avait complètement oublié Quinn. Elle était assise au bord du lit, la serviette toujours enroulée autour d'elle. Elle avait un air...

Ce n'était pas du dégoût. Elle n'était pas repoussée par le fait que deux hommes veuillent s'envoyer en l'air. Non, Ty supposait que c'était du désir dans ses yeux. De l'excitation. L'attraction des plaisirs interdits.

Elle était assise au bord du lit, sa main agrippant la serviette autour d'elle. Ses cheveux blonds étaient drapés sur ses épaules nues en de longues vagues humides. Sans maquillage, elle était toujours belle. Naturelle. Ty aimait ça.

Il mit une main dans le creux du dos de Logan et se repoussa légèrement, mais ne rompit pas complètement le contact.

La poitrine de Quinn se soulevait sous sa serviette, simple observatrice face à leur objectif.

— Tout à l'heure, vous m'avez partagée, mais vous n'avez pas profité l'un de l'autre, déclara-t-elle d'une voix qui se fissura.

— Comme je l'ai dit, on va aller doucement.

Ty sentit la vibration de la voix de Logan sous sa paume.

— On ne voulait pas...

— Me choquer ?

— C'est un peu dramatique, répondit Logan en inclinant le haut de son corps pour la regarder pleinement, et il lécha ses lèvres. Quinn, est-ce que t'as déjà vu deux hommes ensemble ?

Les mots de Logan coupèrent le souffle à Ty. Ses muscles se contractèrent.

— Baiser ?

— Ouais, OK. *Baiser*.

— Dans un porno à la fac.

Ty rit, brisant sa nervosité.

— Pourquoi on ne lui montre pas comment on fait ? Pour voir si elle peut le supporter.

Ty savait qu'elle en serait capable. Il voulait juste une excuse...

Logan s'installa sur ses coudes et se tordit pour le regarder.

— Et tu crois que tu vas être au-dessus ?

Ty glissa sa bite lubrifiée entre les fesses de Logan en un long mouvement taquin.

— Je ne le pense pas. Je le sais.

Logan contracta les muscles de son cul et serra les fesses autour de la bite de Ty. Il le voulait tellement en lui. Mais Ty était gros et ça faisait un moment que Logan n'avait pas été en dessous.

Bien longtemps.

Jusqu'à maintenant, Ty avait été content d'être le receveur. Ce soir, les choses étaient chamboulées. Probablement parce que Quinn était assise là, à les observer, fascinée. Il imaginait ses lèvres pulpeuses autour de sa bite pendant que Ty le fauchait.

Logan plia ses hanches et se décala vers l'arrière au moment où la tête de la verge de Ty glissait sur son trou. Logan recula contre lui et il sentit la pression de la large couronne sur son anneau serré. Il se força à se détendre et appuya son front pendant une seconde sur la couverture, puis laissa sortir un long soupir.

— Quinn ?

Il ne voulait pas qu'elle se sente mise à l'écart. Son regard était fixé sur ce que faisait Ty et elle hocha légèrement la tête. Il dut supposer qu'elle donnait son approbation, qu'elle n'était pas contrariée parce qu'ils s'apprêtaient à faire. Le fait qu'elle ne parvienne pas à trouver de mots devait être une bonne chose. Ça voulait peut-être dire qu'elle était excitée par la perspective que Ty baise le cul de Logan. Peut-être autant que Logan l'était.

L'idée que Ty l'encule l'excitait. L'idée que Quinn regarde l'enflammait encore plus.

Logan hocha la tête, résigné. Ty allait être au-dessus ce soir. Il voulut lui dire d'être tendre avec lui, d'y aller doucement. Mais comme dominant de la relation, Logan fut incapable de formuler les mots. Il prendrait ce que Ty lui donnerait. Avec un peu de chance, sans gémir.

La bite de Logan fuita un peu plus sur la couverture. Il décala légèrement sa position, son derrière plus haut, offrant un meilleur accès à Ty.

Ce dernier attrapa le lubrifiant et fit gicler un peu plus de gel autour de son trou. Il ferma d'un coup sec le couvercle et jeta le tube sur le côté avant de glisser un doigt luisant sur l'anneau de Logan. Plus Ty faisait des cercles autour du trou, plus Logan voulait qu'il s'enfonce au fond et le baise vite et violemment. Un doigt fit pression sur son anus et Ty le trempa dedans. Logan grogna. Ce n'était qu'un avant-goût de ce qui allait arriver.

Ty glissa son doigt jusqu'au bout, puis en entra un autre. Il le fourra un peu pour essayer d'assouplir la cavité de Logan. Ce dernier laissa sortir un souffle frissonnant, mais resta encore silencieux.

— Bébé, t'es si serré. Je ne sais pas, Lo. Ça fait longtemps.

Logan refusa de répondre. Ty ajouta un troisième doigt et baisa doucement Logan. Les sensations de retrait et de pénétration firent palpiter la bite de Logan plus intensément.

Ty ôta d'un coup ses doigts et Logan lâcha un sifflement. Il ne pouvait pas regarder derrière lui, il ne voulait pas savoir quand. Il souhaitait simplement sentir.

La pression de la tête de Ty contre son trou du cul le crispa une seconde. Mais il se força à se détendre. Elle s'intensifia alors que Ty appuyait, attendant que sa queue viole le cercle. Puis, elle réussit. Ce fut étroit et douloureux. Ty avança doucement, enfouissant son manche dans le canal serré de Logan.

Les doigts de Ty creusèrent péniblement les hanches de Logan, le maintenant immobile pendant qu'il s'enfonçait lui. Plus il allait loin, plus Logan était étiré, plus ça brûlait. Et puis, Ty le toucha. Le point magique.

Il ne le heurta que légèrement, mais Logan haleta et se poussa contre lui jusqu'à ce que Ty soit complètement fourré en lui. Ce dernier se figea et il n'y eut plus aucun bruit dans la pièce, à part leurs respirations pesantes. Logan ferma les yeux et savoura cette satiété.

C'était comme ça qu'ils ne faisaient qu'un. Comme si, à

ce moment précis, ils se sentaient totalement connectés. C'était à ce moment-là qu'ils étaient amants, pas simplement en couple.

Ty se recula, doucement. Puis, il fut à nouveau entièrement logé à l'intérieur. Il se retira encore un peu et s'enfonça une nouvelle fois en entier dans Logan. La troisième fois, il s'enleva jusqu'à ce que la couronne de sa bite fut juste au bord de l'anneau serré de Logan. Puis, il s'enfouit à nouveau au fond.

Logan put sentir Ty trembler, ses doigts creusant bien sa chair. Logan avait retenu quelque chose de précieux à Ty pendant longtemps. Il avait pris le contrôle de leur relation. Bien qu'ils l'eussent tous les deux apprécié, Ty avait fini par louper une partie de leur intimité.

Logan se jura à lui-même qu'il se rattraperait. En plus, il avait oublié à quel point c'était bon de sentir Ty fourré en lui.

Le coup suivant où Ty se retira, il sortit complètement et fit gicler plus de lubrifiant sur sa verge. Sans hésiter, il l'enfonça au fond.

Logan rua contre lui, laissant échapper un vigoureux grognement. Ty inséra une main entre eux et attrapa les boules de son amant, les entourant avec son pouce et son index, à la base de la bite et des bourses de Logan. Il pressa, coupant le sang de l'érection de Logan, un anneau pénien qui durcit encore plus celui-ci.

Logan sentit un truc effleurer ses côtes. Il ouvrit les yeux pour voir que Quinn s'était rapprochée d'eux, scrutant l'endroit où ils étaient unis. Observant les mouvements de Ty avec fascination.

Ty ralentit un peu son allure quand Quinn tendit la main et la passa sur son torse, vers son ventre, puis sur le cul de Logan et le long de sa colonne.

Les contempler l'avait excitée. Ses yeux brillaient, les

paupières baissées et les lèvres écartées.

— Qu'est-ce que tu désires, Quinn ? demanda Logan au travers de ses dents serrées.

Sa question attira son attention et elle le regarda.

— Qu'est-ce que tu veux ? répéta-t-il.

— Je ne sais pas.

— Ah... s'exclama Logan, alors que Ty poursuivait sa cadence, ses hanches contre le derrière de Logan. Tu veux te joindre à nous ?

Elle mordit sa lèvre inférieure, et après un moment, hocha la tête.

— Enlève ta serviette.

Elle décrocha le coin et déplia le linge de son corps. Alors qu'elle le faisait, elle glissa une main entre ses jambes et pressa ses doigts sur son clitoris.

— Préservatif ! ordonna Logan, d'une voix plus essoufflée qu'il l'aurait souhaitée.

Mais bien sûr, il était en train de se faire parfaitement enculer par son amant.

Il reprit sa respiration par ses narines dilatées, essayant de se concentrer sur ce que faisait Quinn.

Elle les contourna en rampant, sur le matelas, jusqu'à la table de nuit et y trouva un préservatif dans le tiroir.

— Enfile-le sur moi.

Elle arracha le paquet avec ses dents et sortit le disque de latex. Elle se traîna pour se replacer à côté d'eux et tendit la main sous son corps. Elle pressa le préservatif sur la tête palpitante de son membre et le déroula sur sa longueur.

Logan jura et mordit l'intérieur de sa joue pour s'empêcher de jouir. Ty continua de s'enfoncer au fond. Il changeait d'angle après quelques coups pour se frotter contre la prostate de Logan.

Celui-ci inspira profondément plusieurs fois pour être

capable de parler.

— Mets-toi sous moi.

Logan hissa un bras et la laissa glisser sous son corps, dans la position du missionnaire.

— Écarte tes jambes.

Elle le fit. Elle était sous lui à présent, levant les yeux vers son visage. Ses lèvres étaient ouvertes et sa respiration sortait en de rapides halètements.

Logan réalisa qu'il haletait aussi.

— Ouvre ta chatte avec tes doigts.

Elle descendit ses deux mains pour séparer les plis de son sexe.

Logan se baissa lentement pour ne pas déloger Ty, qui avait stoppé ses mouvements jusqu'à ce qu'il s'installe.

La bite de Logan se lova contre la vulve de Quinn, trouvant le bon emplacement.

— Glisse vers le bas, ordonna-t-il.

Et elle le fit, l'introduisant profondément en elle. Elle était assez mouillée pour qu'il n'y ait aucune résistance. Logan n'avait jamais rien senti d'aussi bon dans sa vie. Sa verge était enfouie dans une chatte brûlante et serrée, tout en ayant son amant au fond de son canal anal.

Il pourrait rester comme ça pour l'éternité.

Ty eut des envies différentes. Il grogna et plongea en lui. Chaque poussée enlisait Logan au fond de Quinn.

Celle-ci se tortilla sous lui, criant à chaque mouvement que faisait Ty. Ses mains s'agitèrent sans but.

— Pince tes tétons ! ordonna Logan.

Elle pressa ses seins l'un contre l'autre, les malaxa, ses doigts tordant ses deux tétons. Ses hanches s'inclinèrent, conduisant Logan plus loin, et elle se propulsa contre lui. Logan resta parfaitement immobile alors que Quinn le baisait d'en dessous et que Ty l'enculait derrière.

Logan laissa tomber sa tête sur l'épaule de Quinn. Il avait du mal à soutenir son poids pour ne pas l'écraser. Ses bras commencèrent à trembler. Il lécha la peau de Quinn sur sa clavicule et le long de son cou. Il trouva un point sensible et le mordilla. Elle renversa sa tête en arrière et s'arqua contre lui, broyant son clitoris contre son bas-ventre. Les couilles de Logan se serrèrent et il voulut se libérer.

Quinn sombra à nouveau sur le matelas et Logan posa son front contre le sien.

— Quinn, chuchota-t-il.

Elle ouvrit les yeux et croisa les siens. Puis, d'un coup, ils s'écarquillèrent. Elle arqua une nouvelle fois son dos et cria. Il sentit les frémissements autour de sa bite alors qu'elle venait. Gardant leurs regards soudés.

Logan se soulagea, un grognement guttural sortant des profondeurs de son corps. Il cracha sa semence, sa verge pulsant en elle.

Une seconde plus tard, Ty grogna bruyamment et se pressa fort contre lui avec de petites poussées intenses alors qu'il répandait son sperme au fond de Logan.

Ils étaient trempés, collants et rassasiés, mais trop fatigués pour bouger. Enfin, Ty se décala pour libérer Logan, extirpant sa bite épuisée. Ty se pencha et déposa un baiser sur le cul de Logan.

Ce dernier s'effondra à côté de Quinn, vigilant à ne pas l'écraser. Il lâcha un long soupir.

— Putain, fut tout ce qu'il parvint à dire.

— Putain, répéta Quinn, les yeux fermés, le corps détendu, mais toujours dans la position dans laquelle Logan l'avait laissée.

Ty tomba sur le matelas de l'autre côté de Quinn.

— Putain. La prochaine fois, je veux être au milieu.

Le lit trembla de leurs rires indolents.

Chapitre Sept

Que demander de mieux que se réveiller à côté d'un mec sexy ? Se réveiller coincée entre deux canons ! Après avoir récupéré un peu d'énergie la veille, ils s'étaient douchés une nouvelle fois, avant de s'effondrer sur le lit comme une portée de chiots. Un amas de bras et de jambes enchevêtré.

Après un copieux petit-déjeuner équilibré, Ty disparut. Quinn aida donc Logan à ranger la cuisine.

Celui-ci frotta la vaisselle. Quinn les rinça et les rangea dans le lave-vaisselle. La cuisine était énorme et avait tous les équipements dont on pourrait avoir besoin. Et plus encore.

Quand ils eurent fini, Quinn sombra sur une des chaises et passa ses mains autour d'une tasse de café. Elle prit une gorgée prudente.

La menuiserie dans la cuisine, tout comme le reste de la maison qu'elle avait vu pour le moment, donnait l'impression d'être artisanale. Les placards étaient magnifiques, presque des œuvres d'art. Le grain naturel du bois ressortait grâce à la teinture utilisée.

— C'est Ty et moi qui avons construit cette maison.

La remarque de Logan détourna son regard vers lui, interrompant sa contemplation de l'ouvrage.

— Juste vous deux ?

Ses cheveux étaient lâchés autour de son visage, un peu désordonnés, et sa barbe était légèrement longue puisqu'il n'avait pas eu le temps de la couper le matin même. Il s'appuya contre le comptoir en croisant les bras sur son torse. Son jean s'adaptait en tous points à son corps et son t-shirt usé noir Johnny Cash enlaçait ses muscles, les manches pas assez longues pour cacher ses épais biceps. Ils étaient beaux, mais pas aussi gros ou dessinés que ceux de Ty.

— Pour la plupart. On a pris des entrepreneurs pour certains trucs. L'électricité, le béton, des choses comme ça. Ty est doué avec ses mains.

— Oui, c'est vrai, répondit Quinn en sentant la ruée de chaleur dans ses joues quand Logan rigola. Enfin, c'est un foyer magnifique.

Logan inclina la tête et l'observa.

— J'aime bien la façon dont tu dis *foyer* et non pas *maison*.

— Eh bien, c'est l'impression que ça donne. Pas juste un abri.

Logan resta silencieux un moment. Il se tint là, à la fixer.

Soudainement mal à l'aise, Quinn se leva et avança vers les portes-fenêtres qui menaient à l'énorme terrasse en bois. Le soleil raviva son visage à travers la vitre, alors que le café qu'elle buvait réchauffait ses organes frémissants.

Quinn sentit Logan bouger derrière elle et regarda son reflet dans la vitre. Il tendit la main devant elle pour tourner le verrou de la porte et l'ouvrir.

— Viens. Allons dehors. Il fait très bon.

Elle le suivit sur la terrasse, avançant avec prudence pour éviter de planter des échardes dans ses pieds nus. Elle marcha jusqu'à l'extrémité opposée et s'appuya contre la rambarde. Logan s'approcha, enveloppant ses bras autour d'elle, et l'attira contre lui. Elle se pencha contre son torse, se figeant suffisamment pour sentir son cœur battre contre son omoplate. Son rythme était lent, régulier et apaisant.

Elle regarda les champs qui entouraient la bâtisse. Les terrains étaient majoritairement plats. Il y avait des hectares et des hectares de pelouse, à perte de vue. Tous bien entretenus. C'était à ça que ressemblerait un jardin bien soigné dans la maison d'un géant.

— Vous avez un bel endroit ici.

— Merci, murmura-t-il en posant son menton sur son épaule.

— Qu'est-ce qui t'a mené à la production de gazon ?

— Je ne sais pas vraiment. Je suppose que je suis tombé dedans. Mon oncle, qui vit dans le Kentucky, y gère une ferme de pelouse. Je lui ai rendu visite un été quand j'étais au lycée. Il m'a fait travailler et j'ai trouvé que c'était une solution facile pour être paysan. Bien plus simple que les vaches ou les cochons.

— C'était ta seule option ? gloussa Quinn ? D'être fermier ?

— Eh bien, c'était soit faire pousser de l'herbe légale ou bien de l'herbe illégale, commenta-t-il en haussant les épaules. Mon oncle m'a aussi remis les pendules à l'heure en quelque sorte.

Quinn pivota légèrement pour essayer de distinguer son expression, mais Logan la tint fermement dans ses bras et garda son menton sur son épaule.

— Ma mère m'a obligé à partir cet été-là parce que je n'étais pas de tout repos pour elle. Elle était mère célibataire et je commençais à traîner avec les mauvaises personnes.

Quinn resta silencieuse, attendant de voir s'il allait en

révéler plus. Il n'en fit rien. Elle avait l'impression qu'il y avait une histoire derrière tout ça.

— Elle savait que tu étais gai à cette époque ?

Logan se raidit. Il la lâcha et recula.

— Je ne suis pas gai.

Quinn se tourna et ouvrit la bouche pour le contredire, mais la referma rapidement. Son expression était sombre et renfermée. Il avait serré ses mains, ses bras tendus sur les côtés.

— Si j'étais gai, je n'aimerais pas les femmes. J'adore les femmes.

Il secoua la tête, ses cheveux balayant son visage. Il ferma les yeux, prit deux inspirations avant de les ouvrir à nouveau. Quinn le vit se détendre ostensiblement. Ses doigts se déplièrent et ses épaules s'abaissèrent.

— Quinn, je peux comprendre pourquoi tu penserais que je suis gai. Mais en réalité, on est bisexuel.

— Désolée, dit-elle en baissant les yeux vers ses orteils nus. Je ne voulais pas te contrarier. C'est tout nouveau pour moi.

C'était le moins que l'on puisse dire.

En moins de deux, il avait une main sous son menton et un bras passé dans son dos. Il inclina son visage vers le haut.

— Non, c'est moi qui suis désolé. Je vis avec ce cliché depuis longtemps.

Il se pencha et frotta son nez contre le sien. Un bisou esquimau.

— Je suis content que ce soit nouveau pour toi. Je veux que tu apprécies ce week-end et que tu expérimentes des choses que tu n'avais jamais connues auparavant.

Puis, il regarda sa bouche. Il en prit alors possession, l'embrassant assez avidement pour que Quinn frémisse et serre ses cuisses. Sa chatte pulsa et se ramollit. Il glissa une main dans ses cheveux et renversa sa tête en arrière, approfondissant leur baiser, descendant ses mains pour attraper ses fesses et la presser contre lui, contre sa bite déjà dure.

Sans prévenir, il recula, rompant le baiser et leur contact. Ses lèvres étaient luisantes, ses joues brûlantes du frottement avec sa barbe.

Quinn retroussa ses orteils et ferma les yeux, forçant son cœur à arrêter de tambouriner si fort. Elle déglutit. Après un moment, elle le regarda.

— Viens, proposa-t-il en lui tendant une main. Je vais te faire visiter une vraie ferme de gazon authentique.

Ils roulèrent dans la cabine d'un monstrueux tracteur. Plus une tondeuse sous stéroïdes. C'était une machine effrayante et Quinn se demandait s'il devait avoir un permis spécial pour le conduire. Elle avait toutes sortes de leviers qu'elle faisait attention de ne pas toucher.

C'était la dernière chose dont elle avait besoin, activer l'engin et ruiner un de ses champs parfaits. Ce serait comme prendre une tondeuse à cheveux et tomber accidentellement sur la tête de quelqu'un, leur rasant un coin du crâne.

Non. Elle gardait ses mains en place alors qu'elle se trouvait sur les genoux de Logan, tous les deux rebondissant sur le siège super moelleux. Heureusement, la cabine était climatisée avec la journée qui se révélait très chaude. Logan avait même une radio, dans laquelle il pouvait brancher son iPod. De la musique country connue jouait en arrière-plan alors qu'il pianotait avec ses doigts sur les cuisses de Quinn recouvertes de son jean.

Ils allèrent dans un champ éloigné. Logan lui montra alors comment l'équipement était utilisé, en parcourant le champ d'une manière structurée, coupant l'herbe à une longueur parfaite pour stimuler la densité.

Elle apprit que la marmotte n'était pas la meilleure amie des producteurs de gazon. Les biches non plus. Elle évita de demander comment il se débarrassait des créatures indésirées, bien qu'elle remarqua que Logan avait un fusil suspendu à l'arrière de la cabine. Elle avait de la chance qu'ils ne soient pas tombés sur ces invités malvenus pendant leur tour. Elle n'était pas d'humeur à le regarder exploser la tête d'une marmotte. Pas qu'elle se soucie des rongeurs envahisseurs...

La main de Logan, quand elle ne manœuvrait pas, dérivait sur les côtes de Quinn. Son pouce frottait, presque sans réfléchir, le dessous de ses seins. De son côté, elle en était parfaitement consciente. Ses tétons durcirent d'ailleurs sous son débardeur. Elle voulait plus que le passage occasionnel de sa main, mais l'autre devait piloter.

Il fit de longues traversées du champ dans les deux sens pour le tailler, l'odeur d'herbe fraîchement coupée s'infiltrant dans la cabine fermée.

— Ça sent bon, dit-elle finalement, brisant leur silence gênant.

— Mmmh, murmura-t-il en se blottissant dans son cou un instant. C'est vrai.

— Non, rétorqua-t-elle en frappant légèrement son bras. La pelouse.

— L'herbe est un aphrodisiaque, répondit-il en tournant sa tête pour prendre un autre virage serré dans le champ.

— Ah bon ?

— Ça l'est pour moi, gloussa-t-il, ce qui se réverbéra en elle.

Elle claqua doucement une nouvelle fois son bras. Il disait n'importe quoi.

— Très drôle.

— Tape-moi encore une fois et je m'arrête pour te mettre sur mes genoux, l'avertit-il, ses yeux s'assombrissant.

Il reposa sa main sur sa taille après avoir actionné le levier de vitesse.

L'allure du cœur de Quinn accéléra alors qu'elle visualisait sa menace. Sa chatte pulsa une nouvelle fois contre sa cuisse ferme.

— J'ai senti.

— Et je te sens aussi, contra-t-elle.

Sa bite était dure contre sa hanche. Elle oscilla légèrement.

— Je suppose que je pourrais abuser de toi pendant que tu es occupé à tailler l'herbe.

— Tu pourrais, admit-il en lui faisant un regard enflammé. Mais ça pourrait être dangereux.

Quinn sourit et passa une main sur son torse. Elle toucha l'anneau sur son téton au travers de son fin t-shirt.

— Quinn, prévint-il, sa cuisse se fléchissant sous son derrière.

Le tracteur toussota et les propulsa en avant, incitant Logan à changer de vitesse pour amortir leur allure.

— Tu vois ?

— On a peut-être besoin d'une pause.

— T'es vilaine. Mais j'ai une pause prévue bien assez tôt.

Quinn pencha la tête et étudia son profil. Ses cheveux étaient tirés en arrière en une queue-de-cheval serrée, glissée à l'arrière d'une casquette de baseball qui portait le nom de l'entreprise de Logan. S'il n'avait pas la queue-de-cheval, il ressemblerait à n'importe quel péquenaud roulant dans un tracteur gigantesque. Elle passa une phalange sur sa barbe râpeuse.

— T'aimes être au contrôle, hein ? demanda-t-elle en souriant quand sa mâchoire se contracta.

Il resta silencieux, concentré pour garder la tondeuse sur une ligne droite.

— C'est bien ça. Tu n'aimerais pas que je contrarie tes plans et te chevauche tout de suite, n'est-ce pas ?

La voix de Quinn était grave et taquine.

— Je serais anéanti.

— Non, tu devrais stopper le tracteur.

— Je t'ai dit qu'on ferait bientôt une pause.

— Mais pas tout de suite.

— Non, répondit-il, la mâchoire crispée.

— Mais si je te frappe encore, tu t'arrêterais et me mettrais sur tes genoux pour me punir.

Ce n'était pas une question. Elle savait qu'il le ferait sûrement. Elle fut tentée de le tester. Elle se souvenait de la morsure sur sa peau quand il l'avait fessée la dernière fois. Elle s'avoua à contrecœur qu'elle avait apprécié.

Il n'y avait rien de mal à une petite fessée et des taquineries au milieu de nulle part.

Il ne l'avait toujours pas regardée. Il gardait les yeux devant lui. Ses lèvres étaient pincées en une fine ligne. Elle ne pouvait pas dire si c'était de colère ou de désir. Sa bite était toujours aussi dure que le fer, l'incitant à croire que c'était cette dernière option.

Avec un sourire espiègle, elle tendit la main et tira sur l'anneau de téton au travers du t-shirt. Violemment.

— *Putain !*

Il écrasa les deux pieds sur l'embrayage et le frein, les arrêtant d'un coup. Quinn perdit l'équilibre et tomba en avant, cognant sa cuisse dans le levier de vitesse avant d'atterrir sur le plancher. Il n'y avait pas beaucoup de place dans la cabine et se retrouva coincée entre le sol et le tableau de bord. Tout l'air fut expulsé de ses poumons et elle lâcha un grognement douloureux.

— Putain.

Logan tira le frein à main d'urgence et se leva. Il attrapa les mains tendues de Quinn, la souleva et l'installa dans le seul siège de l'habitacle. Il se mit sur un genou dans l'espace limité, l'examinant. L'inquiétude traversa ses traits.

— Ça va ?

Quinn hocha la tête, un peu secouée. Elle allait bien, n'est-ce pas ? Elle passa son corps en revue mentalement. À part l'égratignure de son coude et une douleur à la hanche, elle allait bien. Pas de sang, pas d'os cassé, pas de blessure majeure.

Juste un égo légèrement froissé.

Le soulagement de Logan se transforma en colère.

— T'as merdé, Quinn. T'aurais pu sérieusement te blesser.

Il se leva et détacha sa ceinture, la faisant glisser par les boucles de son jean. Le doux bruit du cuir frottant contre le jean rugueux envoya un frisson dans la colonne de Quinn.

Les yeux de Quinn s'écarquillèrent. Était-il assez en colère pour la fesser avec une ceinture ? C'était complètement dingue.

— Logan, je suis désolée...

— C'est trop tard. Tu sais ce qui arrive aux filles qui ne peuvent pas garder leurs mains dans leurs poches ?

Quinn ouvrit la bouche, mais rien ne sortit alors qu'elle imaginait quelques options dans sa tête. Certaines l'excitaient, d'autres lui faisaient peur.

— Donne-moi tes mains.

— Logan...

Son souffle se coinça dans sa gorge.

— Donne. Moi. Tes. Mains.

Son ordre fut plus lent la deuxième fois, plus ferme et d'un ton beaucoup plus grave. Un ton qui disait *Ne déconne pas avec moi.*

Elle tendit une main. Il secoua la tête.

— Les deux.

Elle ajouta la deuxième. Avec réticence.

— Mets-les ensemble.

Elle le fit, plaçant ses poignets l'un contre l'autre. Il les attrapa dans une grande main, enroula la ceinture autour et la serra. Il tira l'extrémité libre vers le toit de la cabine et la logea dans une poignée qui s'y trouvait. Il fit un nœud pour attacher le bout et tira dessus pour tester la résistance. Les bras de Quinn étaient ficelés et hissés à hauteur d'épaule.

Ce n'était pas inconfortable. Mais ça lui redonnait sans aucun doute le contrôle.

Exactement ce qu'il adorait.

Il la déplaça du siège, se glissa sous elle et la réinstalla sur ses genoux. Les doigts de Quinn s'enveloppèrent autour du cuir.

— Maintenant, je peux finir mon travail.

Quinn trouva inutile de le supplier de la libérer. Il avait un air déterminé et évita son regard quand il écrasa l'embrayage, relâcha le frein et mit le levier sur la première vitesse avec un peu plus de force que nécessaire. Le tracteur fut propulsé vers l'avant, et Logan rentra rapidement à nouveau dans sa routine.

Le silence s'étira entre eux. Quinn faisant le trajet sur ses genoux et Logan conduisant le tracteur.

Il irradiait la confiance quant à sa manière de vivre, ce qu'il désirait et comment il l'obtenait. Il incarnait la force et le pouvoir. Et l'entêtement. Ça devenait vite clair pour Quinn.

Réaliser qu'elle aimait ça chez un homme la fit réfléchir. Tyson était le plus grand des deux, physiquement. Mais c'était Logan le dominant dans la relation. Et puisqu'elle n'était là que pour un week-end, elle pouvait accepter qu'il prenne le contrôle sur elle. Ce n'était que jusqu'à dimanche. Après ce week-end, ils pourraient ne plus jamais se revoir.

Ses sourcils se froncèrent et elle grimaça. Elle ne devrait pas attendre plus. Juste un week-end de divertissement et d'exploration. Ce n'était qu'un défi.

Logan tourna le tracteur sur un chemin de terre contournant les champs environnants. Certains terrains comportaient du pâturin, d'autres du gazon des Mascareignes, d'autres un mélange ou une hybridation comme il l'appelait, ça dépendait de l'utilisation future de la pelouse. Il lui avait donné d'autres détails, mais il y avait trop d'informations à retenir. Elle n'aurait jamais deviné que la production de gazon était si complexe.

Le tracteur fut secoué sur le chemin accidenté, frottant la ceinture sur ses poignets, lui rappelant qu'elle était attachée.

— Je suis punie ou quoi ? demanda-t-elle, fatiguée du silence.

Logan sourit enfin et lui jeta un rapide coup d'œil.

— Ça s'appelle être punie.

— Est-ce que ma punition est finie ?

— Est-ce que tu as appris ta leçon ?

— Tu parles de celle où je ne dois pas tirer sur ton anneau de téton pendant que tu conduis ?

— C'est ça la leçon ? interrogea-t-il en arquant un sourcil.

Elle l'ignorait. Ça l'était, non ? Quinn prit sa lèvre inférieure entre ses dents.

— Je crois.

— Puisque tu n'en es pas sûre, le châtiment n'a pas été assez utile. Je pense que je vais avoir besoin d'un peu d'aide.

De l'aide ? De quoi parlait-il ?

Le tracteur s'arrêta en vacillant à côté d'un fourgon gris

amoché. Logan mit le frein et éteignit l'engin. Il leva la main et défit le nœud de cuir de la poignée. Quand Quinn lui présenta ses mains liées devant son torse, il secoua la tête.

— Pas encore. Allons-y.

Ils descendirent de la cabine, Logan l'assistant avec une main qui agrippa la ceinture comme une laisse.

Alors qu'ils s'approchaient d'un fossé, elle réalisa que Ty creusait pendant que Magnum se prélassait entre le camion et le trou. Le chien agita la queue pour les accueillir, mais resta dans l'ombre fraîche du véhicule.

Ty était torse nu et avait un bandana bleu enveloppé autour de sa tête. Il était trempé de sueur. Sa peau luisait comme une sculpture faite d'obsidienne. Ses muscles se bandaient et ondulaient alors qu'il balançait une pioche au-dessus de sa tête, vers le sol dur. Son jean avait glissé à cause de l'effort physique, s'accrochant à peine à ses hanches. Son caleçon bleu foncé était le seul truc qui recouvrait le haut de ses fesses. Même celui-ci était trempé de sueur.

Ty arrêta de travailler quand ils approchèrent. Quinn ne rata pas le coup d'œil qu'il lança à ses poignets attachés et le regard interrogateur qu'il jeta à Logan.

— Elle avait besoin d'une leçon, répondit-il en levant une épaule.

Ty accepta sa déclaration, comme si elle expliquait tout. Et c'était peut-être le cas. Ce n'était peut-être pas un évènement inhabituel pour eux. Ils avaient peut-être eu une femme différente, ou même un homme, qui les rejoignaient chaque week-end pour leurs jeux sexuels. Qu'en savait Quinn ? Elle pouvait n'être qu'une parmi d'autres.

L'idée ne lui convenait pas vraiment.

Elle pourrait peut-être recevoir un message lundi lui annonçant *On a trouvé une nouvelle personne...*

— Comment ça se fait que tu finisses toujours avec le

gâteau et que moi je me défonce le cul ?

— Il est toujours en bon état, commenta Logan en regardant le derrière couvert de coton de Ty.

Ty ramassa une motte de terre et la lança sur Logan. Le morceau de terre explosa sur sa cuisse en un nuage de poussière, les faisant tous les deux rire amicalement.

Ty tendit la main et Logan la saisit, l'aidant à sortir du fossé.

— Comment ça se passe ? lui demanda Logan.

— Lentement. Le système d'irrigation a besoin d'améliorations. Faudrait le remplacer de préférence, si l'on avait l'argent.

— Ouais, je sais. Mais on va devoir réparer ce qu'on a pour le moment.

Ty attrapa son t-shirt abandonné sur le capot du fourgon et essuya la sueur de son visage.

— C'est ce que je fais.

— Je vois ça.

Logan tira le maillot sale, et maintenant humide, des mains de Ty et le rejeta sur le capot du camion. Il passa une main à l'arrière du cou de Ty et l'attira dans un intense baiser intime. Quinn resta là, attachée par une ceinture, impuissante. Elle se sentait comme un chien en laisse.

Quand ils faisaient des trucs du genre devant elle, elle avait l'impression de déranger. D'être un voyeur, scrutant par la fenêtre du voisin pendant que le couple faisait l'amour.

Elle se rappela qu'elle ne faisait pas partie de leur relation. Elle était là en visite.

Logan passa une main sur le torse mouillé de Ty avant de tordre un de ses tétons, faisant haleter Ty. Ceci mit un terme au baiser et ils se tinrent à quelques centimètres l'un de l'autre, se regardant pendant un moment. Elle fut jalouse de leur proximité et de la passion qu'ils partageaient. Ces deux hommes avaient une vie plus riche que la plupart des couples mariés hétérosexuels qu'elle connaissait. Pas étonnant que les taux de divorce soient si hauts.

— Tu dois te rafraîchir, dit Logan à Ty avant de planter un autre baiser sur ses lèvres et mettre un peu de distance entre eux.

Il tira sur la ceinture, le cuir mordant légèrement la peau des poignets de Quinn.

Logan la força à le suivre vers une pompe à eau, seulement à quelques mètres de l'endroit où Ty avait creusé la fosse. Il y avait déjà un tuyau fixé sur le robinet de la pompe, et à l'extrémité, un arroseur pour le jardin. Il leva le levier de la pompe et pressa la gâchette de l'arroseur, envoyant de l'eau sur Ty.

Celui-ci cria et courut vers l'arrière du camion.

— C'est super froid, Logan !

— C'est le but. Viens. Tu dois te rincer et te rafraîchir. Ne fais pas le froussard !

— Je t'emmerde ! hurla Ty, mais Quinn put le voir enlever ses bottes, retirer son jean, décoller son boxer et les jeter sur le plateau du fourgon.

Il fit le tour de son bouclier et resta là, glorieusement nu sous le soleil brûlant. Sa peau et ses tatouages brillaient du mélange de sueur, de soleil et de l'eau fraîche que Logan avait fait jaillir sur lui.

Il écarta les bras et se tint avec les épaules droites.

— Vas-y ! Je suis prêt cette fois. Fais de ton mieux.

Logan leva à nouveau le tuyau et vaporisa de l'eau sur tout le corps de Ty. Cette fois, celui-ci rit et frotta le liquide froid sur sa tête, son visage et son torse. Ses mains bougèrent sur son ventre jusqu'à sa bite.

— Faites pas attention au rétrécissement. J'ai froid.

Le rétrécissement ? Quinn n'en remarqua aucun. C'était

un homme tout aussi splendide quand il était mou que lors-qu'il était dur. Le voir comme ça lui donna envie de le prendre dans sa bouche. Ce serait la seule fois qu'elle pourrait l'avaler en entier. Quand il était dur, c'était impossible. Il était trop gros.

Elle s'arrêta sur ses pas lorsqu'elle arriva au bout de la ceinture en cuir. Elle n'avait même pas réalisé avant cet instant qu'elle avait avancé vers Ty.

Logan tourna le tuyau vers elle.

— Est-ce que ça t'excite aussi ?

Quinn poussa un cri de surprise quand l'eau froide la toucha. De l'eau entra dans sa bouche et elle toussa. Elle trembla alors qu'il trempait son t-shirt, et son jean devint une seconde peau.

Ses tétons durcirent. La chair de poule se propagea sur tout son corps, ce qui ne passa pas inaperçu aux yeux des deux hommes.

— Laisse-moi la prendre, dit Ty à Logan en lui tendant la main.

Logan laissa tomber le tuyau et tira sa « laisse » jusqu'à ce qu'elle soit près de Ty. Il donna l'extrémité au plus grand homme.

Quinn n'hésita qu'un moment, puis tomba à genoux devant Ty et l'attrapa dans sa bouche avant qu'un des deux puisse l'arrêter. S'ils voulaient la stopper.

Elle n'avait jamais aimé faire du sexe oral avec un homme avant d'avoir rencontré ces deux-là. Pourtant maintenant, elle adorait ça. Elle en avait envie. Elle ne désirait rien de plus que donner à Ty et Logan du plaisir.

Elle l'avala au fond de sa gorge, consciente que sa bite molle serait bientôt bien plus large que ce qu'elle pouvait accueillir. La peau était onctueusement douce et sans poils. Elle voulait prendre ses boules, mais elle était toujours attachée. Elle le suça plus fort et le sentit grossir, et durcir. Il eut un goût plus salé alors que son précum fuitait au fond de sa gorge. Elle se délecta de son sexe comme si elle était affamée, comme une femme qui n'avait jamais eu d'homme dans sa bouche auparavant. Elle l'aspira fiévreusement, et finalement, il fut si dur qu'elle ne put qu'avoir ses lèvres et sa bouche autour d'une portion de son membre. Elle lécha l'épais pommeau, capturant son précum sur sa langue. Elle la passa de haut en bas de la veine palpitante qui courait sur sa longueur.

Ses mains étaient enfoncées dans ses cheveux, presque jusqu'à la limite de la douleur... mais pas tout à fait. Elle fut fermement éloignée de l'aine de Ty. C'était Logan, debout avec son jean et son boxer à hauteur de genoux. La tête de sa bite se balançait devant son visage.

Elle leva les yeux vers lui, à genoux dans la boue humide. Son expression était pensive, un peu distante alors qu'il glissait son pouce entre les lèvres de Quinn. Il poussa vers le bas, ouvrant sa bouche et maintenant sa tête en place par les cheveux. Il enfonça profondément sa bite. Assez pour que le bout heurte le fond de sa gorge. Elle lutta contre le réflexe de vomir et se força à détendre ses muscles pour le gober, sa salive nappant sa peau. Ce fut plus facile pour lui d'entrer et sortir entre ses lèvres.

Ty tenait toujours la ceinture et Logan ses cheveux. Un frisson la traversa. Elle avait l'impression d'être leur prisonnière, son futur incertain, sa liberté et sa vie dans leurs mains.

Ty se rapprocha de Logan, et ils furent l'un en face de l'autre. Le premier noir, l'autre blanc. L'un habillé, l'autre nu. Logan recula ses hanches, mais son sentiment de perte fut de courte durée quand Ty s'introduit à nouveau dans sa bouche. Il propulsa légèrement ses hanches en faisant attention à ne pas lui faire mal.

Elle resta à genoux jusqu'à ressentir une douleur. Ses deux amants éphémères prirent leur tour avec sa bouche, la faisant mouiller. La poussant à les désirer. L'incitant à en vouloir plus au fond d'elle. En même temps.

Après des secondes, des minutes, des heures... elle l'ignorait, elle avait perdu le fil... Quinn sentit une pression sur ses poignets. Logan sortit sa bite de sa bouche.

— Attachons-la, proposa-t-il à Ty.

— Où ? demanda Ty.

— Le capot ? suggéra Logan, puis il secoua la tête. Non, trop chaud.

Il examina les alentours, son regard rebondissant entre les tuyaux exposés, la pompe à eau et le tracteur avant de se reposer sur le fourgon. Il alla vers la porte du côté passager, l'ouvrit et fit signe à Ty de venir. Quinn n'eut pas le choix que de suivre alors que la ceinture se tendait. Le sang se précipita dans ses veines et son cœur tambourina dans ses oreilles.

Logan prit le bout lâche de la ceinture des mains de Ty et le plaça au sommet du montant de la portière, le tirant jusqu'à ce que les bras de Quinn soient étirés au-dessus de sa tête. Puis, il la claqua d'un coup.

Quinn ferma les yeux et tenta de ralentir sa respiration. Elle devrait être paniquée, elle devrait appeler à l'aide. Mais elle ne voulait pas le faire. Ils ne lui avaient pas encore fait de mal. En fait, tout ce qu'ils avaient fait ces deux derniers jours avait été très agréable. Elle n'avait aucune raison de se méfier d'eux. Aucune.

— Déshabille-la.

À nouveau, une lueur d'incertitude la parcourait. Elle n'était pas sûre d'être aussi confortable d'être nue à l'air libre comme l'était Ty. Mais elle avait si chaud à cause du soleil qui leur tapait dessus et des deux hommes qu'elle avait pris dans sa bouche. Retirer ses vêtements pourrait réduire la température de son corps, mais seuls les hommes... *ses* hommes aimerait-elle dire... pourraient aider à apaiser le désir ardent en elle.

Logan tira sur la pression de son jean et baissa la braguette. Le pantalon était encore trempé et il eut du mal à le descendre sur ses jambes. Sa culotte s'accrocha au tissu humide, la laissant nue à partir de la taille.

Il les abandonna autour de ses chevilles, l'entravant efficacement. Elle ne pouvait pas les enlever avec ses pieds. Entre le jean mouillé et ses bottes, c'était impossible.

Et elle adorait être à leur merci.

Alors que Logan se relevait, il passa ses mains sur ses mollets, ses genoux, puis ses cuisses. Il frotta les plis extérieurs de sa chatte avec ses doigts, tâtonnant la preuve qui montrait à quel point elle était prête. Alors qu'il se redressait, il attrapa le bas de son t-shirt avec ses doigts et le leva sur sa poitrine et ses bras, jusqu'à ce qu'il arrive à ses poignets attachés. Il y noua le t-shirt, lui laissant la voie libre. Manifestement, il n'était pas enclin à défaire les liens pour la déshabiller. Il ne laissa que son soutien-gorge. Un autre ensemble de lingerie qu'elle avait acheté au Victoria's Secret vendredi. Il avait des bonnets roses, à moitié en satin et moitié en dentelle. Elle n'avait pas prévu que la culotte finirait dans la boue.

Logan disparut soudain et Ty fut là, baissant son soutien-gorge, dénudant ses seins au soleil, aux éléments et aux deux hommes. Son soutien-gorge remonta ses seins, ses tétons durs et plissés, attendant des doigts, une bouche, n'importe quoi.

Logan réapparut de l'autre côté du fourgon et se pencha sur sa poitrine, prenant un téton dans sa bouche. Quinn cria. Caché dans sa bouche, se trouvait un morceau de glace sorti de la glacière qu'il avait laissé tomber à côté de ses pieds. Il donna un coup à son téton avec sa langue froide et l'aspira avidement, le glaçon incitant son téton à se durcir, le contractant douloureusement. Une souffrance délicieuse. Quinn renversa sa tête en arrière et grogna. Logan attrapa son deuxième sein dans sa paume rugueuse et le pétrit, envoyant des éclairs jusqu'à ses orteils.

Ty apparut derrière lui avec un autre glaçon dans ses doigts. Il le frotta contre son second téton, durcissant celui-ci comme le premier.

— T'aimes ça ? demanda-t-il.

N'attendant pas d'entendre la réponse, il fit tourner le cube autour du mamelon, laissant une trace fraîche et humide dans son sillage. Il fit couler la glace fondue entre ses seins et vers son ventre. Quinn le rentra, reculant automatiquement devant la fraîcheur inhabituelle contre sa peau brûlante. Logan continua d'aspirer ses tétons jusqu'à ce que le glaçon dans sa bouche se change en liquide. Il se retira assez longtemps pour ouvrir la petite glacière et mettre un autre cube dans sa bouche.

— Oh, elle aime ça. Elle adore tout ce qu'on lui a fait. Et ce n'est que le début.

Logan semblait si sûr de lui.

Quinn frémit à ses mots. Elle observait tous ses mouvements avec impatience. Sa tête se baissa et il attrapa ses lèvres dans les siennes, le glaçon entre ses dents. Elle passa le bout de sa langue dessus et l'arracha de sa bouche. Alors qu'il approfondissait le baiser, il le vola, le faisant tournoyer autour de sa langue et de la sienne.

Ty dessina une ligne sur son ventre et autour de son nombril, le froid la faisant frissonner. Mais ce ne fut pas que le froid qui provoqua la chair de poule. Il glissa deux doigts entre les plis de sa chatte et suivit avec le glaçon, le frottant contre son clitoris, son corps s'agitant sous le choc du froid.

Logan rompit leur baiser, lui fit un sourire passionné et disparut une nouvelle fois.

Ty passa le glaçon sur sa fente et déplaça suffisamment ses hanches pour qu'elle se colle à ses doigts. Elle souhaitait plus que ses doigts en elle, mais elle s'en contenterait pour le moment.

Sauf que Ty résista. Il la taquina avec le glaçon, restant juste à l'extérieur, ne la pénétrant pas quand elle voulait l'être profondément.

Logan revint dans son champ de vision, cette fois aussi nu que Ty. Le soleil se prit dans l'anneau de son téton, le faisant briller sur sa peau dorée et son léger pelage de poils. La lumière souligna les rouges éclatants dans le tatouage du serpent corail qui s'enroulait autour de ses hanches. Sa bite était rigide, la tête engorgée, prête à jouer.

Il lui fit un sourire malicieux.

— Un de ces jours, on sera tous les deux en toi. Te remplissant jusqu'à ce qu'on ne puisse plus te sentir.

Un de ces jours.

Ça ne semblait pas crédible. L'acte en lui-même et le délai.

Elle partait demain. Dimanche.

Ils l'avaient défiée de venir.

Et elle l'avait fait.

Elle était venue à eux et elle avait joui avec eux. Elle n'attendait rien de plus.

Elle désirait les avoir en elle maintenant, car le présent serait peut-être tout ce qu'elle aurait. Elle voulait être une partie d'eux deux.

Ty passa sa langue sur l'enveloppe de son oreille et suça le lobe.

— À quoi tu penses ? demanda-t-il.

— Je veux que tu me baises, lui répondit-elle.

Il souffla, la chaleur chatouillant son oreille.

— Je vais te baiser.

— Je veux que tu me baises aussi, dit Quinn en croisant le regard de Logan.

— Je vais le faire.

Elle secoua lentement la tête.

— Non.

Son cœur tambourina. Elle n'en revenait pas de ce qu'elle allait annoncer.

— Ce que tu viens de dire. Que vous me remplissiez tous les deux.

Ty secoua la tête à son tour.

— Tu n'es pas prête, dit-il en léchant sa lèvre inférieure.

Il effleura ses lèvres des siennes et se retira.

— Préparez-moi.

Ty fit un regard à Logan, et Quinn le suivit. Les sourcils de Logan se froncèrent, une expression pensive sur le visage.

L'attente l'envahit. Il considérait l'idée.

— Est-ce que t'as amené ce que je t'ai dit ? demanda finalement Logan à Ty.

— Ouais.

En deux foulées, Logan ouvrit la porte côté passager, relâchant la sangle de Quinn. Il la souleva et l'allongea sur son ventre sur la banquette du fourgon, se penchant pour lui enlever les bottes et le jean emmêlés autour de ses chevilles. Il tendit la main au-dessus d'elle, ouvrit la boîte à gants, sortit une bande de préservatifs et un tube de lubrifiant et les balança sur le tableau de bord.

Ils avaient planifié un truc depuis le début. Pourquoi auraient-ils sinon du lubrifiant et des préservatifs dans la boîte à gants ? Depuis le début, Logan avait prévu de retrouver Ty ici.

— Lo, elle n'est pas prête.

— On va la préparer. Est-ce que c'est ce que tu veux, Quinn ?

Le tissu de la banquette du camion était râpeux contre ses tétons gonflés.

— Oui. C'est exactement ça.

Ty agrippa ses cuisses et la tira jusqu'à ce que ses jambes pendent sur le côté de la banquette. Ses doigts les écartèrent et il tomba à genoux. Il pressa sa bouche contre elle, la faisant crier. Quinn souleva ses hanches alors que la langue de Ty se plantait dans son centre brûlant, ses lèvres écrasées contre elle. Il pinça son clitoris tout en glissant deux doigts au fond d'elle, plongeant lentement en va-et-vient.

Logan monta sur elle et enfourcha son bassin, face à Ty. Il fut prudent de ne pas mettre son poids sur elle. Elle sentit la chaleur de ses bourses sur son dos. Il attrapa le lubrifiant et écarta ses fesses. Il fit gicler le gel froid sur sa fente avant de jeter le tube de côté. Ses doigts épais jouèrent sur sa peau chauffée, frottant entre ses fesses, les pressant, puis les écartant.

Les doigts de Logan firent le tour de son trou étriqué alors que Ty continuait de pétrir et lécher son clitoris, alternant sa langue et ses doigts sur le point sensible. Ils la faisaient gémir et s'écraser sur sa bouche autant qu'ils le lui permettaient.

Logan poussa un pouce contre son anus, l'ébranlant un peu par cette sensation inconnue. Il taquina le filon entre son trou et sa chatte, faisant encore une fois le tour de son anneau serré, le pressant légèrement sans traverser la nervure, mais restant contre.

Quinn recula ses hanches, pour se plaquer contre l'invasion de Ty. Sa bouche faisait des merveilles et elle sentit la lente montée d'un orgasme. Elle voulait avoir quelqu'un en elle. N'importe lequel des deux. Elle désirait que quelqu'un la baise vite, fort et en profondeur. Et elle voulait que ce soit maintenant. Elle se propulsa plus violemment contre ses doigts, s'échouant contre sa langue. Jusqu'à ce que les frissons commencent en elle.

— Je suis... haleta-t-elle. Je viens.

Alors que son corps s'agitait contre Ty, Logan introduisit son pouce dans son anneau serré.

— Oh, mon Dieu ! cria Quinn.

Ty n'arrêta pas de la caresser avec sa langue pendant que Logan faisait entrer et sortir son pouce dans son canal étroit.

— C'est ça, bébé. Ça fait du bien, hein ?

Retirant son doigt, Logan s'avança pour glisser sa bite entre ses fesses lubrifiées. Il les pressa l'une contre l'autre et se frotta entre elles, le manche massant l'anneau de Quinn.

— Mon Dieu, oui.

— T'en veux plus ?

— Oui. *S'il vous plaît.*

Logan recula et poussa deux doigts contre son trou. Puis, il attrapa le lubrifiant et en aspergea davantage ses doigts et le sillon de Quinn. Il appliqua le gel autour et entra doucement deux doigts dans son anus. Quinn se crispa.

— Shh, bébé, détends-toi. Tu dois te décontracter.

Quinn mordit sa lèvre inférieure alors que l'étrange sensation d'étirement détournait sa tête des actions de Ty.

Celui-ci se décala un moment. Elle entendit le déchirement d'un sachet en aluminium. Un instant plus tard, sa bite se pressait contre sa chatte. Il s'avança, séparant ses plis, se fourrant en elle. Il s'enfonça aussi loin qu'il put avant de se figer, enfoui au fond. Il se déhancha contre elle.

— Oh, mec. Elle est super serrée.

Ty entra et sortit de son sexe pendant que Logan baisait son cul avec ses doigts pour l'assouplir. Les sentir tous les deux en elle envoya une autre décharge d'électricité en elle, contractant ses tétons. Elle rua contre eux.

— Elle est aussi étroite à l'arrière. Elle est vierge du cul. Mais pas pour longtemps. Il va être à moi.

Logan s'ôta de son derrière, créant une sensation bizarre de traction alors qu'il libérait ses doigts de son trou. Il se rassit du côté conducteur et déroula un préservatif en regardant Ty s'enfoncer dans Quinn encore et encore. Les paupières de Logan étaient lourdes. Il se caressa plusieurs fois avant de se remettre vers Quinn.

— OK, fut la seule chose que dit Logan pour que Ty se retire, recule et arrache le préservatif.

Ty souleva Quinn du fourgon, la prit dans ses bras alors que Logan se décalait pour s'installer au bord de la banquette. Ses jambes pendaient du côté passager du camion.

Il leva les bras et Ty la lui rendit. Ils voulaient qu'elle se place sur ses genoux, face à Ty. Elle le fit. La bite rigide de Logan remua dans le creux de son dos. Elle sentit le gel froid sur ses fesses alors que Logan l'appliquait généreusement sur elle et sa queue. Quand il eut fini, il passa sa main et prit ses seins, décrivant des cercles avec ses pouces autour de ses tétons pointés. Quinn poussa un petit cri et se recula contre lui, introduisant sa verge entre ses fesses.

À l'extérieur du fourgon, Ty entra pour se mettre entre leurs jambes et se pencha dans la cabine. Il attrapa la mâchoire de Quinn entre ses doigts et la fit le regarder.

— T'es sûre ?

Quinn hocha la tête. Elle était certaine. Elle était ici pour un défi et elle voulait être audacieuse. Elle désirait expérimenter des choses qu'elle n'avait jamais vécues auparavant. Mais pas avec n'importe qui. Pas simplement avec le premier venu. Seulement avec ces deux hommes...

Et... *oh*...

Logan et Ty la soulevèrent par les hanches et l'abaissèrent doucement. Logan attrapa sa bite pour s'aligner au trou de Quinn et y appuya.

Non. Non, il ne rentrerait jamais. Ça allait être extrêmement douloureux. C'était impossible...

Avec ses pieds calés contre le montant de la porte, il poussa vers le haut alors qu'ils descendaient Quinn, le bout de sa verge étirant son anneau serré. Cela brûla. Il se pressa, sa bite luisante de lubrifiant. Elle retint sa respiration, incapable de gonfler ses poumons. Une fois qu'il eut percé le cercle étroit, il glissa plus loin, la remplissant, l'empalant. La prenant complètement.

Le souffle de Logan dans son cou était irrégulier et rude. Son poids contre le dos de Quinn la poussait vers Ty, dont la verge pulsait contre son sternum alors qu'il aidait Logan à la maintenir. L'expression de Ty fut sombre en la scrutant, s'assurant qu'elle n'avait pas excessivement mal. C'était douloureux. Oui, ça l'était. Mais c'était une souffrance différente, jouissive. Une d'étirement et de tiraillement. Son corps ne lui disait pas de se crisper, mais de se détendre.

En fait, c'était Ty qui le lui chuchotait.

— Détends-toi. Détends-toi.

Encore et encore. À un rythme apaisant. Soudain, il la laissa partir. Il ne la tenait plus et elle leva les yeux de surprise. Elle était assise sur les genoux de Logan, il était complètement fourré en elle.

Elle bougea un peu et grogna. Lui aussi. Logan l'enlaça contre son torse et il n'eut qu'à remuer légèrement pour qu'elle le sente. Toute sa longueur rigide était enfouie en elle.

— Ty, gémit-il.

Ce dernier se pencha et l'embrassa, leurs lèvres s'inclinant. La poigne de Logan sur elle se serra et il monta ses mains pour capturer ses tétons, les pinçant et les tordant.

Ty rompit le baiser avec Logan pour embrasser Quinn,

écrasant ses lèvres sous les siennes, enchevêtrant sa langue avec la sienne. Il l'embrassa alors que Logan décalait ses hanches sous elle, effectuant des petites poussées en elle.

— Ty, gémit-il. Je ne vais pas tenir longtemps.

Il relâcha les tétons de Quinn pour attraper un préservatif, arracher l'emballage et contourner Quinn pour le dérouler sur la bite de Ty. Il frotta le sexe dur de Ty alors que l'homme plus foncé approfondissait son baiser avec Quinn.

— T'es sûre ? demanda Ty contre ses lèvres.

— Je te veux aussi en moi, répondit-elle, un peu essouf-flée, un peu anxieuse sur la façon de procéder.

Est-ce que cela fonctionnerait ? Était-ce vraiment possible d'avoir ses deux hommes en même temps ?

Logan guida la bite de Ty jusqu'à l'entrée glissante de Quinn. Elle embrassa celui-ci plus frénétiquement, tentant une nouvelle fois de ne pas se crisper à l'avance. Logan immo-bilisa ses hanches avec ses mains alors que Ty s'appuyait et s'introduisait doucement en elle.

Il s'arrêta lorsqu'il rencontra une résistance. Il avait dit qu'elle était serrée avant, mais avec Logan en elle, elle parais-sait encore plus étroite. Elle ne pensait pas qu'il pourrait rentrer maintenant. Mais il s'enfonça, l'étirant invraisembla-blement. Et quand il ne parvint plus à progresser, il se figea.

Ty regardait fixement derrière elle. Elle ne put qu'ima-giner que les hommes se toisaient. Communiquant silencieu-sement. Elle voulait ça. Elle souhaitait sentir leur amour.

Ty se recula, puis avança, sombrant doucement en elle et se retirant. Il bougea ses hanches à une lente allure et Quinn laissa tomber sa tête en arrière, contre l'épaule de Logan. Celui-ci plaça ses lèvres sur sa gorge et mordilla sa peau tendre. Ses doigts trouvèrent à nouveau ses tétons et il les tordit affectueusement alors que Ty s'enfonçait.

Logan resta immobile, elle supposait que c'était pour ne

pas lui faire mal. Mais il respirait de manière saccadée en regardant Ty la pilonner, le heurtant au fond d'elle. Leurs deux verges étaient enfouies en elle, seul un fin mur de chair séparait les deux hommes. Il gardait une main sur ses seins et passa l'autre à l'arrière de la tête de Ty pour l'attirer vers lui.

Leurs lèvres se rencontrèrent à nouveau au-dessus de son épaule pendant un instant, avant de s'éloigner.

— Lo, je t'aime, chuchota Ty en se reculant un peu.

— Je t'aime aussi.

À ce moment-là, Quinn aima ces deux hommes. Ils l'avaient amenée dans leur univers. L'avait intégrée à eux, même si c'était temporaire. À ce moment, elle se sentit aimée.

Logan effleura son épaule avec ses lèvres pendant que Ty prenait sa bouche, s'enfonçant un peu plus fort et un peu plus vite.

Quinn voulait saisir son cul, le rapprocher, le faire aller plus loin en elle. Mais ses mains étaient toujours attachées, coincées entre leurs corps. Logan passa une main entre eux et fit des cercles autour de son clitoris gonflé.

— Oh, mon Dieu... gémit-elle en s'écrasant sur les genoux de Logan.

Il se raidit et plongea ses dents dans l'épaule de Quinn alors qu'il la soulevait légèrement. Il frémit sous elle et grogna contre sa peau en venant.

Son orgasme l'amena près du bord. Sa verge la pilla plus violemment alors que Ty s'enfonçait plus profondément. La bite de Logan ramollit sensiblement, offrant plus de place à Ty. Chaque centimètre que cédait Logan, Ty le prenait. Et il s'en emparait énergiquement, agrippant les hanches de Quinn avec ses doigts, la pilonnant jusqu'à ce qu'il se contracte et souffle entre ses dents serrées.

Logan décrivit plus rapidement des cercles autour de son clitoris, écrasant le bouton dur jusqu'à ce qu'elle explose. Elle cria tout et rien, des mots sans aucun sens. Les hanches de Ty la bloquèrent contre Logan alors qu'il l'éperonnait une fois de plus et restait au fond, sa bite pulsant en elle. Les bourses soyeuses des testicules des deux hommes frottaient contre elle.

Elle se pencha en arrière contre Logan et poussa un soupir satisfait quand Ty se retira, essuyant la sueur sur son front.

— Ça va ? lui demanda-t-il avec des yeux inquiets.

Alors que Logan s'extirpait d'elle, il passa ses bras autour d'elle et l'enlaça fermement.

Elle regarda Ty, puis Logan.

— Merveilleusement. Mais je ne suis pas sûre de vouloir faire ça tous les jours.

Le gloussement de Logan vibra contre son dos et il posa un rapide baiser à l'endroit où il l'avait mordue.

— Tu seras irritée plus tard, indiqua Ty alors qu'il marchait vers l'arrière du fourgon.

Il revint l'instant suivant, sans préservatif, et une serviette en main. Il la tendit à Quinn.

Avant qu'elle puisse l'attraper, Logan la saisit et tamponna doucement la transpiration sur son visage et son corps, prenant une attention particulière autour des points sensibles. Il essuya la sueur sur son front, puis la jeta sur le côté.

— Est-ce que vous pouvez me détacher maintenant ? Je pense avoir été rigoureusement punie.

— En effet, répondit Logan.

Il défit ses poignets et frotta sa peau irritée par le cuir.

— Tu vas devoir t'attirer des problèmes plus souvent.

Chapitre Huit

Logan resta derrière pour travailler quelques heures sur la tranchée. Ty ramena donc Quinn à la maison dans le tracteur.

Elle finit dans l'énorme jacuzzi, baignant son corps endolori. Alors qu'elle était allongée dans l'eau chaude savonneuse, elle réfléchit à tout ce qui s'était déroulé ces deux derniers jours.

Elle partait demain et elle ne savait pas si elle était prête.

Après quelques minutes, Ty entra et la rejoignit, ajoutant plus d'eau et plus de bulles. Ils se firent du pied et firent errer leurs doigts et leurs orteils. Entre-temps, ils discutèrent aussi de la ferme, des clients de Ty et Logan, ainsi que les épreuves et difficultés rencontrées quand on gérait son entreprise.

Ty dit à Quinn que Logan avait lancé l'exploitation des années avant de le rencontrer. Ils s'étaient croisés au stade des Boston Bulldogs après la blessure de Ty, qui avait été forcé à prendre sa retraite. Logan remplaçait la pelouse du terrain de football. Il avait laissé Ty entrer dans sa compagnie, lui donnant quelque chose à faire de sa vie et aidant

Logan en améliorant son affaire d'un point de vue économique. Ils formaient une bonne équipe et travaillaient bien ensemble.

Quinn écouta et perçut dans sa voix l'amour que Ty avait pour Logan. Elle voulait ressentir ce type d'amour pour quelqu'un. Elle souhaitait que quelqu'un la désire et ait désespérément besoin d'elle. Que cette personne l'aime passionnément.

Quand Logan revint à la maison, il les fit sortir tous les deux du bain parce que leurs mains et orteils étaient froissés et saturés d'eau. Il prit une douche rapide et ils préparèrent un repas tardif.

Satisfaite physiquement et sexuellement, Quinn ne mit pas longtemps à s'assoupir quand ils s'installèrent dans le salon pour regarder un film.

Logan l'emporta au lit et la borda confortablement, déposant un baiser sur son front.

Quinn ignorait s'ils comptaient s'envoyer en l'air encore une fois ce soir-là, mais Logan lui dit de dormir. Elle devait récupérer de leur aventure de l'après-midi. Elle voulut protester, mais dès qu'elle ferma les yeux, elle fut partie.

Elle ne savait pas combien de temps elle avait dormi avant que des mouvements dans le lit la réveillent.

QUINN AVAIT ÉTÉ MISE au lit deux heures plus tôt quand Logan convainquit enfin Ty d'aller se coucher. Ils avaient fini le film et quelques bières chacun lorsque Ty commença également à perdre la bataille contre le sommeil. Logan éteignit donc la TV et se tourna vers Ty qui avait sa tête renversée sur le coussin et les yeux fermés.

— Ty, chuchota-t-il en passant ses doigts sur le vaste torse couvert d'un t-shirt de l'homme.

Les paupières de ce dernier se levèrent un peu et il fit un large sourire à Logan.

— Je ronflais ?

— Non.

Logan tendit une main pour le hisser et Ty l'attrapa. Logan grogna sous le poids de Ty.

— Mince. Entre tes exercices et le fossé que t'as creusé, tu ne perds certainement pas de masse musculaire.

Ty se leva, rappelant à Logan à quel point il était plus grand que lui. Celui-ci passa ses bras autour de la taille de Ty et plaqua ses hanches contre lui.

— T'aimes mes muscles, dit Ty.

Logan érafla ses dents sur l'un des tétons de Ty.

— *J'adore* tes muscles.

— Tu vois ? continua Ty en saisissant le cul de Logan et le pressant. J'aime ce cul bien ferme.

Logan se blottit contre la peau foncée du cou de Ty, goûtant la salinité avec sa langue.

— Eh bien, tu ne l'auras pas ce soir, murmura-t-il dans sa nuque.

— Non ? rit Ty, la vibration parcourant Logan.

— Non. Juste parce que t'as été au-dessus hier soir, ça ne veut pas dire que ça va rester comme ça.

Les doigts de Logan jouèrent dans le dos du grand homme, descendant jusqu'à agripper le derrière de Ty, qui était parfaitement caché par son jean.

— Qu'est-ce qu'on fait, Lo ?

Logan savait le sujet que souhaitait aborder Ty, mais il ne désirait pas vraiment en parler.

— Qu'est-ce que tu veux dire ?

— Tu sais bien. Pour Quinn.

— On s'amuse juste.

— C'est tout ? demanda Ty en se reculant dans les bras de Logan et baissant les yeux, scrutant son visage.

Logan fut prudent de ne rien laisser paraître.

— Quoi d'autre ?

— Sais pas. Je suis juste certain de ne pas vouloir que quelqu'un s'immisce entre toi et moi.

Logan ne sut pas quoi répondre à Ty. Il n'avait jamais entendu son amant peu sûr de lui. Pourtant, c'était indéniable en cet instant.

— Elle part demain, lui rappela Ty.

— Ouaip.

— Qu'est-ce que tu vas en penser ?

— C'était prévu, dit Logan en haussant les épaules. C'était le marché... ou le défi, je suppose.

Il enlaça Ty en le serrant contre lui.

— Je t'ai, toi.

— Est-ce que je serai suffisant après ce week-end ?

Logan se recula rudement, claquant ses cuisses avec ses mains.

— Ty. Arrête ça, putain.

— Hé, je dis comment je vois les choses. Je l'aime bien aussi, tu sais.

— Ty, grommela Logan pour le mettre en garde.

— Elle est intelligente. Elle a du cran. Elle est sexy au plus haut point...

— Où tu veux en venir ?

— Est-ce que tu souhaites que ça prenne fin demain ?

— Est-ce que tu vas sortir ce que tu cherches à dire ?

— Pourquoi tu ne lui demandes pas de rester un moment ? Pour voir où ça va.

— Et moi qui pensais que tu t'inquiétais qu'elle se mette entre nous, rétorqua Logan en secouant sa tête de frustration.

Ce fut au tour de Ty de hausser les épaules.

— Tout ce que je dis, c'est que je suis partant, si tu le souhaites, d'explorer ce que c'est. Si notre relation peut survivre à sa présence, alors il y a une raison.

Le regard de Ty était sérieux. Un peu trop au goût de Logan. Il adorait Ty et pensait que leur relation était solide, mais voulait-il la risquer ?

Il l'ignorait.

Sa colère s'épuisa rapidement. Il n'était pas énervé contre Ty, mais contre lui-même. De ne pas admettre qu'il avait *peut-être* des sentiments pour Quinn.

Il était trop fatigué et il était trop tard pour cette discussion. Il tendit la main vers Ty.

— Viens, la nuit porte conseil.

Ty la saisit et la pressa légèrement. Logan le conduisit dans la chambre, où Quinn était enroulée sous les draps d'un côté du lit gigantesque.

Ty plaça un doigt sur ses lèvres et tira Logan de l'autre côté. Ils s'aidèrent à enlever leurs vêtements. Logan voulut les jeter dans un coin, mais Ty les plia soigneusement.

Logan regarda donc les muscles de Ty onduler alors que celui-ci posait les habits sur la commode et poussait les couvertures. Les boules de Logan se contractèrent et il fut dur quand Ty se redressa et se retourna vers lui.

Logan attrapa sa bite, ce qui attira l'attention de Ty. Il pressa la base avant de la caresser jusqu'au bout.

Son amant sombra au bord du lit et tapota le matelas. Mais Logan n'obéit pas. Il était le donneur. Après la veille, Ty avait besoin d'un rappel. Il se mit entre les genoux de celui-ci, passa ses doigts à l'arrière de son crâne lisse de et le tira en avant jusqu'à ce que son sexe bute contre les lèvres de Ty.

Ce dernier ouvrit la bouche au même moment qu'une de ses mains agrippait les bourses de Logan. Il fit le tour pour attraper sa fesse, forçant Logan à renverser sa tête en arrière et retenir un grognement. La bouche chaude de Ty l'avala en profondeur, suçant et léchant sa longueur. En même temps, l'autre main caressait la crevasse de Logan, les doigts titillant son anus et décrivant des cercles autour. Puis, Ty prit les bourses de son amant, les tirant légèrement et les pétrissant.

Ty aspira plus fort, ses joues se creusant à chaque mouvement de sa bouche. La seule chose que Logan désirait plus que de se décharger dans la bouche de Ty, c'était de remplir le cul de celui-ci de sa semence chaude. Pour rappeler à son partenaire qu'il lui appartenait.

Logan inclina ses hanches et se propulsa. Ty n'eut aucun problème à détendre sa gorge et avaler sa longueur. Encore et encore, jusqu'à ce que Logan doive se retirer, rompant le contact. Les lèvres de Ty brillaient de salive et de précum. Logan se baissa et captura la bouche de son receveur, goûtant son essence mélangée à celle de Ty.

Il grogna contre sa bouche, le poussa sur le lit et le couvrit rapidement de son corps. Leurs bites se croisèrent et Logan se frotta contre lui. Il se releva assez longtemps pour saisir le lubrifiant sur la table de nuit. Il le fit gicler délibérément entre eux, rendant leurs verges glissantes. Ty tendit la main vers le bas et attrapa leurs deux tiges et les frictionna au même rythme.

De son côté, Logan passa sa langue sur les abdos de son partenaire, et autour d'un téton noir. Il en captura un entre ses dents et le mordilla avec précaution. Ty arqua son dos, activant plus rapidement sa main de haut en bas sur leurs bites réunies. La langue de Logan tournoya autour du téton dur, lécha ses pecs, jusqu'au sommet de sa nuque. Il fit sombrer ses dents dans la peau sensible où le cou de son amant rencontrait sa clavicule, et se propulsa plus violemment dans le poing de Ty. Ce dernier desserra sa poigne, permettant à Logan de faire déraper ses bourses sur sa longueur rigide.

Logan passa une main entre eux et poussa l'érection de Ty entre ses jambes pour qu'elle coulisse sur sa veine sensible. Logan pressa ses cuisses l'une contre l'autre, gardant une emprise étroite sur la verge de Ty. Celui-ci se propulsait contre lui en rejetant sa tête en arrière et exposant davantage sa gorge à Logan.

Et ce dernier en profita.

Il mordilla la jugulaire de Ty, puis attrapa le lobe de son oreille avant d'y mettre ses lèvres.

— Tourne-toi, ordonna-t-il doucement.

Au début, Ty ne bougea pas. Logan savait qu'il résistait exprès. Tout faisait partie de leur jeu.

— Tourne-toi et donne-moi ton cul.

Ty détourna son visage et ferma les yeux.

— Je vais baiser ton cul... commença Logan en se propulsant contre l'abdomen de Ty. Fort. Profondément. Je prends ce qui est à moi.

Ty pivota une nouvelle fois vers lui avec un large sourire.

— Tu le veux, tu le prends, dit-il, assez bas pour ne pas réveiller Quinn.

Logan ne pensait pas qu'il pouvait être plus dur qu'en cet instant. Il était d'humeur brutale, prêt à conquérir son amant, revendiquer ce qui était à lui. Mais il était toujours totalement conscient que Quinn dormait à proximité.

— Fais-le. Vas-y, prends-moi.

Ty leva la main et donna une pichenette dans l'anneau de téton de Logan, puis l'attrapa entre ses doigts et le tordit un peu. Assez pour faire serrer les dents à Logan.

Le plaisir était intense. Il voulait... il avait besoin de s'enfouir en Ty. Bientôt.

Il décida de ne pas attendre sa soumission. Il glissa sur le flanc de Ty et l'attira vers lui, agrippant le fessier rond et musclé de Ty contre sa verge palpitante. Il attrapa le lubrifiant une nouvelle fois et se prépara. Il passa un bras autour de Ty et le plaque encore plus près de lui alors que sa bite cherchait son ouverture. Logan tendit la main vers le bas, la trouva et se guida sur le bon point.

Il poussa violemment.

Ty était prêt. Il avait détendu ses muscles. Logan ne rencontra donc aucune résistance alors qu'il perçait le muscle circulaire. Il sombra dans son partenaire, s'enfonça jusqu'aux couilles. Il s'immobilisa un instant et reprit son souffle. Ils étaient allongés sur leurs flancs, Logan entourant en cuillère l'homme qu'il aimait alors qu'il l'envahissait complètement. Il lâcha une bouffée tremblotante et Ty siffla entre ses dents.

Avant que Logan pût rassembler ses esprits, ce dernier se plaqua contre lui, le ravivant. Incapable d'attendre, il répondit à chaque inclinaison des hanches de son amant en basculant les siennes. Il introduisit une jambe entre celles de Ty et fit le tour avec sa main pour capturer la bite de celui-ci. Il remua son pouce sur le précum glissant et l'utilisa pour lubrifier son poing. Il caressa la verge de son partenaire, en rythme avec ses poussées. Ty arqua son dos, reculant son cul vers Logan. Il leva la main et emmêla ses doigts dans les cheveux lâchés de celui-ci. Ses mains se contractèrent et Logan sentit la traction sur son crâne. Cela l'incita à se propulser plus violemment, ses cuisses claquant la peau lisse et foncée des fesses de Ty.

Une pensée vague passa dans la tête de Logan, lui disant qu'ils faisaient trop de bruits, qu'ils bougeaient trop et remuaient le lit. Mais il ne pouvait pas s'arrêter. Il ne voulait pas s'arrêter.

Il inclina un peu ses hanches pour s'assurer de toucher le point parfait pour Ty. Il sut qu'il l'avait trouvé quand Ty tira sur ses cheveux et cria. Deux mouvements plus tard, Ty venait en jets visqueux dans la main de Logan, sur son propre ventre et partout sur les draps.

Logan utilisa son poids et bascula son amant sur son ventre. Il passa un bras sous les hanches de Ty pour les soulever suffisamment. Juste assez pour qu'il puisse s'enfoncer plus fort et plus vite dans son cul. Logan renversa sa tête en arrière et haleta alors que ses boules se contractaient à chaque poussée. L'anneau serré de Ty pressa son sexe jusqu'à ce qu'il ne puisse plus tenir. Il grogna alors que sa verge tressautait au fond de son partenaire, répandant sa semence dans son homme. Son amant.

Il resta enfoui jusqu'à la base jusqu'à ce que la dernière goutte coule de sa bite. Il se retira lentement avec un long soupir satisfait. Il posa un baiser au creux du dos de Ty et donna une petite tape enjouée sur son cul.

Ils allaient devoir changer les draps.

Merde.

Logan leva les yeux vers l'endroit où Quinn *était* en train de dormir et se blottit contre Ty. Elle était redressée avec le drap glissé sous ses aisselles. Ses paupières étaient lourdes alors qu'elle les observait. Ses cheveux étaient dispersés autour de son visage. Sa lèvre inférieure paraissait gonflée, comme si elle l'avait tourmentée entre ses dents. Elle avait une rougeur qui fleurissait de sa poitrine jusqu'à ses joues.

Logan ne pensait pas qu'elle était due à l'embarras.

Merde.

Ty bougea le premier, délogeant Logan de leur câlin.

— Désolé, Quinn. On ne voulait pas te déranger.

— Ça va.

Sa voix était grave et enrouée, causant des remords à Logan. Elle avait assurément été affectée par ce qu'elle avait vu. Logan se redressa, ramassant un coin du drap sur ses genoux.

— Je vais aller me doucher, précisa Ty en se levant.

Il disparut rapidement, laissant Logan s'occuper des répercussions. Le regard de ce dernier alla du dos s'éloignant de Ty au visage rougi de Quinn.

— On ne voulait pas t'exclure.

Quinn resta silencieuse et Logan fronça les sourcils.

— On s'est dit que tu serais irritée après cet après-midi.

C'était un peu exagéré, mais c'était vrai pour la majorité. Ils n'avaient pas voulu la déranger, mais ils auraient dû rester dans le salon.

— Quinn ?

Ses yeux étaient vitreux, et maintenant la curiosité le dévorait.

— Quinn ?

Il rampa pour se rapprocher d'elle et réalisa qu'il ne comptait qu'un de ses bras. L'autre était caché sous le drap.

Mince.

— Quinn...? répéta-t-il en plaçant une main sur le drap où la sienne était, et il la sentit bouger. Besoin d'aide ?

Elle hocha à peine la tête en soufflant entre ses lèvres ouvertes. Avec le tissu entre eux, il guida les doigts de Quinn pour décrire des cercles autour de la bosse, caresser ses lèvres. Il put sentir la chaleur humide, même à travers le coton. Ses hanches se levèrent un peu et le mouvement de sa main devint frénétique.

Elle bascula sa tête en arrière contre l'appui du lit.

— Allez, libère-toi, dit doucement Logan en se penchant vers son oreille.

Son rythme effréné diminua alors que sa main s'agitait sous la sienne. Quinn cria, sa poitrine se soulevant, et elle frémit.

Après un moment, sa respiration ralentit et ses yeux se dégagèrent.

— Ça va mieux ? demanda-t-il en lui souriant.

Elle rit d'une voix tremblante et il la prit dans ses bras, glissant le linge autour d'elle. Le lit sentait le sexe, ils devraient clairement changer les draps.

Elle inclina sa tête vers l'épaule de Logan et il effleura ses tempes avec ses lèvres.

— À nouveau, je suis désolé.

— Pour quoi ? demanda-t-elle en se décalant dans ses bras pour le regarder dans les yeux.

— Oh... voyons voir. T'avoir réveillée, ne pas t'avoir inclue... Je ne sais pas. Choisis.

— Logan, je suis la troisième roue du carrosse ici. J'en suis consciente. Ça a été sympa, mais...

— Mais ? l'encouragea-t-il.

— Mais ça va prendre fin, finit-elle en haussant les épaules.

Il décida de ne pas lui révéler sa conversation précédente avec Ty. Il attendrait le lendemain. Ils avaient le temps.

— Ta relation avec Ty est spéciale. Vous regarder être intimes... Eh bien, tout ce que je peux dire, c'est que j'ai été émue. Je peux voir à quel point vous vous aimez. Je peux *vraiment* le voir. Le goûter. Le *sentir*, juste en vous fréquentant.

— Mais tu peux... commença Logan, mais il s'arrêta avant de dire « en faire partie ».

— Je peux...? insista Quinn qui voulait entendre la suite.

— Tu peux en profiter tant que tu es là.

— Oui. C'est ce que je fais. Mais j'aimerais avoir une connexion émotionnelle avec quelqu'un de spécial, comme vous avez tous les deux.

Logan ne dit rien et Quinn n'attendait pas de réponse. Elle ne voulait pas qu'il s'apitoie sur son sort. Elle était juste un peu émotive en cet instant. Ça passerait.

Elle décida de changer de sujet en abordant un truc qu'elle souhaitait absolument savoir.

— Vous n'avez pas utilisé de préservatif.

— Non, confirma-t-il en se blottissant dans ses cheveux et inspirant profondément.

Il n'allait pas s'en sortir si facilement.

— Pourquoi ?

— On se teste régulièrement.

— Alors, si je me testais et que je prenais la pilule, on n'aurait pas besoin d'en utiliser ?

— Est-ce que tu la prends ?

Il répondait à sa question par une autre question.

En effet, elle la prenait, mais elle n'était pas sûre d'être déjà prête à le révéler. Elle ignorait si elle le leur confierait un jour.

— Non.

— OK. Donc ça règle la chose.

— Est-ce que vous voudriez des enfants ?

Il y eut une longue pause.

— Je ne sais pas. Ty et moi n'en avons jamais discuté. Et toi ?

— Je ne sais pas non plus. Je ne suis pas à ce stade de ma vie où je suis prête à faire ce choix.

— Et quand ça le sera ?

— Quand je serai avec quelqu'un que j'aime et qui m'aime en retour. Pas quelqu'un qui ne dit que des paroles en l'air.

Logan resta silencieux, mais il hocha la tête.

Soit il était d'accord avec la décision de Quinn ou avec l'idée que quelqu'un était capable de prononcer les trois petits mots « Je t'aime » sans les penser. Elle ne le saurait jamais.

Ty revint dans la chambre, nu, mais fraîchement sorti de la douche. Cela donna une excuse à Logan pour s'écarter d'elle et aller se laver.

Elle aida Ty à changer les draps et remettre de l'ordre dans les parures de lit. En guise de remerciement, elle observa son corps musclé bouger. Il était vraiment une œuvre d'art en mouvement, une sculpture faite de chair.

Logan revint rapidement, ses cheveux tirés en queue-de-cheval. Elle supposa que c'était pour les garder au sec pendant sa douche. Il retira l'élastique et le jeta sur la table de nuit avant de secouer la tête, ses cheveux oscillant librement autour de son visage. Elle préférait nettement ses cheveux lâchés.

Il attrapa sa taille et la fit basculer sur le lit. Il rit quand elle couina de surprise. Un moment plus tard, Ty suivit, se blottissant près d'elle. Les hommes l'encadrèrent intimement entre eux, lui évoquant le dicton « Comme un coq en pâte ».

La poule s'endormit, en sécurité dans leurs étreintes.

Chapitre Neuf

Quinn ne réalisait pas qu'ils étaient déjà à dimanche. Elle repoussa le moment d'ouvrir ses yeux parce qu'elle n'était pas prête à partir.

Mais elle le devait. Elle devait revenir à la réalité. À sa vie. À son travail. Ses responsabilités. Ses parents.

Blablabla.

Elle aurait raté tout ce week-end si elle n'était pas allée à ce mariage avec cette horrible robe. Elle devrait remercier Gina de s'être mariée.

Elle devrait remercier Lana et Paula de l'avoir défiée de draguer Logan.

Et elle devrait remercier Peter de l'avoir assez énervé pour qu'elle se bourre la gueule, ce qui l'avait rendue assez courageuse pour vraiment essayer d'approcher Logan.

Même si la première tentative avait échoué.

Quinn sourit et s'étira paresseusement, ses membres entrant en contact avec une peau lisse. La chaleur corporelle qui émanait des deux hommes la réchauffa jusqu'aux os.

Un bras vint de derrière elle, passant sous ses seins, pour l'attirer contre un torse ferme, mais poilu. *Logan.*

Il enfouit son visage dans ses cheveux et inspira profondément.

— Bonjour.

Elle tendit la main pour trouver Ty qui ronflait encore paisiblement. Quinn ouvrit les yeux et vit qu'il était sur le dos. Le drap ne couvrait pas sa gaule matinale, ou toute autre partie de son magnifique corps, à part en dessous de ses genoux.

Elle sortit un doigt et traça le bord de l'épais tatouage de flamme remontant ses flancs. Elle le suivit jusqu'à la base du dessin qui se terminait sous ses hanches. Sa bite dure tressaillit en réponse. Elle pouffa doucement et leva les yeux. À présent, il était complètement réveillé et la regardait avidement.

— Est-ce que tu vas finir ce que tu as commencé ? demanda Ty d'une voix rauque de sommeil et plus grave que d'habitude, envoyant un frisson jusqu'à ses orteils.

Le frémissement toucha quelques points sensibles sur le chemin. Certains étaient d'ailleurs un peu endoloris.

— Bien sûr.

Elle se retira des bras de Logan et grimpa sur Ty. Elle enfourcha son bassin tout en plaçant ses paumes sur son torse pour garder son équilibre le temps de s'installer. Elle passa ses mains sur sa cage thoracique et sur ses hanches.

— Quand tu t'es fait celui-ci ?

En réponse, ses muscles bougèrent sous ses paumes, lui rappelant Magnum qui remuait dans son sommeil.

— Ma dernière année à la fac.

Elle s'émerveilla du ton foncé de sa peau et du fait qu'un tatouage noir y soit visible. Mais elle le voyait et ça l'excitait. Elle n'avait jamais été attirée par des hommes avec des tatouages, ils avaient toujours semblé dangereux. Ni par des hommes aux cheveux longs, trop sauvages pour elle. Mais elle avait eu tort. Du moins, pour ces deux-là.

Deux. Un autre truc qu'elle n'avait jamais cru pouvoir l'intéresser.

Et pourtant, elle était là, à enfourcher un grand noir tatoué... sans oublier qu'il était nu... tout en étant observés par un second homme. Elle jeta un œil vers Logan. Il était allongé sur son flanc, sa tête soulevée par son coude. Il ne faisait que ça, les scruter.

Il les examinait attentivement, sa bite pas tout à fait dure. Elle était posée contre sa cuisse nue. Il était étalé comme un succulent buffet de petit-déjeuner.

Quinn fut soudain consciente de sa chatte contre le bas-ventre de Ty. Il pouvait sûrement sentir à quel point elle était déjà mouillée.

Elle se décala un peu, juste assez pour écarter ses plis afin qu'il la sente davantage contre sa peau. La chaleur, l'humidité. Son clitoris touchait sa chair. Les mains de Ty se levèrent pour attraper les hanches de Quinn.

— Est-ce qu'il y avait une signification ?

Elle se poussa une nouvelle fois, inclinant ses hanches jusqu'à ce que son clitoris s'appuie plus fortement contre lui, le faisant gonfler et durcir.

— Pas vraiment, répondit-il en grimaçant et lui faisant un sourire crispé. Je trouvais juste ça cool.

Elle ravala un sourire alors qu'elle se tordait pour regarder la cheville de Ty, se pressant volontairement plus fort contre lui, le taquinant.

— Et celui-là ?

Ty haussa vigoureusement les épaules sous elle. Elle dut retenir un cri de surprise. Le mouvement contre sa chair sensible lui donna envie de se frotter contre lui.

Le salaud se vengeait.

Une taquinerie en méritait une autre.

— Je l'ai fait après avoir un peu trop fêté la Draft de la NFL.

Elle se retourna et scanna le reste de son corps. Elle se pencha pour poser un doigt sur son biceps droit, faisant des efforts pour frôler son téton.

— Saoul, hein ? Et pour les tigres blancs assortis ?

Elle se remit en arrière jusqu'à ce que la bite de Ty se loge dans la crevasse entre ses fesses. Il était hors de question qu'elle le prenne de cette manière. Elle était encore irritée de la première fois. En plus, Ty était bien plus gros que Logan, qui était déjà largement suffisant.

Elle put sentir la rigidité chaude de sa verge dans son dos. Elle se pencha en avant et effleura ses tétons plissés contre ses abdos. Juste assez pour qu'ils le sentent tous les deux. Il contracta ses abdominaux et ses tétons se durcirent encore plus.

Il ne lui avait toujours pas répondu.

— La paire de tigres ? insista-t-elle.

Sa chatte chevauchait son os pubien. Il lui en faudrait peu pour qu'elle décolle de cette façon. Mais elle en voulait plus, *même* si elle était un peu endolorie.

Elle désirait avoir un cadeau de départ. Pour se souvenir d'eux. C'était son dernier jour et elle les voulait tous les deux, au moins une ultime fois.

Ty lâcha un souffle irrégulier avant de répondre.

— Lo, tu veux répondre à celle-là ?

Du coin de l'œil, elle vit Logan bouger enfin. Il vint derrière elle et leva ses cheveux, parsemant sa nuque et ses épaules de baisers.

— Mmmmh. Le tigre blanc.

Il posa ses lèvres au sommet de la colonne de Quinn, puis

commença à descendre la rainure de son dos. Ses lèvres étaient chaudes et douces contre sa peau.

Ty relâcha ses hanches et prit ses seins, les rapprochant l'un de l'autre. Les malaxant. Les pressant. Quinn arqua son dos, l'encourageant à aller plus loin.

— Notre premier rendez-vous a eu lieu au Franklin Park Zoo, dit Logan alors que ses lèvres étaient dans le creux du dos de Quinn. Ils venaient tout juste d'acquérir un tigre blanc nommé Luther.

Quand il ne poursuivit pas, Quinn jeta un œil par-dessus son épaule. Logan léchait le précum luisant sur la couronne de la bite de Ty. Il fit tournoyer sa langue sur la tête gonflée avant de lever le regard et de la surprendre à l'observer.

— On se trouvait de Logan le parc de Luther quand on s'est embrassé pour la première fois...

— Et on souhaitait se souvenir de ce moment décisif pour toujours, finit Ty pour lui, sa mâchoire crispée alors que Logan continuait de lécher sa longueur rigide.

Le souffle chaud de Ty toucha la peau de Quinn.

Celui-ci remua sous elle et reposa sa tête sur l'oreiller. Quinn leva les mains pour prendre celles de Ty, toujours accrochées à ses seins, et elle guida les doigts de celui-ci sur ses tétons. Elle les pressa pour lui montrer ce qu'elle voulait.

Il lui fit un sourire malicieux, comme s'il était amusé, mais qu'il ressentait trop de plaisir pour rire. Quinn se pencha, en faisant attention à ne pas décaler ses doigts qui faisaient du bon boulot sur ses tétons, et elle captura ses lèvres. Leurs langues se disputèrent et luttèrent. Elle gémit dans la bouche de Ty alors qu'il pinçait ses tétons encore plus fort, la faisant se propulser une fois sur son os pubien.

Une seule fois. Une autre, et elle viendrait. Elle voulait attendre.

Logan planta une main au centre de son dos et la poussa

jusqu'à ce qu'elle soit allongée sur le torse de Ty. Les muscles de sa poitrine étaient fermes contre ses seins, durs contre sa chair molle.

L'instant suivant, des doigts entrèrent en elle, l'explorant, testant son humidité, frottant sa chatte, trempant à l'intérieur. L'écartant, l'exposant, la maintenant ouverte alors que Logan pressa sa bite pour la pénétrer d'une lenteur atroce. Petit à petit, il lui donnait juste un aperçu avant de se retirer. Chaque fois qu'il s'introduisait, il allait plus loin, lui faisant goûter un peu plus, pour ensuite la laisser vide et désireuse.

Enfin, il fut totalement installé en elle. Il la broya en décrivant de petits cercles en elle, restant à la même place. Il ne faisait qu'une rotation de ses hanches et ce fut suffisant pour qu'elle interrompe son baiser avec Ty, enfouisse son visage dans le cou de celui-ci et jure contre sa peau.

Elle voulait que Logan la pilonne, la possède violemment. Ces mouvements réduits la rendaient folle.

Quelque chose fit pression sur son clitoris. C'était chaud, lisse et glissant. Pas un doigt, non. L'épaisse tête de la verge de Ty frottait son bourgeon sensible. Appuyant dessus et décrivant des cercles comme les hanches de Logan.

Quinn claqua ses paumes sur le torse de Ty et arqua son dos, se plaquant sur les deux hommes alors qu'elle passait par-dessus bord. Sa chatte se contracta sur Logan, ses lèvres piégeant Ty. Son cœur palpita et elle renversa sa tête en arrière.

— Oh, mon Dieu ! cria-t-elle. Oh, mon Dieu !

Avant même qu'elle puisse reprendre son souffle, Logan fut parti. Il retira rudement son préservatif et en attrapa un autre.

Sa respiration maîtrisée, Quinn aspira la lèvre inférieure de Ty dans sa bouche et la mordilla. Elle était ronde, succulente et avait le goût de celui-ci.

Oui, elle commençait à connaître sa saveur. Son odeur. La texture de sa chair, la façon dont sa peau changeait de teint. Plus foncée sur les articulations, légèrement plus claire sur les courbes de ses muscles. Des tétons noirs...

Et une bite violacée que Logan guidait dans sa chatte toujours mouillée et encore prête. Il avait pris le temps de dérouler le nouveau préservatif sur son amant. Avec une main sur la hanche de Quinn et l'autre sur la verge de Ty, il les assembla comme un puzzle. Rentrant une pièce dans l'autre. Seulement, ces morceaux ne s'ajustaient pas parfaitement. L'un était trop gros pour l'autre. Mais ça marchait tout de même.

Ha.

Ty la regarda avidement. Quinn ne détourna pas les yeux alors qu'il soulevait ses hanches et glissait en elle, la remplissant jusqu'à la butte. L'étirant jusqu'à ce qu'il n'y ait plus de place.

Ce qui aurait dû être douloureux ne l'était pas. C'était...

Juste.

Quinn se remit en position assise, accueillant son amant noir aussi profondément qu'elle put. Souhaitant pouvoir le recevoir davantage. Le prendre en entier. Ses mains pâles contre la noirceur de la peau de Ty donnaient un contraste déconcertant, attirant son attention un moment jusqu'à ce qu'elle entende la voix de Logan.

— T'es aussi curieuse des miens ?

Les siens ?

Bien sûr.

— Oui, lâcha-t-elle, essoufflée.

Logan se déplaça derrière elle, repoussant les genoux de Ty, écartant les jambes du deuxième homme, ce qui fit presque perdre l'équilibre à Quinn.

Ty attrapa ses bras et la maintint, la gardant immobile

pendant qu'il suivait l'exemple de Logan. Il replia ses jambes, les exposant tous les deux à son amant. Donnant à Logan un accès total, pour qu'il fasse ce qu'il souhaitait. À elle. À lui.

À eux.

Le torse de Logan se pressa contre le dos de Quinn alors qu'il passait la main pour saisir ses seins, pour reprendre ce qu'avait interrompu Ty. Pinçant et tordant ses tétons jusqu'à ce qu'elle se tortille et crie.

— Le bracelet tribal a été mon premier tatouage. Ma femme souhaitait que je le fasse.

Femme.

Quinn voulut l'interroger, mais elle en était incapable. Avec la bite de Ty enfouie loin en elle et ses couilles collées contre son anus, et les doigts de Logan qui titillaient et jouaient avec ses tétons et la courbe de ses seins, sa tête tournait.

— Le serpent corail...

Les dents de Logan égratignèrent la peau sensible de son cou, le long de la jugulaire. Il mordilla une partie de sa mâchoire.

— Je l'ai fait pour l'énerver. Elle avait peur des serpents et m'avait dit non...

Logan plaqua son torse plus durement contre elle. Elle sentit Ty être secoué dessous alors que Logan entrait en lui d'un coup.

Les doigts de Ty creusèrent les poignets de Quinn et Logan lâcha un souffle sifflant dans son oreille.

— L'anneau de téton...

Logan grogna en se propulsant une nouvelle fois. Ty renversa sa tête en arrière, un long râle lui échappant. Sa poitrine se souleva, sa bite se dressant pour essayer d'aller plus au fond de Quinn.

Elle cria et s'échoua contre lui.

— Eh bien, l'anneau de téton...

Logan grogna à nouveau, le bas de son ventre claquant contre le creux du dos de Quinn.

— C'est ce qui a cassé le dos du chameau.

Un chameau ?

Quinn perdait le sujet de cette conversation à sens unique. Elle ne voulait pas réfléchir si intensément. Elle désirait uniquement ressentir ce qu'il se passait.

Avec une main sur ses seins, Logan glissa l'autre autour de sa taille et amorça une allure pour eux deux. Quinn montait la bite de Ty et Logan prenait le cul de celui-ci. Logan bougea ses hanches, entraînant Quinn dans la balade.

Ty ferma les yeux, ses lèvres écartées. Il relâcha les poignets de Quinn avant de les tuméfier ou de les casser.

— Putain, Lo...

Logan poursuivit son assaut sur l'anus de Ty, s'enfonçant loin et violemment, ne s'arrêtant jamais, faisant ruer Ty contre lui, contre Quinn.

Elle tomba en avant, capturant le téton de Ty dans sa bouche, l'aspirant et égratignant le petit bout raide avec ses dents.

— Bordel, je vais... Ah merde !

Il se propulsa vers le haut et se crispa, sa bite s'agitant en elle. Elle se tendit aussi alors qu'elle sentait les ondes commencer en elle, tenant Ty dans son poing, le trayant de sa semence chaude.

Elle s'effondra sur le torse de Ty, mollement, jusqu'à ce que Logan frappe doucement son derrière. Il l'agrippa, enfonçant ses doigts profondément dans la chair de ses hanches, et il s'injecta. Même s'il le faisait dans le trou de Ty, ce fut comme s'il la baisait elle, de derrière. Elle regarda Logan avec intérêt par-dessus son épaule. Ses longs cheveux couvraient en partie son visage, mais elle put le voir se contracter. Sa mâchoire, son cou, les muscles de son torse. Ses fesses se serraient et se détendaient chaque fois qu'il reculait ses hanches, jusqu'à ce qu'il s'arrête.

Il ferma les yeux et grimaça. Quinn put visualiser le sperme chaud de Logan qui remplissait le canal de Ty. Un amant en bourrant un autre.

Puis ce fut terminé. Le silence. L'immobilité.

Ils étaient encore connectés. Collés. Personne ne voulait bouger...

Aucun d'eux ne souhaitait être le premier à rompre leur proximité.

Chapitre Dix

QUINN FERMA la porte de sa maison de ville avec son pied, les bras remplis d'emplettes.

Le silence l'accueillit. La maison était calme et vide.

Déserte.

Elle avança vers l'arrière de son domicile de deux étages, pour aller dans l'étroite cuisine. Elle y posa, sur le petit îlot, les sacs marrons en papier truffés de courses.

La cuisine à la ferme faisait au moins trois fois la sienne. Elle n'avait même pas l'espace pour une table. Depuis qu'elle était rentrée chez elle, elle n'avait pas eu l'envie de cuisiner.

Elle se sentait vide au fond de son ventre. Comme s'il manquait quelque chose.

Ignorant les courses, elle se déplaça vers la porte coulissante en verre qui menait à une petite terrasse. Elle faisait la taille d'un timbre et donnait sur l'arrière de la maison voisine. Aucun champ de pelouse ici. Aucun grand espace.

Pas de Logan. Pas de Ty.

Les hommes lui manquaient déjà. Et ce n'était que lundi.

Elle avait quitté la ferme le dimanche soir, après qu'ils

eurent préparé un dîner incroyable. Elle avait observé, émerveillée, alors qu'ils se déplaçaient dans la cuisine, se claquant avec des chiffons, plaisantant, se frottant l'un contre l'autre et prétendant que c'était accidentel.

Après le dîner, ils s'étaient assis autour de la table et la conversation était devenue sérieuse.

Logan lui avait demandé de rester. Au moins, pendant un temps.

Elle avait refusé. Elle avait un travail. Une famille. Pourtant, ce n'était pas une bonne excuse.

La vérité c'était qu'elle était inquiète de ce que diraient les gens. De ce qu'ils penseraient. Ses collègues, ses amies ? Sa famille ? *Argh !*

Elle devait peser ses options. Est-ce qu'apprécier la vie avec les deux hommes valait le prix d'une censure potentielle ? Avant son week-end à la ferme, elle aurait dit non. Maintenant...

Elle ignorait sa réponse.

Elle devait se souvenir qu'elle était une personne pragmatique. Elle était analyste financière, pour l'amour de Dieu. Coucher avec deux hommes n'était pas réaliste. Surtout si c'était simultané.

Logan l'avait finalement laissée partir avec une suggestion d'adieu : « *Réfléchis-y.* »

Elle y avait pensé. Sans arrêt. Au travail. Et à la maison, quand elle se sentait le plus seule.

Un week-end. Deux hommes. Et elle se sentait... Elle sentait que quelque chose avait changé en elle. Quelque chose qui ne redeviendrait jamais normal.

Normal.

Merde. Qu'entendait-on par *normal* ? Une relation avec Peter ? Sûrement pas.

Son portable vibra de l'autre côté du comptoir de la

cuisine, la faisant sursauter. C'était probablement Lana. Ou Paula.

Elle le prit et regarda l'appel entrant. *Logan*. Mince... Comment avait-il su qu'elle pensait à lui ? À Ty ?

Elle décrocha.

Avant même qu'elle puisse dire bonjour, il commença à parler.

– Quinn. Tu me manques.

Quinn sortit de la cuisine et pénétra dans le salon adjacent. Elle sombra dans le fauteuil inclinable en cuir qu'elle adorait et glissa ses pieds sous ses jambes.

— Je te manque. Et Ty ?

— Ty est juste là. Tu lui manques aussi.

— C'était rigolo...

— C'est tout ce que c'était ?

Était-ce le cas ? Non.

Mais avant la réception deux semaines plus tôt, elle s'était juré de faire une croix sur les hommes. Elle avait cherché un autre homme dans sa vie comme une balle dans la tête. Et maintenant ? À présent, elle allait se mettre dans une relation avec deux hommes ?

Elle était folle.

OK. Elle avait peut-être *besoin* des hommes. Pour certaines fonctions. Mais elle n'avait pas besoin d'une relation.

— C'était un défi stupide...

— Tu te leurres. Ça n'avait rien à voir avec le défi. Tu n'avais pas à revenir le week-end dernier, mais tu l'as fait.

Quinn ne pouvait pas démentir ce qu'il disait. Elle agrippa plus fort son téléphone.

— Est-ce que tu le regrettes ?

— Tu sais que non, chuchota-t-elle.

— Alors, reviens, la supplia Logan.

Elle put entendre Ty à l'arrière-plan, mais ne put distinguer ses mots.

— Reviens ce week-end.

— Je ne sais pas...

— C'est quoi, un week-end de plus ?

Quinn jura silencieusement. Elle aurait dû savoir que Logan n'allait pas céder, simplement accepter une réponse et ne pas insister.

— J'ai promis à mes parents de les retrouver pour dîner.

C'était un dominant. Il allait poursuivre jusqu'à obtenir la réponse qu'il souhaitait.

— Quand ?

— Dimanche.

Il était au contrôle.

— Alors, vois-les. Pars dimanche matin après le petit-déjeuner.

Elle ne pouvait pas argumenter.

Il savait ce qu'il voulait, quand et comment l'obtenir. Et en être consciente lui fit retrousser ses orteils et provoqua un afflux de sang dans ses veines.

— On te défie, déclara-t-il d'une voix grave et ferme.

À la fin, elle y consentit. Elle accepta leur défi.

La perspective d'attendre quatre jours de plus la dévora.

Elle fut agitée au travail mardi, et Paula et Lana se présentèrent à son bureau mercredi à l'improviste. Elles se laissèrent tomber sur les chaises en face d'elle et larguèrent des sacs graisseux de nourriture sur le plateau initialement propre de son bureau.

— Du poulet grillé de chez Charlie's Chicken Shack, croassa Lana en posant ses pieds sur le bureau de Quinn.

— Ton préféré.

Quinn n'était pas d'accord. C'était celui de Paula, pas le sien. Mais ça sentait bon.

Paula commença à fouiller dans les sacs, sortant des couverts en plastique et un paquet de serviettes, éparpillant la nourriture, des miettes et du plastique partout sur le plateau de son poste de travail.

Quinn grimaça et se tortilla sur sa chaise. Non seulement elle n'aimait pas qu'on mette son espace personnel en désordre, mais son cul était encore endolori suite aux activités exceptionnelles du dernier week-end.

Elle écouta à moitié les femmes bavarder de trucs pas vraiment importants, mais elles étaient ses amies. Elle les adorait, alors elle essaya de faire attention.

— Où t'étais dimanche ? Je t'ai appelé. *Et* j'ai laissé un message. Auquel t'as pas répondu d'ailleurs.

Quinn agita négligemment la main. Elle jeta un rapide coup d'œil à Lana, puis vers les papiers sur son bureau, les remuant.

— Je, euh...

Merde. Elle n'avait jamais été douée pour inventer des excuses instantanément.

— J'ai oublié de charger mon téléphone.

Nul. Minable. Mais Lana ne posa pas de questions parce que Paula était déjà passée au sujet suivant.

— Quels sont tes plans pour *ce* week-end ?

L'ordinateur de Quinn sonna et elle ouvrit sa boîte de réception.

— Parents, répondit-elle, distraite.

Un mail de Ty.

Elle avait déjà dit oui. Pensaient-ils vraiment qu'elle avait besoin d'être plus convaincue ?

Paula froissa un des sacs marron et le jeta dans la

poubelle de Quinn. Cette dernière serra les dents. C'était exactement ce qu'elle voulait... que son bureau sente le poulet grillé pour le reste de la journée.

— Tu vas dans la maison de tes parents pour tout le week-end ?

Le sujet du mail était marqué *IMPORTANT* et avait un point d'exclamation rouge en plus. Mince. Il y avait peut-être un truc qui n'allait pas avec Logan ou Ty.

— Euh... ouais.

Lana interrompit ses pensées.

— Injoignable le week-end dernier, absente celui-ci. Je crois qu'elle a un amant secret.

Les deux femmes se regardèrent et rigolèrent. Les sourcils de Quinn se froncèrent. Elles ne pensaient pas qu'elle pouvait avoir un amant ? Elle fut tentée de le leur dire, mais elle se ravisa. Elle ne désirait pas créer des complications non nécessaires. Ça voudrait dire passer le reste de la nuit à éviter leurs questions. Elles voudraient connaître *tous* les détails. Des détails qu'elle ne souhaitait pas révéler.

— Quinn, t'aimes même *pas* tes parents, pouffa Lana. Pourquoi t'irais là-bas pour le week-end ?

— Hé, j'adore mes parents !

— Ouais... tout ce que tu fais, c'est râler sur leur besoin de contrôle...

— À quel point ils sont sno... intervint Paula.

Lana fit une moue.

— À quel point ils sont intellectuels. Tu veux qu'on continue ?

Elles avaient oublié qu'ils étaient critiques.

— J'essaie de me racheter.

Lana et Paula se regardèrent et rirent. Encore.

Bon sang ! Les filles ne lui lâchaient pas les baskets aujourd'hui. Seulement, elles la connaissaient. Trop bien.

Mince. Le mail. Le mail. Elle retourna son attention vers l'ordinateur.

Elle double-cliqua et une photo apparut dans le corps du message. Deux hommes nus s'étreignaient et s'embrassaient, les mains caressant l'érection de l'autre. La photo était coupée juste au-dessus de leurs bouches. Ainsi, elle ne put voir leur visage. Mais elle reconnut les corps musclés, les magnifiques couleurs du serpent corail enveloppé autour des hanches de Logan, son anneau de téton, le teint foncé de la peau de Ty et ses tatouages identifiables. Sous l'image, elle put lire « Un truc *pour te faire attendre* ».

Elle eut le souffle coupé en réexaminant la photo. Elle souhaitait être avec eux. Elle voulait sauter dans l'écran de l'ordinateur et s'y retrouver instantanément pour les toucher. Les explorer. Être caressée et tenue dans leurs bras.

— Qu'est-ce qu'il y a, Quinn ?

Elle éloigna le curseur du bouton Supprimer et réduisit la fenêtre à la place. Elle désirait revoir la photo plus tard. Quand elle serait seule.

— Rien. Juste une escroquerie nigérienne par email.

Elle croisa les jambes sous son bureau et pressa ses cuisses l'une contre l'autre.

C'était décidé. Elle appellerait les gars, prendrait un jour de congé vendredi et s'y rendrait en avance.

Chapitre Onze

QUINN EUT un sentiment de déjà vu. Un second vendredi et un autre trajet sur la longue route poussiéreuse qui menait à la ferme de Logan et Ty.

Elle était tout aussi anxieuse cette fois-ci qu'elle l'avait été la semaine précédente.

Cherchant une chanson qui lui calmerait les nerfs, elle permuta d'une station de radio à une autre. Elle se fixa finalement sur une chaîne de rock classique. Quand elle releva les yeux vers le chemin, elle lâcha un cri de surprise et écrasa la pédale de frein avec son pied. L'ABS de l'Infiniti arrêta la voiture sur les pierres en grinçant, soulevant un nuage de poussière autour.

Dans la nuée se trouvait un véhicule à quatre roues tout terrain, garé sur la voie en diagonale. Bloquant son avancée.

Sur le quad, une silhouette était assise, vêtue en noir de la tête aux pieds. Un masque, un t-shirt à manches longues, des gants, un pantalon cargo et des bottes de combat.

Des pensées tournoyèrent dans sa tête. Des mots tels

bandits de grand chemin, voleur, pirate. Sinistre. Et une demi-seconde plus tard, elle eut une autre idée ridicule. Il faisait trop chaud pour être habillé comme ça.

Quinn agrippa le volant, incapable de bouger. Elle fixa l'homme, incapable de détourner les yeux. Son cœur tambourina dans sa poitrine alors qu'il levait une main et la pointait du doigt. Elle eut le souffle coupé.

— Que... c'est quoi ce bordel ?

Qu'importe l'identité de la personne ou le jeu qu'il pratiquait, qu'importe ses intentions... elle devait se tirer d'ici.

Fissa.

Sa main alla vers le levier de vitesse, prête à le pousser pour reculer. D'un coup, une silhouette noire fut à sa portière, l'ouvrant violemment et l'extirpant de la voiture. Le premier homme arriva du côté passager.

Elle aurait dû verrouiller les satanées portes !

La deuxième personne mit son véhicule en mode parking et défit sa ceinture alors que l'autre la soulevait du siège conducteur. Il attrapa ses poignets et les ficela ensemble derrière son dos.

Quinn cria et donna des coups avec ses talons, visant les tibias... et plus haut. Elle eut rapidement les yeux bandés et un bâillon dans la bouche. Ses mains étaient liées derrière elle par une corde lisse. Elle fut jetée sur le ventre. D'après ce qu'elle pouvait sentir, elle se retrouva sur la banquette arrière de sa voiture.

Les attaquants ne dirent pas un mot alors qu'ils attachaient ses chevilles pour l'empêcher d'agiter les pieds.

Elle tenta de reprendre son souffle, le bâillon la faisant paniquer. Elle se força à inspirer par le nez. Lentement, de manière régulière. Jusqu'à ce qu'elle entende la porte du véhicule claquer et qu'elle sentit la voiture avancer. Elle retint sa respiration, essayant de déterminer s'ils continuaient sur la route ou s'ils tournaient. Mais entre sa peur et le bandeau, ses sens étaient perturbés.

Elle ignorait complètement où ils la conduisaient. Elle n'avait aucune idée de qui ils étaient.

Elle était fichue.

Quinn tenta d'enlever le bandeau avec son épaule. Elle échoua. Elle parvint à le pousser un peu, mais pas suffisamment pour voir quelque chose. Qu'un fragment de lumière.

La voiture remua sous elle. Bien que le sang afflue dans ses oreilles, elle entendit les pierres ricocher sur le bas de caisse. Soudain, son corps fut projeté en avant et s'immobilisa sur le dos de la banquette. Elle laissa sortir un « Outch » étouffé autour du tissu au goût horrible dans sa bouche.

Elle releva le hurlement du quad alors qu'il approchait du véhicule à l'arrêt. En quelques secondes, les deux portes arrière de sa voiture furent ouvertes et des mains la saisissaient, la poussant et la tirant.

Par-dessus le bruit de pieds avançant péniblement sur des pierres, elle entendit un ange.

Magnum.

Le chien leur tourna autour, jappant avec enthousiasme. Son aboiement grave de berger était inimitable. Elle était sauvée.

Soudain, elle entendit un grognement sur sa droite alors que le kidnappeur attrapait son coude.

Elle entendit alors un couinement, Magnum glapissant de douleur.

— Merde ! Magnum ! Dégage de là !

Logan. C'était la voix de Logan sur sa droite.

— Enlève ce chien de nos pattes.

Elle voulut demander ce qu'il se passait. Qu'est-ce qu'ils

faisaient ? Mais le coton dans sa bouche avait pompé toute sa salive. Même s'ils le retiraient, elle n'était pas sûre de pouvoir parler.

Elle entendit un sifflement aigu quelque part devant elle, et le chien grimpa les escaliers. Elle pouvait visualiser précisément où elle se trouvait maintenant.

Son pouls ralentit un peu et sa respiration se calma.

Quelle était leur intention ? Était-ce un jeu ?

Mince. *C'était* un jeu de rôle.

Du moins, elle l'espérait.

Parce que si ce n'était pas le cas, elle revenait à son idée numéro un. Elle était fichue.

Ty TINT la porte d'entrée ouverte pour Logan, qui avait Quinn jetée sur son épaule. Il avait du mal à monter les marches du perron, essayant de toute évidence de ne pas perdre l'équilibre. Ty secoua la tête. Il était plus fort, il aurait donc dû être celui à la porter jusqu'à la maison.

Il fut content d'enlever le masque de ski étouffant que Logan et lui avaient utilisé pour le faux kidnapping.

C'était lui qui avait trouvé l'idée et il espérait ne pas le regretter.

Il souhaitait qu'elle ne soit pas trop furax.

Au début, il avait trouvé l'idée drôle, avant de voir la peur sur le visage de Quinn quand ils avaient attaqué sa voiture. Et ces affreux talons qu'elle portait. Doux Jésus ! Elle aurait pu les estropier.

Logan passa devant lui et Ty verrouilla la porte derrière eux. C'était la dernière chose dont ils avaient besoin. Que quelqu'un se pointe et entre à l'improviste. Les policiers seraient dépassés en croyant qu'ils kidnappaient Quinn contre sa volonté.

Osez doublement

Ty rattrapa Logan et lui s'empara de Quinn. Logan montrait déjà de la fatigue. Ty ne voulait donc pas prendre le risque qu'ils tombent quand ils descendaient les marches vers le sous-sol.

Il était content que Quinn ait arrêté de s'agiter. Il espérait qu'elle avait réalisé que c'était pour s'amuser. Il la jeta sur son épaule, elle sentait si bon. Un de ses bras agrippa ses hanches pour la maintenir en place, laissant sa seconde main pour soutenir son derrière. Et son cul était si doux...

Il recentra son attention sur l'escalier. Un autre truc à éviter, c'était de louper une marche et les faire tomber tous les deux. Logan était parti devant et installait l'engin que Ty avait construit dans la perspective de ce moment.

Logan l'attendait avec un regard anxieux. Pour ne pas dire lubrique.

Ty dut glousser. Logan avait adhéré à son idée avec une grande impatience.

Quinn se relaxa encore plus quand il rit. À présent, il fut certain qu'elle savait que c'était eux, et pas des tarés.

Il avança vers la Croix de Saint-André artisanale. Il avait travaillé toute la semaine dessus. Logan avait souhaité l'essayer et l'utiliser pour leurs jeux durant la semaine, mais Ty avait refusé. Il voulait que Quinn soit la première à y être accrochée.

Il avait attaché le cadre en bois en forme de X sur le mur du sous-sol, s'assurant qu'il était bien fixé pour que personne ne se blesse. Il l'avait assez bien stabilisé afin que ce soit un dispositif permanent dans leur sous-sol. Ils pourraient l'utiliser pour leurs futurs ébats, que Quinn soit là ou pas.

Au lieu de menottes et chaînes, il l'avait agrémenté de boucles en corde lisse qui seraient employées pour les poignets et les chevilles, même sa taille si nécessaire. La ficelle douce qu'il avait achetée était constituée de soie, assez moelleuse pour ne pas abraser sa peau délicate. Il ne voulait pas lui causer de souffrance ou d'inconfort... juste de l'excitation et du désir.

Il posa Quinn contre la Croix de Saint-André et elle s'affaissa dessus, ses genoux se fléchissant légèrement. Logan se laissa tomber au niveau de ses chevilles, défit les liens temporaires. Il glissa alors ses pieds dans les cordes enroulées pendant que Ty détachait ses poignets de derrière son dos. Il les plaça ensuite dans les boucles au sommet de la croix.

En quelques minutes, elle fut les bras et les jambes écartées sur le système vertical de contention. Ses poignets et ses chevilles étaient attachés et étendus, leur donnant un accès total à son corps. Maintenant, ils devaient simplement se débarrasser de ses vêtements. Les hauts talons, qu'elle devait sûrement porter au travail, tombèrent facilement de ses pieds. Logan prit son temps pour les enlever, caressant ses voûtes plantaires, passant des doigts entre ses orteils jusqu'à ce qu'elle les retrousse.

Ensuite, il fit glisser tranquillement ses paumes le long de ses mollets pendant que Ty attrapait un couteau aiguisé. Il n'avait aucun autre moyen de la déshabiller quand elle était attachée. Il devrait découper ses vêtements. Alors qu'il les coupait lentement... d'abord sa jupe, puis son chemisier, laissant juste sa culotte et son soutien-gorge... il se promit de les lui racheter.

Son ensemble de lingerie semblait élégant et onéreux, assurément bien pensé. Il hésita avant de les découper.

Quinn avait toujours les yeux bandés et était bâillonnée, alors il se pencha près de son oreille. Logan se leva et lui prit le couteau des mains.

— On remplacera tout ce qu'on a ruiné.

Ensuite, Logan glissa la lame entre ses seins et les libéra en tranchant le tissu qui les retenait. Il fendit les deux bretelles et balança le soutien-gorge superflu de l'autre côté de la pièce. Ty regarda la chair de poule surgir sur l'épiderme de Quinn alors que Logan se remettait à genoux et caressait la peau tendue de son ventre, puis de ses hanches avant de découper la dentelle noire de sa culotte.

Ty passa sa langue sur un des tétons rigides et appétissants de Quinn, puis sur le deuxième. Son dos s'arqua et un gémissement s'échappa de sa bouche bâillonnée. Elle avait un goût délicieux et coquin, il adorait sa saveur. Le contraste entre la pâleur de sa peau et le rosé foncé de ses tétons le stupéfia. Cela lui rappelait le glaçage à la fraise.

Logan prit son temps après avoir coupé sa culotte. Toujours accroupi entre les jambes de Quinn, il embrassa ses cuisses. Il plongea ses doigts dans son sexe et les hanches de Quinn commencèrent à pivoter au même rythme que le poignet de Logan.

QUINN HALETA avec le bâillon alors que des doigts s'enfouissaient au fond de son corps. Elle était mouillée et savourait chaque seconde de l'attention des hommes. Maintenant, elle savait que c'était sans aucun doute un jeu coquin.

Elle n'avait jamais été partante pour être attachée. Elle n'avait jamais souhaité l'être et n'avait jamais voulu le faire à quelqu'un d'autre. Mais il y avait des avantages au fait d'avoir les yeux couverts, d'être bâillonnée et ficelée à un dispositif. Toutefois, elle les ignorait puisqu'elle ne pouvait toujours pas voir.

Bon sang ! Il pourrait y avoir une audience qui observait ce que lui faisaient les gars et elle ne le saurait pas. Cette seule idée envoya un éclair brûlant dans son centre.

Mais son audition était un peu plus aiguisée. Elle n'entendit rien d'autre, à part les respirations de Ty et de Logan. Et quelques murmures contre sa peau.

Logan, elle pensait que c'était lui, écarta les lèvres de sa chatte avec ses doigts. Séparant son sexe, il l'exposa à sa bouche alors qu'il la pressait sur son clitoris, l'aspirant et décrivant des cercles avec sa langue.

Quinn gémit, impuissante. Elle ne pouvait pas attraper ses longs cheveux, ne pouvait pas le maintenir là où elle voulait qu'il soit. Elle était totalement sous leur contrôle. Encore une fois.

C'était un sacré début pour le week-end.

Ils continuaient à la surprendre et à lui ouvrir les yeux sur des choses insoupçonnées.

Les mains de Ty malaxèrent ses seins, les pressant et en pinçant un. Il suça l'autre avec sa bouche jusqu'à ce qu'ils pointent, rigides et douloureux. Elle souhaitait qu'il les pince plus fort, les torde plus violemment. Mais elle ne pouvait pas le lui dire. Elle devait simplement attendre qu'il décide de le faire de lui-même.

La frustration était comme un aphrodisiaque, l'incitant à se tortiller.

Elle essaya de faire pression sur ses liens soyeux, tirant ses membres brusquement.

— Shhh. Ne te fais pas mal, dit Ty, si près de son oreille, ce qui la fit frémir.

Elle sentit une langue chaude et humide contre le lobe de son oreille, le long de son cou. Puis, elle effleura la lèvre infé-rieure de Quinn. Il l'embrassa contre le bâillon, sa langue frottant le tissu mouillé.

Quinn ne parvint plus à respirer. Elle désira le toucher avec sa langue, avec ses mains. Alors, elle tira plus fortement sur les cordes.

Elle ne voulait pas forcément être détachée, du moins des liens. Elle recherchait un autre type de soulagement.

La bouche de Logan s'affairait encore sur son clitoris, ses dents mordillant la bosse sensible. Ses doigts jouèrent sur les lèvres de sa vulve. Puis, il en inséra un en elle. Ce doigt n'était là que pour la taquiner. Et puis... il fredonna. Oh, mon Dieu ! Il fredonnait contre son clitoris. Les vibrations la rendirent folle. Elle cria sur le tissu, qui étouffa le son et le changea en gémissement terne.

Elle jura dans sa tête. Ils voulaient la rendre zinzin. Ça devait être leur plan. Ty mordit un de ses tétons alors que Logan continuait de fredonner.

Putain !

Elle vint, son corps convulsant contre le malheureux doigt de Logan alors qu'il la taquinait en l'entrant et le sortant.

Avant son dernier gémissement, avant l'ultime vague de son orgasme, ils s'éloignèrent tous les deux. Soudain, elle se sentit seule. Il ne restait que le silence et le vide. Elle s'affaissa dans les cordes.

Où étaient-ils partis ?

Que faisaient-ils ?

Elle entendit enfin un bruit de bagarre et sentit la chaleur du corps de quelqu'un près du sien.

Puis, elle la sentit.

Une tiédeur soyeuse. De l'huile gouttant sur sa poitrine, dévalant son corps, ses tétons, son ventre, et s'accumulant à ses pieds.

Elle était chaude, mais pas brûlante. Assez pour faire du bien, comme des doigts sensuels parcourant son corps.

Le liquide coula encore un peu sur elle. Une mer de chaleur. Sur ses épaules, le long de ses bras, dégoulinant sur ses seins et ses tétons. Quinn rentra son ventre alors que les ruisseaux d'huile chaude dégringolaient sur son corps en serpentant.

Un doigt, peu lui importait à qui il appartenait, dessina des lignes sur sa peau, au travers de la chaleur grasse. Des doigts décrivirent des cercles autour de ses tétons, sur ses côtes. Ils trempèrent dans son nombril et étalèrent le liquide sur ses cuisses. Des mains entourèrent ses mollets, chatouillèrent l'arrière de ses genoux et s'enveloppèrent autour de ses chevilles.

Des mains, encore et encore. Trop nombreuses. Elle avait l'impression qu'il y en avait plus que quatre. L'aspergeant d'huile, la faisant pénétrer dans sa peau, massant ses muscles. Pinçant, tirant, poussant. La plumant. Titillant les bosses dures de ses tétons, celui de son clitoris. Elle voulut fermer ses cuisses pour capturer ces doigts pêcheurs, mais elle ne pouvait pas bouger. Elle souhaitait les supplier de la toucher davantage, avec des mains farouches et taquines, mais elle ne pouvait pas parler. Elle désirait regarder ce qu'ils faisaient et qui le faisait, mais elle ne pouvait pas voir.

Et ça rendit le moment plus immoral, plus malicieux, plus sauvage.

Ils trouvèrent des parties sensibles de son corps, des points secrets qu'ils triturèrent de la *bonne* façon. Quinn pétrit le linge entre ses dents, le mordant de plaisir, d'une passion douloureuse. Elle cherchait son soulagement. Juste encore une fois...

Des doigts continuèrent leur chemin sur les lignes de son corps. Et soudain, elle fut aveuglée...

Pas par le bandeau... mais par la lumière qui frappait ses yeux. Une lumière orangée. Quelqu'un avait enlevé le tissu. Elle cligna des yeux pour les habituer.

Ils étaient là. Ses deux hommes. Ses amants. Dépouillés de leurs habits. Glorieux dans leurs nudités, tous les deux glissants et brillants de l'huile. Leurs muscles luisaient et réfléchissaient la lumière alors qu'ils s'éloignaient d'elle et se rapprochaient l'un de l'autre.

Elle les scruta, impuissante. Toujours incapable de bouger, incapable de demander... *de supplier...* qu'on lui rende sa liberté. Celle d'aller avec eux au lieu de simplement les regarder.

Comme une voyeuse.

Sa chatte convulsa de désir et d'excitation quand Quinn les observa faire dériver l'un sur l'autre leurs paumes huilées, leurs doigts étincelants. Ils l'ignoraient. La laissant souffrir, seule.

Ils s'enlacèrent et s'embrassèrent, s'assurant qu'elle avait une vue parfaite. Quinn put apercevoir leurs langues s'entremêler. Elle put imaginer leurs goûts dans sa bouche. Elle voulait être libre, venir prendre part à leurs ébats. Leurs mains se trouvèrent, caressant la bite de l'autre. Les deux étaient durs et larges, leurs veines saillantes sous la fine peau sensible couvrant leurs longueurs d'acier.

De grandes mains les frictionnèrent alors qu'ils continuaient de s'embrasser. Branlant la verge de l'autre de la pointe jusqu'à la base. Quinn serra les poings et cria sa frustration dans le bâillon de tissu. Ils ignorèrent ses protestations étouffées. Elle voulut donc le faire aussi... mais elle n'y parvint pas.

Elle était incapable de détourner les yeux.

Logan rompit le baiser et se blottit dans le cou de Ty. Quinn put sentir le parcours de ses dents sur la peau de Ty, comme si c'était la sienne. Un frisson remonta sa colonne alors que Logan passait ses lèvres sur les pectoraux fermes et éclatants du torse de Ty. Puis il dériva sur ses abdos contractés, sur une hanche, puis l'autre, jusqu'à ce qu'il soit à genoux devant son amant noir.

Il prit Ty dans sa bouche, ses lèvres s'étirant autour de l'épaisseur de la bite de Ty. Quinn ferma les yeux. Sa chatte palpita, vraiment, et elle ne pouvait pas se soulager !

Le grognement de Ty et le sifflement de sa respiration incitèrent Quinn à le regarder. Ses doigts étaient passés autour de la tête de Logan, le guidant le long de son manche. La sienne se renversa légèrement en arrière, ses yeux vitreux. Ses hanches s'avançaient à chaque mouvement de bouche de Logan. La verge de Ty brillait comme le reste de son corps. Quinn put sentir la salinité de son précum sur sa langue. Elle put sentir la pression de son poids sur ses genoux et ses doigts creuser les fesses fermes de Ty.

Elle cria une nouvelle fois de frustration et tira sur les cordes, assez fort pour entendre, cette fois, le bois du dispositif auquel elle était attachée craquer.

Eux aussi.

Ils lui lancèrent tous les deux un regard inquiet, mais après un moment, ils l'ignorèrent à nouveau. Alors que Logan se levait, Ty se pencha et attrapa dans sa bouche l'anneau de téton de son amant. Il aspira et donna un coup de langue dessus, le tirant sans aucun doute violemment avec ses dents.

— Putain ! cria Logan. Les mains sur les genoux, ordonna-t-il.

Ty fit immédiatement ce qui lui était demandé, plantant ses mains sur ses genoux, offrant à Logan ce qu'il exigeait. Celui-ci cracha sur sa paume avant d'en frotter l'humidité sur sa bite.

Soudain, Logan épingla Quinn d'un regard. Leurs yeux se croisèrent et se soutinrent. Il caressa à nouveau sa verge. Cette fois, plus lentement, pressant la tête bulbeuse quand il arriva dessus.

— Observe, lui ordonna-t-il.

Avec une main sur le dos de Ty et une sur sa hanche,

Logan plongea en profondeur, le fourrant rapidement. Ty gémit et enveloppa une main autour de sa bite, la frictionnant au même rythme que Logan le baisait.

Quinn scruta les muscles du cul de Logan se contracter à chaque mouvement. Elle regarda le derrière de Ty se tendre alors qu'il recevait tout ce que Logan lui donnait.

Ty grimaça. Son corps était pratiquement plié en deux. Il avait toujours une main sur ses genoux pour garder son équilibre pendant que l'autre le branlait rapidement. Si vite, que ce ne fut qu'une tache floue pour Quinn.

Une excitation humide coula le long de ses cuisses. Elle se languissait, une sensation insupportable, alors que la bite dure de Logan s'enfonçait dans le cul de Ty. Logan agrippa violemment les fesses de celui-ci, créant des entailles avec ses doigts, maintenant les hanches de Ty immobiles pendant qu'il s'injectait encore plus vite.

Il allait bientôt venir. Il était au bord. Quinn le savait. Elle pouvait voir son corps se contracter, ses lèvres s'écarter, ses paupières se baisser.

Logan se projeta au fond de Ty une dernière fois et fut pris de petites secousses contre lui alors qu'il criait.

Quinn put sentir le liquide chaud gicler dans le canal de Ty. Logan, encore une fois, revendiquant Ty. Logan s'enroula alors sur le dos de son partenaire et passa sa main pour la poser sur celle de son amant, qui lui, continuait de se propulser dans son poing.

Logan fit sombrer ses dents dans le dos de Ty, et celui-ci grogna en venant en jets intenses.

Les deux hommes respiraient rapidement et haletaient. Quinn put imaginer leurs cœurs palpiter sauvagement.

Le sien tambourinait.

Le corps de Quinn vibra. Elle voulait quelqu'un, n'importe qui. Et elle le voulait, les désirait, maintenant !

Les deux hommes s'étaient dépensés l'un sur l'autre. Et elle était là, toujours suspendue sur le X en bois, recouverte d'huile et bâillonnée.

Ce n'était pas juste.

Elle était impatiente de prendre sa revanche.

Chapitre Douze

Ils la douchèrent, la nourrirent et la firent venir au moins deux fois de plus ce vendredi soir. Ça compensa sans nul doute la frustration précédente qu'avait vécue Quinn. Elle leur fit bien comprendre que ça ne la dérangeait pas d'être attachée, mais qu'ils feraient mieux de s'assurer qu'elle fût satisfaite avant de partir s'occuper d'eux.

Par contre, les jeux de rôles de kidnapping étaient hors de question. Ça lui avait foutu la frousse avant qu'elle se rende compte de ce que c'était réellement. D'autres jeux de rôle, suivant ce que c'était, pourraient être acceptés. Ils les évalueraient au cas par cas.

Mais elle se sentait bien, très bien, quand ils s'installèrent dans le lit pour la nuit. Au fond de son cœur, elle se sentait chez elle, coincée entre les deux dans la grande couche. Elle s'endormit avec un long soupir heureux.

Elle avait l'impression que c'étaient des minutes, mais ça devait faire des heures... Définitivement des heures puisque la lumière matinale s'infiltrait par les rideaux. Quinn se réveilla en sursaut. Son corps eut une secousse et son talon entra en contact avec le tibia de Logan.

— Putain ! jappa-t-il en bloquant ses jambes entre les siennes. Attrapant ses hanches, il lova son aine contre son derrière, sa gaule matinale calée entre ses fesses. Elle gigota et, ne voulant pas ignorer Ty, attira l'autre homme dans ses bras. Elle sentit sa bite disposée frotter contre son ventre.

Elle se tourna un peu pour lui donner un meilleur accès, et...

Cria.

Paige Reed se trouvait au pied du lit, à les observer tous les trois. Le cœur de Quinn se mit à plein régime, palpitant rapidement. Elle tira le drap plus haut et fixa la petite brunette qui se tenait les mains sur les hanches avec un énorme sourire.

Merde. Merde, merde, merde.

Logan roula sur le dos et croisa les bras derrière la tête, offrant à sa sœur un sourire accueillant. Quinn releva la façon dont il plia ses genoux pour s'assurer que le drap ne s'inclinait pas d'une manière flagrante.

Ty ne se souciait visiblement pas qu'elle sache ce qui se tapissait sous les couvertures. Et l'apparence de Paige n'avait sûrement pas affaibli son plaisir. *Pfff.*

Paige le remarqua aussi, ce qui élargit son sourire.

— Bonjour, les gars. Voulais juste passer pour voir comment ça allait.

Elle ne pouvait pas appeler d'abord ?

— De mon point de vue, on dirait que ça se déroule plutôt bien, sortit Paige en épinglant Quinn du regard. Comment ça va, Quinn ?

Pendant un instant, Quinn avait espéré s'être transformée en superhéros et être devenue invisible. Apparemment pas.

— Oh... Euh, bien.

Jusqu'à ce que t'arrives.

— Oui... Je vois ça.

Et puis, elle eut l'audace de faire un clin d'œil à Ty.

— Eh bien, dit-elle en sombrant sur le bout du sommier, croisant les mains sur ses genoux. En fait, je suis venue pour vous préparer le petit-déjeuner, les gars.

Elle s'était installée sur le lit, comme si c'était normal qu'elle voie son frère, non seulement avec un autre homme, mais aussi une femme.

— Si vous êtes partant pour manger ? demanda-t-elle avec prudence.

Ty gloussa et lui fit un de ses sourires ravageurs.

— On ne rate jamais un de tes repas, Paige.

Celle-ci attrapa son pied, qui était enfoui sous les couvertures, et le secoua par espièglerie.

— Je sais.

Arrête de toucher mon... Quinn hoqueta. *Homme.* Mince.

Tous les yeux tournèrent vers elle, et elle sentit le sang vider son visage. Son homme. Elle était déjà possessive envers Ty et Logan. Ce n'était pas bon signe.

— Je suis désolée, dit Paige en scrutant Quinn avec insistance. Je ne voulais pas déranger.

— Tu pourrais te joindre à nous, offrit Ty en tendant la main à Paige, sa voix grave et rauque.

Et il eut le toupet d'agiter ses sourcils.

Quinn souhaita le frapper.

Mais, oh, beurk ! Quinn regarda rapidement Logan. Il était simplement allongé à côté d'elle avec un sourire imbécile sur le visage, accueillant cette intrusion sans broncher. Agissant comme si la suggestion de Ty n'était pas bizarre... *Oh.* Ty plaisantait. Ce devait être une blague de longue date entre eux.

Elle se sentait comme une crétine d'être jalouse.

— Chérie ? cria une voix masculine à l'extérieur de la chambre.

— Alors je vois que t'as amené le petit-déjeuner, commenta Ty en souriant.

— N'essaie même pas, rétorqua-t-elle en le frappant doucement sur le pied. Il est à moi. Tu l'attires vers le côté obscur et je ne le récupérerai jamais.

— Le côté obscur en parlant des hommes ? Ou le côté obscur en parlant d'un noir. Tu connais le dicton...

Paige tendit la main pour arrêter sa phrase.

— Je sais. Je sais. Con, chéri, ne t'embête pas à venir ici... hurla-t-elle en tournant la tête. *Laisse tomber.*

Connor Morgan... car qui ça pourrait être d'autre... ouvrit davantage la porte de la chambre et accueillit plutôt bien la vue de sa femme assise sur le lit de son frère avec un autre couple, songea Quinn.

Paige haussa les épaules et se pencha.

— Je pense comprendre enfin qu'il faut que je lui dise le contraire de ce que je veux qu'il fasse, chuchota-t-elle assez haut et de manière dramatique. Comme ça, il fera *vraiment* ce que je souhaitais qu'il fasse.

Elle fit un grand sourire mielleux à Connor.

— Comme si je n'avais pas entendu.

Le grand homme blond avec l'accent australien avança vers Paige et plaça une main sur son épaule, la pressant affectueusement.

— Tu sais que j'essaie de tout faire pour te satisfaire.

— Et pour hier soir ?

— Hé, je ne suis pas aussi souple. Désolé.

L'engouement de Ty se revigora.

— Je peux t'aider à gagner en souplesse.

— Non ! hurla Paige d'une voix aiguë.

— Elle pense que je vais t'attirer vers le côté obscur, rit Ty.

— Eh bien, si je basculais, tu ne serais pas un mauvais choix, plaisanta Connor en s'asseyant derrière Paige et la prenant dans ses bras. Désolé, Logan. Ne te vexe pas.

— Aucun souci, répondit Logan en haussant à moitié les épaules.

Le lit devenait légèrement encombré. Quinn se demanda qui allait les rejoindre ensuite.

— Mais, continua Connor. Je pense que je vais rester avec cette petite. Pour le moment.

Paige s'appuya contre son torse et leva les yeux amoureusement vers lui. Presque avec des yeux de chiots.

Pour l'amour de Dieu ! Avait-elle regardé Ty ou Logan avec cette expression ? Quinn serra légèrement les mains autour du drap.

Le regard éclatant de Connor la repéra. Il relâcha assez longtemps Paige pour tendre la main. Quinn retira prudemment la sienne de son emprise mortelle sur le drap et la serra. Sa poigne était ferme.

— Salut, je suis Connor Morgan.

Logan se redressa enfin, le tissu se regroupant autour de sa taille.

— Désolé, j'aurais dû faire les présentations.

— Ouais, comme si c'était un cadre formel, pouffa tendrement Paige. Je t'enn priiiie. Connor, c'est Quinn...

— Demi-Portion ! Bon sang, laisse-moi le faire !

— OK, céda Paige en levant les mains en signe de reddition. OK.

— Connor, c'est Quinn Preston. C'est notre...

— Amie, l'interrompit prestement Quinn, ne sachant pas quelle description, quelle étiquette lui donnerait Logan.

Toute la situation était suffisamment embarrassante.

— Elle parle ! cria Paige, puis elle rigola.

Quinn fit une moue. Elle n'avait rencontré Paige que quelques fois auparavant. Chaque fois elle l'avait appréciée, mais aujourd'hui, elle tapait sur les nerfs de Quinn. Ce devait sûrement être dû à la nudité de Quinn sous les draps, ainsi que les deux autres hommes, pendant que Paige et Connor étaient assis là, à discuter d'un ton oisif.

Selon elle, ce serait une explication suffisante.

Paige vit peut-être la gêne sur le visage de Quinn, ou peut-être que ce fut la montée de chaleur sur le cou de Quinn, mais elle éclaircit vite la gorge et en vint aux faits.

— Enfin, la raison pour laquelle on est passé...

— On voulait que vous soyez tous les deux, euh, tous les trois les premiers à le savoir...

— On est fiancés ! couina bruyamment Paige en fourrant sa main gauche sous leurs nez, exhibant l'énorme diamant sur son annulaire.

Il y eut des échanges de poignées de mains et de coups d'épaules bon enfant entre les gars. Logan et Ty enlacèrent Paige tour à tour.

Elle était peut-être censée aussi étreindre Paige. À la place, Quinn bafouilla un « félicitations ». Sans prévenir, Connor l'attira dans une accolade suffocante pendant que Quinn luttait pour garder le drap sur ses seins nus.

Quinn lâcha un « outch » étouffé.

— Si tu désires peloter quelqu'un, viens me faire un câlin, dit Logan à Connor.

— Oh non, mon frère. Il est à moi. Pas touche.

— T'es pas drôle, Demi-Portion.

— OK, la partie marrante... Je veux que tu me conduises à l'autel.

La dégringolade de mots de Paige fit s'adosser Logan à la

table de lit. Il resta à la fixer. Des secondes passèrent, et Quinn se demanda s'il avait entendu sa sœur.

En fait, elle commença à s'inquiéter.

Tout comme Ty.

— Lo ?

Paige continua comme si Logan ne réagissait pas de manière étrange.

— Et Ty, on veut que tu sois un des témoins. Si c'est d'accord pour toi ?

Ty lui fit un petit sourire, scrutant toujours Logan d'un œil préoccupé.

— Ouais, ça me ferait super plaisir. Lo ?

Il tendit la main derrière Quinn pour la mettre en haut du bras de Logan. Puis, il le poussa légèrement.

Finalement, Logan sembla se ressaisir... qu'importe ce qu'avait été ce moment. Et Quinn réalisa qu'elle avait retenu sa respiration. Elle souffla et desserra les mains, libérant ainsi le drap.

— Ça va ? demanda-t-elle doucement en se penchant vers Logan.

Celui-ci soutint un moment son regard. Il y eut quelque chose d'illisible dans ses yeux, mais ils étaient remplis d'intensité, ce qui dressa les poils de sa nuque. Puis, il rompit leur contact visuel et tourna les yeux vers Paige.

— Je serais honoré de t'emmener à l'autel, Demi-Portion, répondit-il d'une voix qui se fissura un peu.

Le frère et la sœur se fixèrent, comme s'ils partageaient un secret. Toutes les personnes de la pièce se figèrent un instant avant que Connor presse les épaules de Paige, brisant l'enchantement.

— Paige le souhaitait plus que tout, confia Connor.

— Est-ce que vous vous marriez dans une église ? demanda Logan à Paige.

Elle rit pour toute réponse, ce qui fit grogner Logan.

— Demi-Portion, tu sais ce que je pense des églises.

Ty lui donna un autre petit coup de coude avant de passer son bras autour des épaules nues de Quinn.

— On sortira ton chapeau en papier d'alu pour te protéger de la furie de Dieu quand tu seras dans l'église.

— Non ! s'exclama Paige dont les yeux s'agrandirent. L'alu est interdit dans le code vestimentaire.

— Ouais, T. Tu crois que c'est drôle, mais...

— Mais quoi ? Tu ne penses pas que le mec là-haut se préoccupe de choses plus importantes que ton passé ?

Purée. Qu'avait fait Logan ?

Le bout des doigts de Ty dessinait des cercles sur l'épaule de Quinn, la faisant frissonner. Ses tétons se durcirent comme deux cailloux sous le tissu, ce qui attira instantanément le regard de Connor.

Ça ne passa d'ailleurs pas inaperçu aux yeux de Logan.

— OK, laissons les filles bavarder pendant que nous, les hommes, allons dans la cuisine pour faire des tâches bien masculines. Comme préparer le petit-déjeuner.

Les trois gars rirent de concert. Ty et Logan commencèrent donc à décoller le drap de leurs corps pour se lever, mais Paige leur hurla de le maintenir. Ce qu'ils firent. Elle déclara ne pas souhaiter voir le cul nu de son frère, alors elle fouilla dans les tiroirs de la commode et sortit deux boxers. Elle en jeta un à Logan, qui l'enfila tout de suite, et fut sur le point d'en lancer un à Ty quand elle hésita.

— Oublie. T'en as pas besoin. Je veux voir ce que t'as.

Avec un grognement bidon d'agacement, Connor attrapa le caleçon des doigts de Paige et l'envoya à Ty.

— Oh, non. Tu ne lui montres pas ton truc. Si elle voit ce que t'as, je ne pourrai jamais être à la hauteur. C'est mieux qu'elle ne sache pas qu'il existe plus gros que ce qu'elle a déjà.

— Oh, bébé, je le sais déjà... mais je t'aime quand même.

Avec de gentilles taquineries, les trois hommes partirent, laissant Quinn et Paige seules.

— Tu viendras aussi, Quinn ?

Sa charmante question la prit au dépourvu.

— Venir ?

— À notre mariage.

Elle veut que je dise oui alors que c'est dans un an ?

— Oh. Je ne sais pas. On verra.

On verra où on sera tous à ce moment-là.

— Les gars auront besoin d'un rencard.

À présent, elle essayait simplement de s'attirer les bonnes grâces de Quinn. Un rencard.

—Ils sont déjà ensemble, rétorqua Quinn en secouant la tête.

Paige pinça ses lèvres et hésita une seconde.

— Oui, c'est vrai, dit-elle prudemment. Mais... maintenant tu es là.

Quinn plissa les yeux. Paige pensait qu'il se passait quoi exactement ? En plus de ce qui était évident, bien sûr.

— Je crois que tu te trompes...

— Écoute, l'interrompit Paige. Je suis désolée d'avoir débarqué comme ça. Je ne savais pas. En fait, je ne me serais jamais attendue à retrouver une femme dans le lit de Logan.

— Pourquoi ? Je pensais qu'ils...

— Faisaient ça avec d'autres femmes ? finit Paige en fronçant les sourcils. Je ne sais pas. Je ne crois pas.

Ses fins sourcils se froncèrent.

— Du moins, je n'ai jamais surpris d'autres femmes ici. Je ne suis pas là tout le temps, mais je passe souvent. J'aide pour la compta de l'entreprise.

Paige se décala et avança sur le lit. Plus près de Quinn. Celle-ci ne savait pas si elle aimait ça. L'autre femme était un peu trop confortable à son goût. Mais Paige plia ses jambes sous elle. Elle ne semblait pas prévoir de bientôt quitter la chambre. Et Quinn non plus, puisqu'elle était nue sous les draps. Elle glissa plus loin sous les couvertures.

Enfin... Autant profiter de ce moment d'intimité, ou qu'importe ce que c'était, pour obtenir des informations de la sœur de Logan.

— Pourquoi tu penses qu'ils font ça alors ? Pourquoi moi ? Pourquoi maintenant ?

Paige leva une main pour arrêter les questions de Quinn et secoua simplement la tête.

— Je ne connais pas ces réponses. Tu vas devoir leur parler. Peut-être que c'est Logan. Je ne sais pas.

Elle inclina la tête et étudia Quinn un instant.

— Écoute, j'adore mon frère. La venue de Ty dans sa vie a été la meilleure chose qui lui soit arrivée. Je ne veux pas qu'il y ait un truc qui ruine leur relation. Je ne dis pas que c'est ce que tu vas faire, mais Logan est heureux maintenant. Il a un bon partenaire, une bonne entreprise et...

Elle agita la main dans la pièce.

— ... regarde cet endroit.

Paige avait l'air de considérer leur situation comme un arrangement permanent. Ce n'était pas le cas. Quinn voulut le clarifier, mais quand elle ouvrit la bouche, Paige la stoppa une nouvelle fois.

— Écoute. Sa femme l'a bousillé pendant longtemps. Elle lui a donné l'impression d'être souillé et anormal. Il ne l'est pas. Il souhaite juste aimer quelqu'un qui l'aime en retour.

Ça paraissait très proche de ce que recherchait Quinn. Elle avait dit quelque chose de similaire à Logan quand il lui avait posé des questions sur les enfants.

— La femme de Logan... commença Quinn pour relancer la conversation après que Paige n'eut rien dit après quelques minutes.

Paige cracha presque sur le sol.

— Cette garce arrogante !

— Outch, répondit Quinn en grimaçant.

— Oh. Elle mérite ce titre, crois-moi. Logan... Logan a eu une relation avec un homme plus vieux quand il était ado.

— OK.

Cette information ne surprit pas Quinn. Paige voulut expliquer, mais sembla un peu réticente. Quinn fut curieuse de savoir pourquoi.

— Et ?

— Quand ma mère l'a découvert... Est-ce que Logan t'a dit qu'elle nous a élevés toute seule ? Oui ? OK, eh bien... Quand Maman l'a démasqué, elle a envoyé Logan chez notre oncle dans le Kentucky pour y passer l'été. Elle croyait qu'il testait simplement et qu'il traînait avec les mauvaises personnes. Elle pensait qu'il lui fallait juste une figure masculine dans sa vie. Crois-moi, Logan a toujours été très viril. Alors ce n'était que des conneries. Mais Maman pensait que c'était une phase.

Paige prit une profonde inspiration.

— Il dit qu'il n'est pas gai. Il est bi.

— C'est jouer sur les morts, rétorqua Paige en agitant la main. Samantha et Logan se sont rencontrés à la fac. Je pense qu'il s'est marié avec elle pour revenir dans les bonnes grâces de notre mère. Pas sûre. Mais quand ma mère a tout déballé sur l'été de ses dix-sept ans... Ouah. D'un coup, Logan a été un paria. Peu importe que Logan lui soit loyal. Samantha s'en fichait. Tout ce qui comptait pour son cul de catholique, c'était qu'il s'était souillé avec un autre homme. Complètement inacceptable. Elle est partie si vite que la porte d'entrée oscillait encore lorsque les papiers d'annulation du mariage ont été signés.

— Il était dévasté.

— Oui. Et le mot est faible. Il a été condamné par elle et ses croyances religieuses. C'est pour ça qu'il réagit de cette façon avec les églises.

— Est-ce qu'il veut que tu me révèles tout ça ? Ça ne va pas le déranger ?

— Je l'ignore, répondit Paige en haussant les épaules. Je suis sûre qu'il sait qu'on parle de quelque chose, et ce n'est pas du crochet.

Paige rigola à sa propre blague. Elle se calma vite.

— Tu sembles accepter la situation entre Logan et Ty.

— Eh bien... Honnêtement, ça m'a surpris au début. Mais je suis adulte. J'aurais pu partir.

— Mais ce n'est pas ce que tu as souhaité.

Non. Elle ne l'avait pas voulu. Toutefois, elle refusa de l'admettre à Paige. Qui était amie avec Lana.

Merde.

Si Paige dit quelque chose à Lana... Si Lana découvre où j'ai passé les derniers week-ends, ce que j'ai fait... avec qui je l'ai fait...

Quinn libéra sa lèvre inférieure quand elle eut un goût de sang dans la bouche. Mince. Elle n'avait même pas réalisé qu'elle la grignotait.

Si Lana le découvre, tout le monde le saura. Même si elle adorait son amie, Quinn savait que Lana avait une grande bouche. C'était un de ses mignons défauts, mais c'était exaspérant.

Quinn se redressa rapidement, le drap glissant, s'approchant dangereusement de l'un de ses tétons.

— Paige, s'il te plaît. Tu ne dois en parler à personne,

supplia-t-elle alors qu'elle tirait plus haut le bord de la couverture, essayant de préserver un *semblant* d'humilité.

Même si elle se demanda pourquoi elle s'embêtait.

Paige lui fit un air surpris, mais déçu.

— Pourquoi ? Est-ce que t'as honte d'être avec mon frère ?

— Non. Non ! Ce n'est pas ça.

— Non ? Alors c'est quoi ?

— Je suppose que c'est la complexité du sujet.

— La complexité ? Mmmh. Tu veux dire baiser avec deux mecs en même temps ?

Quinn sentit la chaleur monter dans son visage. Ses joues brûlaient. Elle fut incapable de regarder Paige dans les yeux, même si l'autre femme ne faisait que décrire ce qu'il se passait. Ce qu'elle avait dit était vrai.

Mais ça ne voulait pas dire que c'était facile à admettre.

— Quinn, tu as de la chance.

Celle-ci leva les yeux, surprise.

— Qu'est-ce que tu veux dire ?

— T'as de la chance d'avoir deux mecs comme eux, qui te désirent. Je suis jalouse.

— Pourquoi tu serais jalouse ? T'as Connor.

— T'as raison. C'est vrai, et je l'aime. Énormément.

Les lèvres de Paige tremblèrent.

— Mais parfois, je me demande comment ça serait d'avoir l'attention de deux hommes...

— Est-ce que Connor a des amis costauds et bien montés ?

— Oh, ouais. C'est le cas !

Elles rirent toutes les deux, avec l'impression d'être de mauvaises filles.

Mais Quinn se calma rapidement.

— Alors... est-ce que tu peux garder tout ça pour toi ?

Paige baissa les yeux vers le sol pendant un moment avant de croiser le regard de Quinn. La petite brunette effrontée avait disparu, remplacée par quelqu'un de hautement sérieux.

— Je n'ai pas de problème à garder le secret. Je comprends que ce n'est pas la norme. Ça pourrait, en effet, ne pas être bien perçu... eh bien... dans la plupart des milieux. Je ne ferais rien qui pourrait te blesser ou compromettre le bonheur de mon frère. S'il est heureux avec cet arrangement, alors, moi aussi.

Quinn tendit la main avec hésitation et toucha le bras de Paige.

— Merci.

Le futur promettait peut-être une amitié entre la sœur de Logan et elle. Peut-être.

Chapitre Treize

Alors que Quinn s'installait dimanche soir dans la salle à manger guidée du Country Club de Mandolin Bay, elle regretta déjà d'avoir quitté la ferme tôt. Elle aurait aimé être assise autour de la grande table de boucher au lieu d'ici. Elle détestait le lieu de prédilection préféré de ses parents, l'endroit incontournable pour les riches. C'était clinquant et tape-à-l'œil. Trop au goût de Quinn.

Même les serveurs étaient snobs selon elle. Par exemple, leur serveur Robert avait un prénom qui ne se prononçait pas à l'américaine. Il fallait plutôt dire *Ro-bear*. Et il insistait pour draper la serviette raide et très blanche sur les genoux de Quinn, comme si le tissu était trop lourd pour qu'elle le fasse elle-même.

Dès qu'il s'éloigna, Quinn la remit sur la table.

— Quinn, arrête d'être si difficile, la réprimanda sa mère.

— Tu sais que je n'aime pas qu'on fasse des chichis.

Enfin, pas de la part de serveurs vêtus comme des pingouins. Il y a une heure, elle venait de quitter à reculons deux hommes dont elle adorait les petits soins. En fait, elle en raffolait. Elle ne s'en lassait pas.

Quinn soupira.

Son père était assis en face d'elle, tétant silencieusement son gin-tonic, pendant que sa mère se lançait dans un étalage de ragots et d'informations dont Quinn se fichait éperdument. Son père ignorait de toute évidence les divagations de sa mère, ce qui était évident vu ses yeux vitreux et le fait que son verre ne touchait jamais la table. Au moins, son coude faisait de l'exercice.

Alors que sa mère n'avait rien à révéler de plus important, et que son père n'avait absolument rien à dire, non pas qu'il eut une chance de s'exprimer, Quinn se demanda pourquoi ils avaient souhaité se retrouver pour dîner.

Elle obtint sa réponse quand une personne qu'elle ne voulait pas croiser *tomba* sur eux pendant leur plat principal. Quinn s'étouffa presque avec son pigeon lorsque Peter arriva à leur table. Du coup, elle avait commandé l'entrée la plus chère du menu pour que la soirée en vaille la peine. Malheureusement, Peter ne passait pas en coup de vent.

Quinn n'avait pas vu son père bouger si rapidement depuis une éternité. En un rien de temps, il fut debout et hors de sa chaise pour serrer la main de Peter avec enthousiasme. Pendant ce temps, sa mère s'agita pour pomponner ses cheveux et roucoula quand Peter embrassa sa main de manière exagérée. En échange, il obtint une bise sur chaque joue.

Quinn lutta pour retenir son vomi. Elle baissa les yeux vers son pigeon et le vit soudainement avec un regard neuf. Elle le vit pour le pigeon qu'il était réellement. Elle couvrit son assiette avec sa serviette et avala une gorgée de cabernet.

Peter recula la chaise vide près d'elle et se laissa sombrer dessus, lui offrant un grand sourire. S'il essayait de l'embrasser pour lui dire bonjour, il allait se retrouver avec un pigeon mort dans le cul. Peu lui importait le genre de scène que ça créerait.

— Imaginez ma surprise de tomber sur vous ici.

Oui, elle pouvait bien s'en douter. Ses parents s'étaient réinstallés sur leurs sièges. Son père faisait signe à *Ro-bear* de venir, ses yeux vitreux étonnamment transformés.

Quinn regarda avec dégoût alors que *Ro-bear* dressait une quatrième place et versait un verre de vin à Peter. Le cabernet de Quinn. Elle serra la main contre l'envie d'arracher égoïstement la bouteille des doigts pâles du serveur et de crier : *à moi, à moi, à moi !* Si elle devait être assise à côté de Peter pour le reste du repas fichu, elle aurait besoin de ce qu'il restait dans la bouteille. Au moins...

— Alors...

Alors, t'es un trou du cul.

— T'as l'air en forme, dit-il en se penchant sensiblement vers elle. Rayonnante.

Peut-être parce qu'elle s'était envoyée en l'air avec deux hommes quelques heures plus tôt ? C'était sûrement pour ça. L'éclat post-coïtal. Bien que ce fût tentant de balancer cet élément, elle serra les dents, se colla un faux sourire et jeta un œil vers son père.

Elle ne voulait pas qu'il tombe raide mort à cause d'elle. D'un autre côté, Peter...

Celui-ci gigota un peu sur sa chaise quand la seule réponse de Quinn fut un regard mauvais. Il éclaircit vite sa gorge et tourna son charme vers la mère de Quinn.

— Dis donc, j'ai hâte d'être à la soirée caritative de Monte-Carlo pour la cause Des Maisons pour les réfugiés la semaine prochaine.

La soirée caritative Des Maisons pour les réfugiés ? À Monte-Carlo ? Est-ce que c'était une autre raison pour laquelle ses parents voulaient manger avec elle ? Sa mère savait que ce serait plus difficile pour Quinn de décliner en personne qu'au téléphone. C'était plus aisé de donner des excuses à distance.

Encore une fois, elle était piégée.

Quinn jeta un œil impatient à sa mère. Au moins, la femme eut l'élégance de paraître un peu mal à l'aise.

Les doigts de celle-ci triturèrent le collier de perles autour de son cou.

— Oui, notre Association Caritative des Femmes du Monde a travaillé dur sur cet évènement. On veut que ce soit un beau succès.

OK, c'était vraiment un coup monté. Elle ne s'en remettait pas de s'être fait prendre comme une débutante.

— Mère, pourquoi je n'en ai pas entendu parler avant ?

— Oh. Je pensais te l'avoir dit.

Ouais...

— Non. Tu ne m'as rien dit.

— Eh bien, j'en ai discuté avec Frank, révéla sa mère. L'agence fait une grosse donation.

Frank. Quinn grogna mentalement. Maintenant, sa mère y mêlait son patron. Frank était l'un des principaux associés de la compagnie d'assurance dans laquelle elle travaillait.

— Il ne peut pas venir, donc il a suggéré que tu amènes le chèque le week-end prochain.

Oh non... À présent, elle ne pouvait pas décliner ni sortir une excuse. Elle passerait pour une pauvre meuf si elle refusait d'y aller. Sans oublier que refuser de représenter son entreprise à la soirée caritative de sa mère pourrait se révéler préjudiciable pour sa carrière.

Surtout pour un sujet si important, afin de reconstruire des maisons pour les victimes de catastrophes naturelles.

Malgré cela, Quinn n'aimait pas être dos au mur.

— Et tu seras un beau prix aux « enchères pour un rencard », ajouta Peter en lui faisant un regard complice.

Le mur se rapprochait bien trop à son goût.

— C'était mon idée, ma chérie.

Son père parlait enfin. Depuis quand avait-il des idées ? Sa mère pouvait tout aussi bien implanter de manière chirurgicale ses pensées directement dans son cerveau.

Le regard de Quinn se tourna vers son père avant de retourner examiner le sourire écœurant de Peter. Quinn pressa un doigt sur son oreille et la frictionna. Elle avait peut-être imaginé ce qu'il venait de dire.

— Je suis désolée. J'ai cru entendre *des enchères pour un rencard*.

Sa mère se pencha au-dessus de la table et tapota sa main. Il n'y eut aucune once de sympathie de sa part, elle ne voulait pas que Quinn fasse une scène. Comme si c'était ce qu'elle ferait.

Ah.

— Tu as bien entendu Peter. On a un bon éventail de volontaires. Quelques présentateurs et athlètes locaux, comme Ben Johnson. Tu sais qui c'est ?

Bien sûr. C'était un joueur réputé du club-école local de NHL. Apparemment, elle connaissait des trucs sur la NHL. Elle avait retenu que c'était la Ligue nationale de hockey. Bien.

— Mais, Mère, je n'ai pas donné mon accord.

Celle-ci agita en l'air une main parfaitement manucurée et lourde de bijoux.

— Quinn, tu ne peux pas décliner. Le programme de la soirée a déjà été imprimé. De toute façon, ce serait égoïste de refuser. On a besoin de tout l'argent qu'on peut obtenir.

Quinn prit une profonde inspiration et compta jusqu'à

dix. Quand elle eut fini, elle regarda l'expression complaisante de Peter et décida de continuer jusqu'à vingt.

Ils étaient tous de mèche. Tous les trois.

— T'es aussi à l'enchère ? demanda-t-elle à Peter, même si elle connaissait déjà la réponse.

— Non, je serai un des acheteurs. Ça devrait être une soirée excitante.

Il sourit.

Elle en était persuadée. Il était hors de question qu'elle laisse Peter remporter un rencard avec elle. Il avait eu sa chance. Et l'avait gâché. C'était trop tard pour lui.

Elle devrait trouver un truc. Un moyen d'échapper à la soirée sans devenir folle. Et sans Peter.

— Si t'as besoin que je vienne faire les magasins avec toi, ma chérie, je peux. Ça va être tenue formelle.

— Non, Mère. Je vais y aller seule. Qu'est-ce qu'il y aura d'autre à cette soirée, à part que vous me prostituiez ?

— Oh, chérie, ne sois pas si vulgaire, dit son père avant de finir son gin-tonic.

Il attira l'attention de *Ro-bear* et montra son verre. Celui-ci détala pour en ramener un nouveau, comme le bon serveur qu'il était.

Son père avait l'idée parfaite. De l'alcool. Quinn vida son verre et vola celui de Peter. Il ne l'avait pas touché de ses lèvres d'infidèle. Ce serait dommage de le gâcher.

— Il y a un cocktail et un dîner, les tables de jeu comme du blackjack et du poker. Après, on aura la vente aux enchères des célibataires. On aura peut-être un couple de célébrités qui passera pour signer des autographes et faire des photos.

— Et le prix ?

— Oh, ma chérie, on a payé ta place.

Sa place.

— Il y aura un bar payant, et tous les bénéfices iront à la fondation. Bien sûr, tout l'argent récolté aux enchères aussi.

— Le coût de la place ?

Sa mère hésita pendant une demi-seconde.

— Oh, c'est raisonnable.

— Mère...

Son père, qui cherchait désespérément *Ro-bear*, l'interrompit.

— C'est mille dollars la place, ma chérie. Très raisonnable.

Quinn posa son verre de vin, enfin celui de Peter, avant de le cracher sur son père.

— Vous avez payé ma place ?

— Je te l'ai dit, c'est réglé.

— Mais, Papa...

Il la fixa avec un regard paternel.

— Ça suffit. C'est réglé.

Soudain, elle eut l'impression d'avoir à nouveau treize ans.

Rien n'avait changé. Son père était toujours la marionnette de sa mère. Même s'il n'était pas d'accord avec ce qu'elle disait, faisait ou voulait, il trouvait plus facile de la satisfaire. Plus aisé pour lui, pas pour Quinn. Jamais pour Quinn. Il n'avait jamais défendu ses intérêts.

— Tes parents sont généreux, dit Peter en posant une main sur l'épaule de Quinn. Ils souhaitent que tu sois présente.

Quinn lança un regard noir à sa main et ravala un grognement. Par contre, elle avait dû ricaner parce que Peter retira vite ses doigts menacés, comme si elle y avait mis le feu.

Non seulement ses parents la balançaient dans les bras de Peter ce soir, mais ils la forçaient à participer à une réception contre sa volonté, juste pour refaire la même chose. Alors qu'ils *savaient* ce que Peter lui avait fait. Ils auraient tout aussi bien pu la jeter sous un bus. Ça aurait été plus rapide et efficace.

Elle baissa les yeux vers son pigeon froid, le jus se gélifiant dans l'assiette. Elle le repoussa avec dégoût.

Ce qu'elle avait mangé pesait déjà sur son estomac. Elle n'en revenait pas d'avoir été heureuse et insouciante quelques heures auparavant. Dans les bras de ses deux amants. Et maintenant ?

Quinn recula sa chaise et se mit brusquement debout.

Son père et Peter se levèrent d'un coup, comme les vrais gentlemen qu'ils étaient censés être.

— Je dois y aller.

— Ça va, ma chérie ?

Sa mère avait le culot de lui demander ça ? Quand, en réalité, elle venait de piéger Quinn pour faire un truc qu'elle n'avait aucune envie de faire ?

— Comme sur des roulettes.

Quinn s'éloigna à grandes enjambées de la table, bousculant *Ro-bear* sur son passage. Il se donna du mal pour ne pas l'éclabousser du nouveau gin-tonic de son père. Elle avait hâte d'échapper à ce cauchemar.

***

— Ils me prostituent.

Une larme tomba lourdement dans son verre de vin.

Au téléphone, Logan essayait de son mieux de la calmer. Ça ne marchait pas.

— De quoi tu parles ?

— Ils me vendent comme une pute.

Qu'est-ce qu'il ne comprenait pas ?

Le gloussement de Logan lui tapa sur les nerfs.

— Allez, Quinn. Vraiment. Qu'est-ce qu'il se passe ?

Il ne la prenait pas au sérieux. Si elle devait le lui exposer clairement.

— Ils me vendent au plus offrant.

Venait-il de pouffer ?

— Qu'est-ce que tu veux dire ? Du genre mariage arrangé ?

— Non.

Ses lèvres tremblèrent et elle renifla bruyamment. Elle ne pleurait jamais. Alors pourquoi le faisait-elle maintenant ?

— Ils me vendent aux enchères, et Peter va me remporter.

— C'est qui Peter, bon sang ?

Ah. Là, il la prenait un peu plus au sérieux. Citez un homme pour attirer l'attention d'un autre.

— Mon ex.

Il y eut une grosse pause à l'autre bout du fil.

— OK. Encore un peu perdu. Est-ce que t'as bu ?

— Est-ce que j'ai eu tort ? Ils font intentionnellement ces conneries pour que Peter et moi, on se remette ensemble.

— Et ce n'est pas ce que tu souhaites.

— Bien sûr que non ! Je suis...

Heureuse d'être avec vous deux.

— Je ne veux pas de lui.

Elle ne souhaitait même pas penser à lui, encore moins lors d'un rencard truqué. Que ce soit pour la bonne cause ou non.

— Qu'est-ce que tu désires ?

— Ne pas être vendue aux enchères. Ne pas aller à cette soirée caritative. Je déteste les évènements formels.

Elle l'entendit soupirer.

— Je n'en suis pas friand non plus.

Elle devait arrêter de s'apitoyer sur son sort et qu'elle aborde la raison pour laquelle elle l'avait appelé.

— J'ai besoin de votre aide, à Ty et toi.

— Bien sûr. De quoi t'as besoin ?

— J'ai besoin d'un rencard pour *ce machin*.

— *Truc.* Un rencard.

Une autre pause, comme s'il tournait l'idée dans sa tête.

— OK, mais tu veux qui ?

Qui ?

— Quinn, tu désires lequel de nous deux ?

Lequel ? Comme si elle était capable de choisir. Elle n'y songeait même pas individuellement. C'était une paire soudée. Un couple.

— Vous deux. Je veux que vous veniez tous les deux avec moi. Je souhaite que vous soyez tous les deux mes cavaliers.

Une autre pause. Cette fois, elle fut longue.

— Je ne sais pas, Quinn. Ce n'est peut-être pas une si bonne idée.

— Je m'en fiche.

— Tu penseras peut-être autrement demain matin, après avoir vidé ton système de ce que tu as bu.

— Du vin.

— Quoi ?

Quinn prit la bouteille et la tourna pour lire l'étiquette.

— Du vin. Un merlot très savoureux.

Elle en mit un peu plus dans son verre et écarta la bouteille. Elle se leva du tabouret de cuisine et fit les cent pas dans la pièce, le téléphone à l'oreille.

Déclinerait-il... déclineraient-ils... son invitation ? Refuserait-il ou ne laisserait-il pas Ty y aller à cause d'une polémique ? Parce que ça pourrait causer des problèmes avec ses parents ? Non, ce n'était pas une hypothèse, ça en créerait assurément. Mais elle ne voulait pas leur donner l'impression d'être utilisés. Des pions dans sa revanche contre ses parents. Contre Peter.

Mais si elle était escortée ce soir-là, ce serait avec Logan et Ty à ses côtés. Pas l'un des deux. Les deux.

— T'en es sûre ?

— Pour la première fois de ma vie.

— Les choses ne seront peut-être plus jamais comme avant.

— Je l'espère bien.

— Je veux que tu y réfléchisses bien.

— Je n'ai pas le temps. La soirée au Monte-Carlo est samedi.

— Attends. Ce samedi ?

— Mmm hmm.

— Merde. Je vais devoir prendre un costard.

— Peu importe ce que tu portes. Viens nu si ça te chante.

Nu ou dans un costard... dans tous les cas, il serait sexy. Le tatouage du serpent corail entourant sa hanche était magnifique. Tout le monde devrait le voir. OK, peut-être que sa mère ne serait pas épatée.

— Ouais, tu penses avoir des problèmes maintenant ? rit Logan. Imagine ceux que tu aurais si Ty et moi venions nus.

Quinn essuya l'humidité sur ses joues et sourit.

— Personne ne pourrait détourner les yeux du paquet de Ty.

— Hé ! Je ne suis pas en reste.

— Non, c'est vrai. J'aurais aimé que tu sois là pour me montrer ce que t'as.

— Moi aussi.

— Vous me manquez, dit-elle.

— Toi aussi, bébé. Mais ça fait que quelques heures que t'es partie.

— J'ai l'impression que ça fait une éternité.

— C'est peut-être parce qu'il est presque minuit.

— Mince. C'est vrai ?

L'horloge au-dessus de l'évier le confirma. Elle grommela.

— Je dois aller au bureau demain matin.

— Alors, tu ferais mieux d'aller te coucher.

Ouais, ce serait pas mal. Mais pas toute seule. Pas volontairement.

— Avec toi.

— OK

Sa voix changea, prenant un ton plus rauque, plus sévère.

— Va dans ta chambre.

— Pourquoi ?

— Ne pose pas de questions. Fais-le. Va dans ta chambre.

Elle avait déjà enlevé ses chaussures, plus tôt, quand elle avait passé la porte d'entrée. Alors elle monta les marches tapissées jusqu'au deuxième étage en collants.

Quand elle arriva en haut des escaliers, elle s'équilibra avec son verre de vin à moitié vide dans une main et le téléphone dans l'autre.

— T'es toujours là ? lui demanda-t-elle, essoufflée.

— Est-ce que t'es dans ta chambre ?

Elle y serait dans quelques pas. Elle traversa la pièce et posa son verre sur la table de nuit.

— Oui.

— Qu'est-ce que tu portes ?

Un éclair brûlant la parcourut et ses orteils se retroussèrent sur la moquette berbère.

— J'ai une robe décolletée et des collants.

— OK. On va commencer par ça.

Le cœur de Quinn battit rapidement. Elle aurait aimé que les gars soient là, où elle pouvait les toucher. Les sentir.

— Est-ce que ta robe a une fermeture ?

La voix de Logan fit durcir ses tétons et ils commencèrent à lui faire mal. Elle avait besoin de ses caresses. Cruellement.

— Oui, chuchota-t-elle.

— Défais-la. Doucement.

Elle attrapa la glissière dans sa nuque.

— Assure-toi de le faire lentement. Je veux entendre la fermeture s'ouvrir.

Quinn transféra le portable dans son autre main pour faire ce qu'on lui demandait. Elle la tendit dans son dos pour descendre la glissière, s'assurant que le combiné fut suffisamment près pour relever le grincement des dents métalliques alors qu'elles se séparaient. La fermeture s'arrêtait dans le creux de son dos.

Elle remit le téléphone à son oreille.

— De quelle couleur est ta robe ?

— Rouge.

— Baisse cette robe sur tes épaules. Et puis, le long de tes bras. Laisse-la tomber sur le sol.

Elle s'exécuta, sentant le doux tissu caresser sa peau alors qu'il glissait de ses épaules. La robe se rassembla un instant au niveau de ses coudes avant de finir à ses pieds avec un faible bruissement.

— Maintenant, décris ce que tu portes.

— Je...

Elle perdit sa voix. Elle dut regarder son corps parce que son cerveau partait en vrille. En cet instant, elle aurait pu être nue et ne pas s'en souvenir.

— Un soutien-gorge noir en dentelle, une culotte en satin noir et des bas couleur chair qui arrivent presque en haut de mes cuisses.

— Mets-toi sur le lit.

— Logan...

— Fais-le.

Ces deux mots, même au téléphone, furent percutants. Cet ordre simple la fit frémir. L'excita. La fit mouiller.

Elle adorait quand il prenait le contrôle.

— T'es déjà sur ton lit ?

Elle grimpa sur le matelas, se posant contre les coussins décoratifs qu'elle avait empilés près de la tête de lit sculptée en chêne.

À présent, sa voix paraissait différente.

— Est-ce que tu m'as mis sur haut-parleur ?

— Oui, répondit Logan. Ty est là. Je veux que tu nous mettes aussi en haut-parleur.

— Est-ce que t'as déjà fait ce qu'il t'a dit ? demanda Ty, dont la voix sembla venir d'un peu plus loin. Est-ce que t'es sur le lit ?

— J'y suis, assura Quinn en appuyant sur le bouton du haut-parleur et posant le portable près de sa hanche.

— Défais ton soutien-gorge, dit Logan, dont le ton autoritaire traversa clairement le téléphone. Je veux sentir tes seins.

Quinn tendit la main dans son dos et détacha les petits crochets. Le soutien-gorge tomba en avant. Elle retira alors les bras des bretelles et le jeta au bout de son lit. Ses tétons étaient durs, implorant une bouche gourmande. Ou deux.

— Quinn, je veux sentir tes seins, répéta Logan.

Elle n'avait jamais fait de sexe au téléphone auparavant et elle ignorait ce qu'il souhaitait qu'il fasse. Elle passa ses mains sur les grandes courbes de ses seins et les souleva, les pressant l'un contre l'autre.

— Quinn ?

— Oui ? dit-elle, ce qui ressembla à un sifflement.

— Est-ce que tes tétons sont durs ?

— Très.

— Est-ce qu'ils doivent être pincés ?

— Oui.

Oh, oui. Par des doigts masculins sans pitié.

— Fais-le.

Elle fit ce qu'on lui demandait. Avec enthousiasme.

Ses yeux se fermèrent alors qu'elle pressait ses seins l'un contre l'autre et frôlait les bouts de ses tétons avec la pulpe de ses doigts. Elle visualisa les pouces de Logan. Les pouces de Ty.

Elle arqua son dos et gémit. Elle les pinça avec ses index et ses pouces, puis sévit en les tordant jusqu'à se faire crier.

Quinn garda les yeux fermés alors qu'elle imaginait les hommes avec elle. Lui faisant ce qu'elle était en train de se faire.

— Ils sont très durs. J'adore quand vous les vrillez comme ça. J'adore quand vous les pincez et les aspirez dans vos bouches. Quand vous les tordez et les mordez jusqu'à ce que la douleur soit jouissive. J'ai besoin que vous les pinciez avec vos grandes mains rugueuses jusqu'à ce que je veuille que vous me baisiez.

Elle ne faisait pas attention à ce qu'elle disait, elle bredouillait. Sa bouche était ouverte et les mots s'en déversaient.

— Ah, *bon sang !* sortit du haut-parleur de son téléphone.

Elle lâcha un sein pour descendre sa paume sur son ventre, puis dans sa culotte.

— Je suis tellement mouillée en pensant à vous. Je dégouline. J'ai besoin que vous soyez au fond de moi, que vous y plongiez jusqu'à ce que je crie. Jusqu'à ce que vous hurliez.

Elle pressa un doigt entre ses plis glissants et titilla son clitoris gonflé.

— Mon clito est si dur. Ça fait tellement du bien quand vous faites des cercles avec vos doigts et votre langue.

Son doigt trouva une cadence et alterna entre appuyer sur la bosse ferme et dessiner des cercles autour. Elle ajouta un second doigt et l'entoura plus sauvagement. Sa main gauche continuait de jouer avec ses seins, pinçant et tirant sur un téton, puis l'autre.

Elle poussa ses hanches contre sa main, ses doigts abandonnant son clito et s'enfonçant loin dans sa chatte.

— *Oh...* Ah, putain.

Elle plaqua sa main sur sa butte, gardant une pression sur son clito avec le talon alors qu'elle bougeait ses doigts à un rythme opposé à celui de ses hanches. Sa tête bascula contre la tête de lit et elle attrapa sa lèvre inférieure entre ses dents.

— Mon Dieu. *Bordel.*

— Ça fait du bien ? Hein, bébé ?

— Trop bon.

— Est-ce qu'on est assez au fond e toi ? Est-ce qu'on est assez durs pour toi ?

— Toujours assez durs... Toujours... Non. Je vous veux plus au fond.

Elle agita sa tête dans tous les sens contre la tête de lit pour essayer d'enfoncer ses doigts plus loin. Ce n'était pas assez profond. Et, de loin.

— Est-ce que tu vas nous faire entrer plus loin ?

La voix rocailleuse de Logan la submergea, telle une vague. Elle put sentir son souffle contre son cou, ses dents égratigner le lobe de son oreille.

Soudain, elle ouvrit les yeux et retira ses mains. Elle roula rapidement jusqu'à la table de chevet, renversant le téléphone. Elle tira brusquement le tiroir de la table de nuit et tâtonna aveuglément à la recherche du meilleur ami de la femme. Un étrange mélange entre un gloussement et un soupir lui échappa quand ses doigts arrivèrent sur ce qu'elle cherchait. Son sextoy gélatineux polyvalent de sept centimètres, à plusieurs vitesses.

— Quinn ?

La voix de Logan était étouffée contre le dessus de lit.

— Quinn ? Ça va ?

Elle tint l'objet rose paradisiaque à piles contre sa

poitrine et retourna vers le milieu du sommier. Elle redressa le téléphone.

— Maintenant, c'est bon.

— Qu'est-ce qui s'est passé ?

Quinn activa le vibro en le mettant à pleine vitesse. Il prit donc vie, vrombissant contre sa peau.

— Oh ! fut tout ce que dit Logan.

Quinn jura entendre Ty glousser à l'arrière-plan.

Il pouvait rire autant qu'il voulait. À ce stade, elle s'en fichait.

Elle était au-delà de l'affolement. De l'excitation.

Elle fit rouler le vibro fredonnant sur un téton dur alors qu'elle touchait l'autre. Cela ne lui prit que quelques secondes pour se remettre dans son jeu sexuel. Ses yeux se fermèrent une nouvelle fois pour visualiser les hommes dans le lit avec elle. Logan aux commandes, bien évidemment.

— Qu'est-ce que ça fait ?

Quinn continua de laminer son téton avec le sextoy, les pulsations se propageant du bouton rigide jusqu'à ses orteils, qui se retroussèrent de plaisir.

— Vous... Vous n'avez aucune... idée.

— Pose-le sur ton clito.

Elle glissa entre ses seins la tête du vibro à l'allure réaliste, puis sur son sternum et passa sur son nombril. Elle le pressa sur son clito, à travers le tissu soyeux de sa culotte. Ses hanches se soulevèrent alors que les vibrations se répandaient jusqu'à son centre.

Elle avait dû faire un bruit, ou plusieurs, mais ne les avait pas entendus. Elle ne parvenait qu'à entendre le sang se précipitant dans ses oreilles.

Cela lui demanda une seconde avant de réaliser que Logan lui parlait. Lui donnait l'ordre suivant.

— Enlève ta culotte. Je veux te voir.

Ça signifiait poser son jouet. Mais il lui faisait tant de bien...

Elle le passa sur ses plis, percevant la chaleur qui se dégageait déjà de sa chatte. Elle le fit déraper encore une fois sur le tissu humide avant de le mettre de côté avec regret.

Elle accrocha ses pouces dans l'élastique de sa culotte noir et se tortilla pour la baisser sur ses hanches.

— Elle est sur mes hanches, le long de mes cuisses, glisse sur mes bas, maintenant sur mes genoux et sur mes chevilles. OK. Je ne les ai plus.

— Passe tes mains sur tes chevilles et lève-toi doucement.

Elle entoura ses chevilles avec ses mains. Ensuite, elle effleura ses mollets enrobés de collants avec ses doigts, puis derrière ses genoux, et enfin le long de ses cuisses. Elle fit le tour du sommet de ses bas, remontant sur ses cuisses, jusqu'à ce que le dos de ses mains se retrouve à la cime.

— Écarte tes jambes et plie les genoux.

Encore cette fois, elle fit ce qu'on lui demandait. Elle n'avait aucune raison de ne pas le faire.

— Dis-moi à quel point tu es mouillée.

Quinn pianota sur ses doigts, sentant l'humidité sur sa zone pubienne très bien rasée.

— Très mouillée. Je suis si glissante que vous n'auriez pas besoin de lubrifiant.

— Je parie que tu dois avoir un goût délicieux tout de suite.

La vibration aiguë de son sextoy ramena son attention vers l'objet. Sa chatte se contractait à la pensée de ce qu'il lui ferait. Comment il allait la faire jouir, si facilement. Comment il avait été sa seule forme de soulagement de nombreuses fois dans le passé.

Il avait été un meilleur compagnon que son ancien partenaire.

Elle avait deux bons... non, merveilleux... amants maintenant. Pas un, mais deux. Elle pourrait peut-être mettre son jouet à la retraite pour toujours. Enfin, s'il la gardait dans leurs vies. Pour toujours.

Ou du moins pour un temps.

Mais elle devrait se contenter du jouet pour le moment. Ils n'étaient pas là, mais à une demi-heure. Ils étaient probablement emmêlés l'un avec l'autre, se caressant, alors qu'elle était seule dans son lit.

— Quinn.

Elle ramassa le sextoy et passa ses doigts dessus. Elle aurait bien aimé qu'il soit réel. Elle regarda la tête en se disant qu'elle aurait voulu qu'il brille de précum.

— Quinn.

— Je suis là.

— Touche-toi.

Le vibro s'agita dans sa main. Elle glissa alors le jouet sur les lèvres nappées de sa chatte, étalant ses jus, se remettant encore une fois en selle. Avec deux doigts, elle s'écarta et frictionna la longueur, du bout à la racine, mais sans le plonger. Juste se taquinant, se rappelant à quel point c'était bon. Et c'était vrai.

Ça pouvait sans doute lui prendre quelques secondes pour jouir avec son jouet. Elle savait comment se satisfaire rapidement, mais ce n'était pas le but. Elle cherchait à se connecter aux hommes... ses hommes... même quand ils n'étaient pas à côté d'elle.

Elle mit le bout vibrant contre son clitoris, un léger contact. Sa chatte se contracta, se languissant d'une verge dure en elle, voulant être remplie. Elle ne décala pas le jouet, mais le maintint en place. Avant de s'en rendre compte, elle cria alors que son clitoris tremblait et pulsait. Les spasmes intenses se stoppèrent rapidement et elle entendit de fortes respirations au téléphone.

Elle ferma les yeux et s'étira sur le lit, essayant de visualiser ce qu'ils faisaient entre eux. Ils passaient probablement leurs mains sur leurs corps fermes, se caressaient, s'embrassaient.

Quinn lâcha un long soupir frémissant.

— Tu as joui ? demanda Logan d'une voix tendue.

Ce n'était pas encore fini. La petite explosion de plaisir n'était que le début.

Elle était toujours excitée. Une démangeaison intense qu'elle devait gratter. Ce petit orgasme était sympa, mais elle avait eu mieux.

— J'en veux plus, lui répondit-elle.

Son clito était un peu sensible, alors elle l'évita cette fois-ci, glissant le sextoy sur ses plis gonflés et huileux. Elle pressa ses cuisses l'une contre l'autre, piégeant le jouet entre ses jambes. Les sensations de l'objet se répercutèrent dans ses cuisses, dans ses hanches et le bas de son ventre.

— Je veux venir plus violemment.

Elle se força à écarter les cuisses pour introduire le bout du vibro en elle. Juste la tête. La bite en latex vrombit alors qu'elle l'enfonçait plus loin, ses hanches se soulevant pour aller à sa rencontre. Elle sépara ses lèvres pour accueillir la circonférence de la fausse verge.

— Je veux vos grosses queues en moi. Je les veux si loin que vos boules gifleraient mon cul.

Elle crut entendre Logan faire tomber le téléphone.

— À quelle profondeur tu souhaites qu'on aille ?

— Jusqu'à la garde.

— Est-ce que tes cuisses sont ouvertes ?

— Oui.

— OK. Je veux que tu enfonces ce truc aussi profondément que possible.

Quinn tourna le vibro, le faisant sombrer plus loin, l'enfouissant aussi profond que possible.

Les vibrations irradièrent dans son centre, la rendant folle. Au début, elle ne sut pas quoi faire, le bloquer tout au fond ou le balader. L'installer en attendant que son plaisir augmente doucement et que son orgasme se construise. C'étaient habituellement comme ça qu'elle jouissait le plus intensément. Ces orgasmes venaient de nulle part. Surprenants.

Elle décida de laisser le jouet enfoui et de l'incliner vers l'avant de son corps pour s'assurer qu'il touche le point magique. Quand elle le trouva, Quinn garda l'objet en place pour laisser les vibrations faire leur magie.

— Oh, mon Dieu !

Ses hanches se soulevèrent du matelas, et soudain, les pulsations commencèrent. Ça débuta au fond de son corps et elles rayonnèrent vers l'extérieur. Ses cuisses se tendirent et tremblèrent. Finalement, elle rua dans son lit alors que des miaulements lui échappaient.

Ses yeux étaient bien fermés et sa respiration racla sa gorge alors qu'elle redescendait des hauteurs de l'orgasme qu'elle venait d'avoir. Son corps lui donna l'impression de ne plus avoir d'os, sa poitrine se soulevant et tombant à chaque bouffée. Elle retira le vibro de sa chatte et lâcha le jouet sur la parure de lit pour passer une main langoureuse sur son corps, puis sur sa poitrine, jusqu'à ce que ses doigts se posent sur sa gorge.

Le combiné était silencieux à côté d'elle.

— Vous êtes là ? appela-t-elle.

— On est là.

Les yeux de Quinn s'ouvrirent brusquement à la voix de

Ty. Il était tout près, mais ça ne venait pas du téléphone. Logan ferma son portable et le fourra dans la poche de son jean. Il lui fit un sourire passionné.

Ils étaient là. Dans sa maison. Ses deux hommes. Incroyable.

Ils s'approchèrent de la porte de sa chambre, scrutant sa nudité, son corps en croix sur le lit. À peine après qu'elle eut fini de se donner du plaisir.

Elle avait souhaité qu'ils soient avec elle.

Ils étaient ici.

Comment ?

Avec une main sur le poignet de Ty, Logan entra un peu plus dans la chambre. Il se tourna vers l'homme plus foncé et attrapa l'ourlet de son t-shirt, l'agitant sur son torse. Il exposa ainsi l'intense marron cacao de sa peau, les massives flammes noires léchant sa cage thoracique et ses tétons noirs parfaits.

Ces tétons étaient durs et Logan fit ce que Quinn désirait faire. Il en effleura un avec sa langue avant de le prendre dans sa bouche.

Le torse de Ty se souleva et il enfonça ses doigts dans la queue-de-cheval de Logan. Quinn se leva sur ses coudes pour observer ses hommes. *Ses* hommes.

Mais Logan recula. Soudain, il pivota, ses yeux la transperçant.

— On était sur le chemin du retour après avoir dîné en ville, quand tu as appelé.

Ah. C'était opportun pour elle. Pour eux tous.

Ty passa devant Logan, dégrafant son jean alors qu'il approchait du lit.

— On a sauté le dessert.

Il se laissa tomber à genoux au pied du sommier, son expression animée alors qu'il scrutait Quinn. Son regard ratissa son visage, sa poitrine, et atterrit sur sa chatte.

— J'ai bien l'intention de rectifier ça.

En un éclair, il avait enveloppé ses doigts autour des hanches de Quinn et la traîna au bord du lit.

Quand son derrière fut à la limite du matelas, il écarta ses cuisses. Glissant un doigt entre ses plis, il ouvrit ses lèvres gonflées.

— T'es tellement juteuse. Je parie que ta saveur est parfaite.

Puis, il enfouit son visage entre ses jambes.

La langue de Ty contre sa peau brûlante la fit haleter. Les mains de celui-ci se faufilèrent sous ses hanches, la soulevant pour qu'elle soit à un meilleur angle, lui offrant un accès complet à son « dessert ».

Sa langue sembla râpeuse contre son bourgeon sensible. Son clitoris s'ébranlait à chaque coup qu'elle lui donnait, chaque fois que ses lèvres se retiraient.

Dans sa vision périphérique, Quinn vit Logan se libérer de ses vêtements. Elle essaya de tourner son attention vers lui. C'était un spectacle à contempler. Son corps était presque parfait. Mais les actions de Ty entre ses cuisses ramenaient son attention vers lui.

Il aspira son clitoris, écartant ses lèvres avec ses pouces pour bien l'ouvrir. Deux grands doigts entrèrent en elle et s'incurvèrent vers le haut, frottant son point spécial, alors que ses lèvres, sa langue et ses dents taquinaient son bouton dur. Il dépassait à nouveau de son capuchon.

Un long soupir siffla entre les dents de Quinn. La tête lisse de Ty ne semblait pas à sa place entre ses cuisses, ses doigts noirs creusant sa peau pâle, la maintenant immobile.

Le lit s'inclina quand Logan monta sur le matelas et se positionna au niveau de la tête de Quinn. Il la lova entre ses cuisses, sa bite dure caressant sa joue, ses bourses chaudes contre ses cheveux.

Quinn renversa sa tête en arrière, voulant accéder à sa verge, la goûter. Il avait bien calé son crâne au sommet de ses cuisses, et elle fut incapable de bouger.

Encore une fois, il était au contrôle.

Elle leva les yeux alors qu'il s'agenouillait au-dessus d'elle, les vives couleurs du serpent corail attirant son regard. Et en haut, vers le rutilant anneau en or à son téton. Il dépassait plus que d'habitude, comme si quelqu'un l'avait tiré, avait joué avec pour titiller Logan.

Elle eut une brève question sur ce qu'ils avaient fait après qu'elle avait quitté la ferme plus tôt dans la journée. Elle se rappela qu'elle était la troisième roue du carrosse dans la dynamique de leur relation. Elle était l'extra. Même si, chaque fois qu'elle était avec eux, elle n'avait jamais eu l'impression que c'était vrai.

Logan se pencha vers l'avant, les poils de son torse chatouillant le visage de Quinn alors qu'il prenait ses seins dans ses mains et les pressait l'un contre l'autre.

Enfin, elle eut quelque chose près de la bouche. Elle attrapa son téton percé dès qu'il fut à sa portée, et passa sa langue dans le cercle pour le tirer, plutôt violemment.

Logan appuya son buste contre la bouche de Quinn, son corps se crispant.

— Oh, t'es une bonne vilaine, dit-il en saisissant ses deux tétons entre ses doigts et les tordant.

Quinn le relâcha rapidement et cria. Toutefois, elle ne le fit pas pour qu'il arrête, elle voulait qu'il continue.

Il se pencha une nouvelle fois, son téton cruellement proche. Elle l'aspira dans sa bouche et le pétrit avec sa langue, tournant l'anneau dans tous les sens.

Elle leva la main et attrapa l'autre, reflétant ce que Logan lui faisait. La bouche de celui-ci s'abattit goulûment sur son sein et la mordilla pendant que Ty continuait de la dévorer, comme si elle était un buffet.

Les doigts de ce dernier titillèrent son point adoré jusqu'à ce qu'elle incline les hanches, pressant plus fort sa chatte palpitante contre la bouche de Ty. Il appuya son avant-bras dessus, l'épinglant sur le matelas. Logan se renversa vite pour enfourcher la poitrine de Quinn, et fit attention à garder son poids sur ses genoux. Sa tête glissante heurta les lèvres de celle-ci.

Quinn prit la verge de Logan au fond de sa gorge alors que celui-ci passait ses mains à l'arrière de son cou, la soulevant. Logan s'enfonça entre ses lèvres, ses doigts s'enroulant dans ses cheveux et les serrant.

La peau tendue sur la bite de Logan avait un goût délicieux, mais salé. C'était de la soie sur de l'acier contre sa langue et entre ses lèvres alors qu'elle créait une succion de la racine jusqu'au bout. Logan gardait un contact visuel avec elle, ce qui rendait la scène encore plus érotique.

Quinn gémit autour de son sexe rigide quand Ty attrapa son clitoris entre ses lèvres et l'aspira. Les doigts de ce dernier continuèrent leur assaut sur sa chatte mouillée, augmentant en intensité et en vitesse. Elle retira rapidement la verge de Logan de sa bouche alors que son orgasme explosait en son centre. Elle ne voulait pas le mutiler par accident.

Elle inspira en tremblant et relâcha une longue plainte, renversant sa tête en arrière et sentant la traction sur ses cheveux, toujours embobinés autour des doigts de Logan. Il refusa de la libérer. Dès qu'elle arrêta de se convulser et reprit son souffle, il remit sa bite entre ses lèvres.

Son orgasme l'avait durci davantage. Le précum fuitait plus vite que ce qu'elle pouvait laper.

Le lit se décala encore quand Ty se plaça derrière Logan, encadrant la taille de Quinn de ses cuisses musclées. Le contraste de la teinte chocolat noir des bras de Ty qui enveloppaient la peau dorée de Logan la secoua. Cela fit tambouriner son cœur, jusqu'à son centre. Elle voulut presser ses cuisses pour soulager son désir ardent.

Les grandes mains de Ty caressèrent les tétons de Logan alors qu'il plaquait ses lèvres sur l'épaule de celui-ci. Logan pencha alors sa tête en arrière pour la poser sur son épaule, donnant un meilleur accès à son amant pour lécher sa clavicule et son cou. Ty attrapa le menton de Logan avec ses doigts et le tourna assez pour capturer la bouche de celui-ci et la prendre comme si elle lui appartenait.

Quinn s'affaira avec sa langue sur le bout engorgé de Logan alors qu'elle saisissait la base de sa bite et la pressait entre ses doigts. Elle sentit Ty décaler ses hanches au-dessus d'elle et sut qu'il plongeait son sexe dur dans la fente de Logan.

Ty continua de piller la bouche de ce dernier avec ses lèvres et sa langue, serrant la poitrine de son amant avec son bras, tirant le plus petit homme en arrière. Son autre paume passa sur les abdos de Logan et descendit, jusqu'à rencontrer la main de Quinn qui caressait l'épaisse verge de son partenaire. Sa main couvrit la sienne, se déplaçant sur la longueur de Logan alors que la bouche de Quinn travaillait sur la tête.

Les regarder s'embrasser aussi intimement, aussi intensément, fit durcir douloureusement les tétons de Quinn. L'idée que Logan goûte sa saveur sur les lèvres de Ty l'excitait encore plus. Bien qu'elle vienne de jouir, mieux que l'orgasme précédent avec le vibro, elle se sentit avide et en voulut plus.

Ses hommes lui donnaient envie d'en avoir plus.

Elle relâcha le sexe de Logan et passa ses mains sur les bras de Ty, sur les biceps de Logan, sur sa taille, ses hanches, puis enfin ses cuisses. Elle les transféra ensuite sur les cuisses lisses de Ty, remontant ses hanches jusqu'à ne plus pouvoir aller plus loin.

Quinn avala plus profondément Logan alors que Ty pressait la base et les bourses, poussant Logan à rompre le baiser pour crier. Sa poitrine se souleva et sa bite trembla. Il libéra vite les cheveux de Quinn et laissa sa verge glisser d'entre ses lèvres. Se penchant, il revendiqua sa bouche, sa langue explorant la sienne. Il prit ses joues entre ses paumes et l'embrassa plus violemment et plus intensément, la laissant découvrir à quoi ça ressemblait quand les deux hommes s'étaient embrassés.

Ty s'assit sur ses talons et tira son amant par la taille, vers le haut, loin de Quinn. Celle-ci se dépêcha de se remonter vers la tête de lit et observa Logan, toujours à genoux, se réinstaller dans le giron de Ty. Il se tendit en sombrant sur la bite de ce dernier. Alors que Logan se détendait un peu, ses paupières devinrent lourdes, son regard vitreux.

Quinn fut surprise que ça se produise dans ce sens. Logan était le donneur entre les deux hommes, le dominant. Qu'il n'ait pas empêché Ty de l'enculer incita Quinn à se demander s'il y avait eu un changement dans leur relation qu'elle ne connaissait pas.

Mais l'ordre suivant de Logan lui fit oublier cette idée.

— Lubrifiant. Préservatif.

Dit à travers des dents serrées, Logan semblait énervé, à présent. Comme s'il réalisait que Ty avait pris le dessus pendant le moment de faiblesse de Logan.

Quinn n'osa pas rire, bien qu'elle voulût désespérément le faire. L'expression sur le visage de Logan était inestimable.

Quinn fouilla dans le tiroir encore ouvert de la table de chevet et balança une bouteille de lubrifiant à Logan. Elle cogna son torse et atterrit entre ses genoux. Ty l'attrapa rapidement, renversant le couvercle. Le tube disparut derrière le dos de Logan, et une seconde plus tard, Ty le relança sur le lit à côté d'eux. Il y avait un grand sourire sur son visage alors qu'il tirait à nouveau Logan en arrière, plus violemment.

— Tu sais que tu vas payer pour ça, lui dit Logan en essayant de paraître fâché, mais l'air sur son visage ne traduisait que du plaisir.

— J'espère bien, répondit Ty dans le cou de Logan, ses dents égratignant la peau de l'autre homme.

Préservatif en main, Quinn s'assit contre la tête de lit, scrutant les deux hommes qui bougeaient l'un contre l'autre. Les mains de Ty s'écartèrent sur le torse de Logan alors que ses hanches se propulsaient contre ses fesses. Le claquement de peau contre peau coupa le souffle de Quinn. Logan lâchait un petit bruit à chaque coup alors que Ty continuait de chuchoter le nom de son amant dans son cou.

Logan l'épingla subitement d'un regard et lui tendit la main. Elle se rapprocha, lui faisant face.

— Fourre-moi en toi.

Le cœur de Quinn palpita frénétiquement quand elle déchira le paquet d'aluminium, saisit sa bite encore dure et déroula le préservatif sur la couronne, puis le long de son sexe. Sa chatte se contracta alors que la verge de Logan se balançait à chaque mouvement que faisait Ty.

Ce dernier s'arrêta un moment et lâcha un long soupir. Quinn profita de ce sursis et monta sur les genoux de Logan. Elle ajusta son équilibre jusqu'à être fléchie au-dessus de lui. Celui-ci attrapa ses hanches et se guida vers son ouverture. Elle était prête pour l'accueillir. Aucun lubrifiant requis.

Ty se propulsa violemment contre Logan, faisant buter la verge de celui-ci sur le clitoris de Quinn

Elle grogna et s'abattit sur lui jusqu'à ce qu'il soit bien installé, au fond d'elle, l'empalant.

Elle ne pensait pas que ça pourrait marcher. Mais ça le

faisait, avec Ty assis sur ses talons, Logan penché sur le giron de Ty et Quinn chevauchant Logan. Elle garda son poids sur ses talons et se positionna comme pour monter un cheval. Ty accéléra une nouvelle fois la cadence.

Puisque Logan cédait son statut de dominant, du moins pour le moment, Quinn décida d'en profiter. Elle enveloppa sa queue-de-cheval autour de sa main et tira sa tête en arrière, exposant davantage son cou à Ty et elle. Elle en érafla la courbe avec ses dents, puis rencontra Ty au-dessus de l'épaule de Logan. Elle effleura ses lèvres sur les siennes avant d'en tracer le bord avec sa langue.

Ty avait une bouche magnifique et il savait aussi comment l'utiliser avec habileté. Le simple souvenir de ses lèvres sur son clitoris l'incita à se balancer contre Logan. Elle le broya une nouvelle fois et jouit. Mais ce n'était toujours pas suffisant.

Elle relâcha les cheveux de Logan et se retira de son manche, attrapant le tube de lubrifiant. Elle fit gicler un peu sur sa bite et lui tourna le dos, se décalant en arrière jusqu'à ce que sa verge se love entre ses fesses. Elle le regarda par-dessus son épaule.

— Aide-moi.

Ses lèvres tremblèrent. Il était probablement amusé. Toutefois, il devint plus sérieux quand il tint son sexe immobile, la tête pressée contre son anneau serré.

— Doucement, lui indiqua-t-il.

Aucun doute, elle allait y aller lentement. Alors qu'elle se plaquait contre lui, elle sentit le cercle de son anus s'ouvrir et s'étirer pour l'accepter. Quinn se figea, s'habituant à la sensation et le sentiment de plénitude. Elle déglutit, mais continua jusqu'à l'avoir complètement en elle.

— Ça va ? chuchota-t-il dans son oreille.

Il semblait à bout de souffle.

Elle fut incapable de lui répondre et hocha légèrement la tête.

Ty n'avait pas bougé tant que Quinn s'installait. Maintenant qu'elle était posée, il reprit son rythme.

Logan tendit la main pour glisser deux doigts dans sa chatte gonflée et mettre son pouce contre son clitoris. La cadence de Ty la bousculait suffisamment, toute gêne qu'elle put ressentir fut rapidement mélangée à son plaisir.

— Oh, mon Dieu. C'est si bon.

— Oui, répondit Logan.

Son torse était pressé contre le dos de Quinn, et elle put sentir la vitesse de sa respiration.

Elle ne pouvait imaginer ce que c'était d'être à sa place en cet instant, une bite dans son cul et la sienne dans celui de quelqu'un d'autre. Ça devait être le paradis.

— Ty, haleta Logan. *Arrête.*

Ty obéit et Logan commença à incliner ses hanches. Chaque coup dans Quinn faisait aussi bouger la verge de Ty en lui. Ce dernier titilla les tétons de Quinn alors que son amant jouait avec sa chatte. Juste au moment où elle pensa ne plus pouvoir se retenir, qu'elle crût être sur le point d'exploser en mille morceaux, les doigts de Ty sévirent sur ses tétons. Il grogna en baisant le cul de Logan à un rythme rapide jusqu'à se figer. Son orgasme réveilla son partenaire. Celui-ci serra Quinn plus fort contre lui, son pouce décrivant des cercles effrénés autour de son clitoris. Il commença à faire de longs mouvements, s'enfonçant loin dans son canal anal.

Quinn cria alors que chaque coup augmentait en violence par rapport au précédent.

— Jouis, bébé, dit-il avant de se contracter au fond d'elle.

Ses dents sombrèrent sur l'épaule de Quinn, envoyant une décharge dans sa chatte, où elle explosa. Ainsi, elle vint pour la cinquième fois de la soirée.

Quand elle descendit des nuages et que sa vision se dégagea, Ty s'était extirpé de l'enchevêtrement de jambes et de bras. Il disparut dans le couloir, et quelques moments plus tard, elle entendit la douche couler.

— Il a la bonne idée, mais je suis fainéant pour bouger, grommela Logan alors qu'elle roulait et s'installait contre lui.

— Mci aussi, soupira Quinn, sa joue se posant contre le torse humide de Logan.

Les poils de sa poitrine picotèrent son nez et elle le remua pour éviter d'éternuer.

Logan se décala, glissant soigneusement Quinn sous son bras, le coinçant confortablement contre lui.

— Comment vous avez su où je vivais ?

— J'ai demandé à Ty d'envoyer un message à Paige pendant que je te parlais.

Paige ? Paige ne savait pas où elle vivait.

— Mais...

— Mais une de tes amies, qui est amie avec Paige, lui a donné l'adresse.

Merde. Lana.

— Mais...

— Paige ne lui a pas dit pourquoi elle avait besoin de l'adresse. Ne t'inquiète pas.

Il se leva sur ses coudes, baissant les yeux vers elle.

— Et toutes façons, tout le monde ne va pas le savoir le week-end prochain ?

LOGAN SCRUTA le visage de Quinn. Il savait que le week-end qui arrivait allait être difficile pour elle. Ce n'était pas tous les jours que quelqu'un annonçait à sa famille et ses amis qu'elle couchait avec deux hommes en même temps. Surtout en public dans une sorte de révélation saugrenue.

— Si, répondit-elle avec prudence. Cela dit, Lana a un problème pour garder sa bouche fermée. Je veux décider quand, où, et à qui je vais dire qu'on est ensemble.

Il se tut pendant une seconde.

— Défini *ensemble*.

— Qu'on couche ensemble.

Il secoua la tête.

Il ne désirait pas Quinn uniquement comme partenaire sexuelle. Avec laquelle Ty et lui pouvaient jouer occasionnellement.

Et il ne souhaitait pas qu'elle pense ça d'elle non plus.

— J'aurais aimé que tu nous considères autrement que des partenaires sexuels.

Son expression se ferma, devenant illisible, et ça l'inquiéta.

— Tu le sais, non ? insista-t-il.

Elle essaya de s'éloigner en roulant, mais il la tint fermement.

— Je sais que j'apprécie votre compagnie. Je sais que j'adore coucher avec vous, les gars. Je sais que vous vous aimez... énormément.

Elle soupira.

— Je ne sais pas vraiment ce qu'il se passe entre nous trois. On ne se connaît pas depuis longtemps. Je ne veux rien croire.

Avant qu'il puisse lui répondre, Ty revint, ne portant qu'une des serviettes de bain, enveloppée autour de ses hanches minces. Sa peau ébène était encore humide après la douche, quelques nervures perdues d'eau dégoulinant.

Logan eut du mal à détourner son regard du corps de son partenaire. Peu importe qu'il l'eût déjà vu nu ou presque de nombreuses fois, il ressentait toujours le frisson de l'amour. Que Ty était à lui, et à lui seul.

Mince. Ce n'était plus vrai, ce qui le ramena au problème en question. Quinn ne se sentait pas fixée sur la place qu'elle avait dans leur couple.

Ty n'était plus qu'à lui. À présent, Logan le partageait avec Quinn.

La dynamique de leur relation était un sujet dont ils devraient parler plus en détail. Mais il voulait d'abord en discuter avec Ty.

Celui-ci perça ses pensées.

— On doit parler de quelque chose d'autre.

Ty avait raison.

Quinn essaya à nouveau de rouler, et cette fois, il la laissa partir. Elle s'installa sur le bord du lit, pas le moins du monde embarrassée par sa nudité. C'était un aspect qu'il aimait chez elle.

— C'est quoi ? demanda-t-elle.

Ty s'assit à côté d'elle, le matelas s'enfonçant sous le poids massif de son corps. Il posa une main sur sa cuisse nue et la pressa.

— Le fait que t'aies laissé la porte d'entrée déverrouillée.

— Oh.

— Ouais. Oh. T'as de la chance que ce soit nous qui soyons entrés, et pas un psychopathe. Tu ne nous as pas entendus. On t'a pris par surprise.

C'était vrai. Ils l'avaient trouvée dans une position très compromettante, en proie à son orgasme. Même si Logan avait adoré regarder Quinn se faire jouir, il avait réfléchi à sa sécurité.

— Ty a raison, insista Logan. Et si Peter était venu et t'avait surprise dans cette position ? L'aurais-tu invité dans ton lit ? Ou si tu n'étais pas intéressée, aurait-il accepté ton refus ?

— Je doute que Peter ait réagi en me voyant en croix sur le matelas et excitée.

Son commentaire attira l'attention de Logan.

— Pourquoi pas ?

Rougissait-elle ?

— Il n'avait jamais paru intéressé avant.

Logan accrocha son bras aux épaules de Quinn et lui fit un rapide baiser sur le front.

— Alors, il est dingue. Tant pis pour lui.

Il sortit du lit. Il se sentait collant et sa peau se durcissait alors que la sueur séchait. Il avait besoin d'une douche.

— Mais tu mérites une fessée pour avoir été si imprudente.

— Vraiment ? demanda Quinn dont les yeux étincelèrent.

— Uh-huh. Mais là, je vais me laver.

Il regarda Ty, qui s'était rapproché de Quinn.

— Est-ce que tu m'as laissé de l'eau chaude ?

— Est-ce que t'as besoin d'aide pour frotter ton dos ? lui proposa Ty.

L'offre était tentante. Il voulut dire oui, mais il souhaitait vite se doucher pour laisser assez d'eau chaude à Quinn. C'était son appartement, après tout.

— Une autre fois. Je suis là dans une minute.

Après qu'ils eurent pris leurs douches, Quinn descendit pour leur préparer un encas.

Ils se passèrent des raisins et des bouts de fromage, tout en se cajolant dans le lit et regardant une rediffusion tardive de *M*A*S*H*.

Plus tard, Logan qui était étendu dans le noir, se sentit entier. Ty et Quinn étaient pelotonnés dans le lit queen-size de Quinn, qui sembla minuscule en comparaison à leur lit king-size à la ferme. Il écouta les sons apaisants de leurs respirations, et succomba finalement au sommeil.

À peine quelques heures plus tard, l'alarme les tira tous de leur nuit. Logan se tourna pour regarder le réveil. Cinq heures du matin. Il grogna et se retourna, mettant un coussin sur sa tête. Il n'avait pas réalisé qu'elle devait se lever à cette heure impossible.

Après quelques minutes, l'alarme se tut. Il retira l'oreiller de son visage et remarqua que Quinn s'était éclipsée du lit.

Il se décala plus près de Ty, qui s'était rapidement rendormi et ronflait doucement. Il passa sa main sur le cul tendu et musclé de Ty avant de prendre son corps en cuillère, et de lover son visage dans le cou de Ty.

Quinn descendit les escaliers pieds nus. Elle était allée en bas pour appeler son patron, même s'il était trop tôt pour qu'il y ait du monde au travail. Elle avait laissé un message à Frank, l'informant qu'elle posait un jour de congé. Quand elle revint dans sa chambre, elle s'arrêta pour contempler la scène.

Ty et Logan étaient blottis l'un contre l'autre. Ty avait le drap tiré sur un côté, le tissu serré dans ses poings. Le drap ne couvrait aucune partie de sa silhouette foncée et ciselée. Il était étendu, face au mur, avec la jambe de Logan glissée entre les siennes qui étaient fortement musclées. De son côté, Logan était pressé contre le grand dos de son amant. Elle ne parvint pas à voir le visage de celui-ci, avec ses cheveux détachés cachant ses traits.

Quand Logan s'était douché la veille, Ty était devenu sérieux pendant que l'autre homme n'était pas dans la pièce.

Il avait pris les mains de Quinn dans les siennes et lui avait fait un sourire tordu.

— *Quinn,* avait-il dit en pressant légèrement ses doigts. *Je voulais te parler seule. Et l'on dirait que c'est le moment parfait.*

Son cerveau avait commencé à partir en vrille, se demandant quel sujet il souhaitait aborder. Ce ne pouvait pas être aussi simple que la porte qu'elle laissait déverrouillée. N'est-ce pas ?

— *Je ne suis pas sûre que tu l'aies réalisé, mais j'avais des doutes quand Logan t'a ramenée...*

Il s'était stoppé et avait grimacé.

Ça avait été au tour de Quinn de presser ses doigts pour l'encourager à continuer. Elle ignorait où cette conversation allait les mener.

— *J'avais des doutes.*

— *Des doutes,* avait-elle répété.

Il avait paru gêné et semblait avoir du mal à formuler ce qu'il essayait de confier.

Ah.

— *Sur moi ?*

— *Oui. Désolé. Je ne voulais pas vraiment en parler. Ça ne me paraissait pas nécessaire. Mais Logan m'a dit que je devrais quand même en discuter avec toi, juste au cas où tu te le demandes...*

Quinn avait été stupéfaite. Elle n'avait jamais vu cet homme si peu sûr de lui. Elle s'était prise à tordre ses mains et écraser ses doigts sur ses cuisses pour éviter le geste nerveux.

— *Crache le morceau.*

Finalement, il avait souri, la tension visiblement disparue.

— *Désolé. J'étais inquiet quand Logan t'a ramenée à la maison. Au début, j'avais peur que tu viennes entre Logan et moi. Je pouvais voir l'attirance entre vous. J'ai été un peu jaloux. J'aime Logan de tout mon cœur.*

Il s'était arrêté un instant et avait éclairci sa gorge avant de continuer.

— *De tout mon cœur.*

— *Je sais,* avait murmuré Quinn.

— *Et ça m'intéressait d'introduire une troisième personne... une femme... Mais j'avais aussi peur que notre relation ne survive pas, si ce n'était pas la bonne personne.*

— *OK.*

— *Quinn, je veux juste que tu saches... je pense vraiment que tu es la bonne personne.*

Alors qu'elle franchissait la porte de la chambre, Quinn sourit en se rappelant la conversation. Son cœur explosa presque encore à ce moment après les mots de Ty.

Elle s'approcha du lit. Quand elle posa un genou sur le matelas, Logan écarta les cheveux de son visage pour la regarder. Il lui fit un sourire endormi et fit de la place entre eux, tapotant le sommier avec sa main. Elle grimpa entre les deux hommes et se tortilla pour s'installer. Sa couche n'était pas assez grande pour eux trois. C'était très serré, mais elle ne se plaignait pas. Elle finit blottie contre le dos de Ty, avec Logan derrière elle. Elle eut l'impression d'être entre une tranche de pain au seigle noir et une tranche de pain au blé complet. C'était un sandwich qu'elle serait prête à apprécier à n'importe quel moment.

Le souffle chaud de Logan remua ses cheveux autour de son oreille, la chatouillant.

— Tu es à nous, murmura-t-il à peu près. Personne ne te conquerra, à part nous.

Elle ferma les yeux pour retenir les larmes qui les brûlaient. Elle se sentait vraiment désirée.

Son impression précédente d'être désirée déclina rapidement.

— Alors maintenant vous me dites que vous ne viendrez pas ?

La panique s'éleva dans la gorge de Quinn. Elle posa sa tasse de café avec un bruit sourd sur la petite table de la cuisine.

— Je n'ai jamais confirmé qu'on irait. Tu l'as juste présumé.

— Comme Logan l'a dit, tu dois vraiment bien y réfléchir. Je crois que t'abordes le sujet de la mauvaise façon.

Ty repoussa sa chaise de la table et croisa les bras sur son large torse.

— Je suis d'accord, dit Logan en attrapant une des mains serrées de Quinn. Je pense que c'est égoïste. Tu veux nous utiliser pour te venger de ta mère.

Quinn retira sa main de la poigne de Logan et mit ses deux mains sur ses genoux.

— Mes parents. Peter.

— Ta mère, rectifia Logan en fronçant les sourcils. T'as dit que ton père suit son exemple.

— Ça ne veut pas dire que c'est juste, grommela Quinn.

— Peut-être que non. Mais souhaiter qu'on y aille comme cavaliers, tous les deux... Je ne sais pas, Quinn. Tu pourrais créer des dégâts permanents.

— À quoi ?

Logan grogna, sa frustration évidente sur son visage.

— À toi. Ta relation avec tes parents, tes amis. Ta carrière.

— À nous. Notre entreprise. Possiblement mon amitié avec mes anciens coéquipiers, ajouta Ty. Je ne suis pas sûr d'être prêt à rendre *notre* relation publique.

Il agita une main entre Logan et lui-même.

— Sans oublier de révéler au monde à propos de nous trois.

— Toi, tu ne souhaitais pas que tes amies sachent. Tu ne désirais pas être le centre de ragots. Mais maintenant, tu veux être le centre d'attention d'une soirée caritative ? Pour embarrasser tes parents ? s'exclama Logan en secouant la tête. C'est juste tordu, Quinn.

Elle ouvrit la bouche, puis la ferma.

La pression dans sa poitrine augmenta et devint étouffante. Son cœur se serra. Elle aurait dû le savoir. Les hommes la décevaient sans cesse. Peter, qui l'avait trompée. Son père, qui sautait quand sa mère lui disait de sauter. Et maintenant ces deux-là. Ils n'étaient pas différents des autres.

Elle devait attaquer. Pour qu'ils aient mal autant qu'elle. Quinn ne trouva qu'une chose à dire.

— Sortez.

— Quinn... s'étonna Ty en se redressant dans son siège.

— Quinn, t'es pas sérieuse, lâcha Logan dont les sourcils se baissèrent, la colère éclatant dans son regard.

Il n'était pas habitué à ce qu'on lui dise quoi faire. Dommage pour lui.

— Oh, je suis sérieuse. Vous devez partir, répéta-t-elle en pointant un doigt tremblant vers l'entrée de la maison. La nuit dernière, tout ce que vous avez déclaré m'a fait croire que vous viendriez...

Logan secoua la tête.

— Tu fais une erreur, l'avertit-il.

Qu'il parle de les mettre à la porte ou de la façon dont elle voulait traiter Peter et ses parents, elle s'en fichait en cet instant. Elle était en colère. Contrariée qu'ils ne soient pas à ses côtés et la soutiennent pendant la soirée de bienfaisance.

Elle avait fait ce qu'ils lui avaient demandé. Et davantage.

— Je vous ai fait confiance. Je vous ai laissé faire tout ce que vous vouliez de moi. Je m'en suis remise à vous. Et maintenant quoi ? Vous ne pouvez pas faire ce petit truc pour moi ?

Ses mots étaient déterminés et volumineux.

— Quinn, ce n'est pas léger. Ça pourrait énormément nous impacter. On pourrait perdre notre entreprise...

Elle ferma les yeux pour stopper la sensation de brûlure. Elle ne voulait pas qu'ils la voient pleurer.

— Sortez !

Elle s'assit, raide, respirant par le nez. Luttant pour se contenir.

Elle entendit le net éraflement d'une chaise, puis la voix grave et ferme de Logan.

— OK. On va partir pour le moment. Mais réfléchis-y bien, Quinn. Tu verras qu'on a raison. Tu ne t'y prends pas de la bonne façon.

Elle avait une impression tenace qu'ils avaient raison. Qu'ils abordaient la question d'un meilleur angle. Mais elle espérait qu'ils eussent tort.

Elle ne bougea pas jusqu'à entendre la fin de leurs pas et le faible cliquetis de sa porte d'entrée.

Le silence de l'appartement devint assourdissant. Le frigo se mit sous tension et elle sursauta en ouvrant les yeux.

Avant cet instant précis, elle ne s'était jamais sentie si seule.

Chapitre Quatorze

Quinn passa une main nerveuse sur sa hanche. Elle avait dû endurer les vendeuses savantes de quatre boutiques avant de choisir la robe qu'elle portait maintenant. Elle lui arrivait à mi-mollet, n'avait pas de manches, était blanche et magnifiquement décorée de sequins étincelants. Et elle lui allait parfaitement, épousant toutes ses courbes et entourant son décolleté à merveille. Son dos était complètement nu, jusqu'au sommet de ses fesses, où le tissu la voilait légèrement, cachant à peine le début de sa fente. Une chaîne en argent et strass pendait au milieu de son dos. Elle unissait les deux côtés de la robe, l'empêchant de se séparer et de s'ouvrir assez pour révéler ses seins nus.

Suffisamment d'étoffe couvrait sa poitrine, libre de tout soutien-gorge ou support. L'échancrure, si l'on pouvait l'appelait ainsi, plongeait si bas qu'elle fut surprise que son nombril ne soit pas exposé. Ses seins rebondissaient vigoureusement à chaque pas qu'elle faisait dans ses talons de quatre centimètres. Même si elle avait la trentaine maintenant, sa poitrine ne s'était pas détériorée. Elle en était fière. Ses chaussures étaient blanches également, avec des rubans en satin blanc. Ils étaient entrelacés autour de ses chevilles et remontaient sur ses mollets. La robe possédait une fente sur le côté gauche, rejoignant le milieu de ses cuisses et lui donnant le sentiment d'être extrêmement sexy.

Elle décida d'oublier aussi la culotte puisque les lignes se verraient avec la coupe ajustée. Elle n'avait jamais été du style à ne pas mettre de sous-vêtements, mais elle se sentait audacieuse ce soir. Si ce n'était téméraire.

Et très déterminée à marquer le coup.

Un énorme saphir carré, transmis par sa grand-mère décédée, pendait lourdement entre ses seins sur une chaîne en platine. Deux autres saphirs étaient accrochés à ses oreilles. Un bracelet-tennis à vingt-mille dollars brillait sur son poignet droit. C'était un cadeau que son père lui avait fait quand elle avait été diplômée de l'université avec la mention « summa cum laude ».

Elle était habillée pour faire des ravages.

Et elle était loin d'avoir l'apparence qu'elle avait eu la nuit de sa rencontre avec Logan, dans cette affreuse robe de demoiselle d'honneur. Ça ne faisait que quelques semaines, mais elle avait l'impression que ça faisait des mois.

Elle n'allait pas s'attarder sur le fait qu'elle était aussi seule ce soir qu'elle l'avait été à cette réception-là. Même si beaucoup de choses s'étaient passées depuis, tout semblait revenir au point de départ. Personne n'allait modifier la situation, à part elle. Il était temps de reprendre le contrôle de sa vie. De faire ce *qu'elle* désirait, et pas ce que les autres voulaient parce que c'était ce qui était attendu d'elle.

Les gars pensaient peut-être que c'était égoïste. Ils avaient sûrement raison.

Elle sortit les « et si » et potentiels regrets futurs de sa tête. Elle ne pouvait pas s'en soucier maintenant...

Osez doublement

Elle colla un sourire ravageur et mit un punch supplémentaire dans le balancement de ses hanches alors qu'elle contournait son Infiniti. Elle cueillit le ticket des doigts du valet et le fourra dans sa pochette. Le pauvre restait là, à la fixer de ses jeunes yeux, la bouche béante. Enfin... il ne la scrutait pas elle, mais ses seins. Elle commençait à croire qu'il pouvait apercevoir le rose de ses tétons à travers le tissu. Finalement, il se remit en marche, essuyant un peu de bave au coin de ses lèvres.

Quinn rit alors qu'il faisait le tour de sa voiture d'un pas pressé. C'était exactement la réaction qu'elle recherchait.

La robe valait le salaire hebdomadaire qu'elle avait payé.

Fermant sa pochette brusquement, elle passa les doubles portes du country club.

Ses oreilles furent immédiatement assaillies par le raffut de la salle du banquet, qui était en face de l'entrée principale. Les soirées à Monte-Carlo semblaient bruyantes et tumultueuses alors que les participants se prenaient aux jeux.

Elle s'arrêta aux doubles portes de la pièce dans laquelle l'évènement caritatif se déroulait, et scruta la foule. Elle se détendit un peu quand elle ne vit pas Peter. Ça lui donnait un peu de temps pour faire d'abord face à ses parents. Elle était persuadée que sa mère ne serait pas ravie de sa tenue.

Ça avait été un argument supplémentaire de ventre pour cette robe précise.

Elle sursauta quand une main attrapa fermement son coude par-derrière. Quinn fut tirée en arrière, loin de l'évènement. Elle eut du mal à rester droite. Elle planta ses talons et se tourna vers l'expression irritée de sa mère.

— Tu ressembles à une pute.

Quinn retira vivement son coude douloureux de la poigne de sa mère. Un hématome ne ferait pas un bon accessoire.

— De luxe, j'espère. Je recherchais le look de Julia Roberts dans *Pretty Woman*. Est-ce que j'ai réussi ?

— Tu te crois drôle ? demanda sa mère, ses sourcils froncés et les lèvres pincées pour montrer sa désapprobation.

— Écoute, Mère. Tu veux me vendre au plus offrant. J'ai mis la tenue de rigueur.

— C'est un évènement caritatif, répondit sa mère d'une voix sifflante. Pas une vente d'esclaves sexuels.

Quinn leva paresseusement une de ses épaules nues, essayant de paraître bien plus calme qu'elle ne l'était vraiment. Elle fit de son mieux pour rassembler la nouvelle assurance que les hommes lui avaient donnée. Du moins, avant qu'elle remarque son père avancer à grands pas vers elles. Son visage ne comportait pas l'irritation de celui de sa mère, mais plus de la stupeur et de la déception.

Quinn eut soudain l'envie de fuir et se cacher. Elle adorait son père et ne souhaitait pas lui faire de mal. Mais elle n'avait rien demandé de tout ça, bordel. Elle ne pouvait pas l'oublier. Et elle était venue jusque-là, voulait-elle vraiment abandonner maintenant ?

Alors qu'il approchait, son père enleva la veste de son costard et la lui tendit.

— Mets ça.

Quinn secoua la tête et recula d'un pas, en faisant attention à ne pas prendre son talon dans le tapis.

— Non.

— Tu ne peux pas aller là-bas comme ça. Tu ressembles à une... une...

— Oui, je sais. Mère l'a déjà dit.

— Tu dois rentrer te changer.

Son père paraissait fâché, prêt à la punir pour la semaine et lui interdire son temps de téléphone.

Elle était adulte, bon sang !

— Non, Papa. J'ai dépensé une fortune pour cette robe, et je vais la porter.

Sa mère se mit à un cheveu d'elle et pointa un doigt rouge dans son visage.

— On va te retirer de la liste des lots.

Comme si ça représentait une *punition* pour Quinn.

— Non, tu ne vas pas faire ça. Tu vas récolter ce que tu as semé. L'argent va à une bonne cause. Tu ne peux pas laisser l'association souffrir de ton attitude coincée.

— Ce n'est pas être coincée. C'est l'image que ça donne devant...

Sa mère s'arrêta brusquement.

— Devant tes amis et ton entourage, finit Quinn pour elle. *Tout pour préserver les apparences.*

— Tu penses que ça va faire plaisir à Peter de te voir habillée comme ça ?

S'il était normal, il banderait en l'apercevant. Seulement, voilà ! Peter n'était pas normal.

Avait-elle réfléchi tout haut ?

Non. *Ouf.* Elle devait s'éloigner d'eux avant de dire un truc qu'elle ne devrait pas. Comme si elle ne l'avait pas déjà fait.

L'expression dépitée et presque blessée de son père fit un nœud dans sa poitrine. Elle pouvait peut-être partir et oublier tout cet épisode... Les gars avaient peut-être raison.

Elle s'écarta de ses parents, aussi vite que lui permirent ses talons hauts.

— Je m'en fous que Peter soit heureux, répondit-elle par-dessus son épaule.

Elle aurait pris sa décision de partir ou de rester une fois qu'elle serait de retour dans le vestibule d'entrée.

— Eh bien, tu devrais !

Le commentaire de sa mère l'arrêta net. Quinn pivota pour faire face à ses parents.

— Pourquoi ? Quand Peter s'est-il préoccupé de mon bonheur ?

Si elle avait fait une blague, elle aurait ri devant les expressions abasourdies de ses parents. Sa mère fut sans voix pendant une demi-seconde... Imaginez ça !

— C'est bien ce que je pensais, dit Quinn avant de poursuivre sa fuite.

— Peter t'aime, cria sa mère dans son dos alors qu'elle s'éloignait à grands pas.

Quinn secoua la tête de dégoût. Peter était un putain d'infidèle, mais sa mère croyait encore qu'il était parfait. Elle n'eut pas à atteindre l'accueil pour faire son choix. Après cette soirée, il n'y aurait plus aucun doute dans la tête de sa mère, dans celle de Peter... Quinn ne voulait plus rien avoir à faire avec lui. Elle méritait mieux.

Quand elle arriva dans la salle du banquet, elle prit une profonde inspiration pour la conforter et flâna dans la pièce bondée, droit vers le bar.

C'ÉTAIT du déjà vu pour Logan. La première fois qu'il avait repéré Quinn à la réception plusieurs semaines auparavant, elle avait été collée au bar. Ce soir, elle faisait la même chose. Seulement, elle ne portait pas cette monstruosité rose, mais une tenue fluide qui le faisait bander d'enfer.

Et il était persuadé que ça faisait le même effet à tous les gars dans la salle. Enfin, à part son père, qu'il supposait être quelque part dans la foule.

Quand la robe de demoiselle d'honneur ne mettait aucun

de ses attributs en valeur, celle-ci faisait tout pour les exhiber. En réalité, ça en dévoilait trop.

Mais il ne se plaignait pas. Non, monsieur. Il ne pensait qu'à enlever, plus tard dans la soirée, la fine couverture qu'elle portait. *Si* elle leur pardonnait. Il espérait que leur présence ici serait suffisante. Sinon, il était tenté de la supplier.

Amusé, ses lèvres remuèrent à cette pensée.

Du moins, avant d'entendre une voix.

— Monsieur Reed ! Monsieur Reed !

Tous les muscles de son corps se tendirent en entendant les pas qui se précipitaient vers lui.

Il se tourna pour faire face au petit homme trapu qui était le directeur général du Mandolin Bay Country Club.

— Monsieur Lawson ? l'interrogea Logan en levant un sourcil.

— Oui, oui. J'ai vu votre assistant vous déposer à l'entrée. Le jardinier en chef n'est pas là, mais il doit vous parler d'un problème sur le gazon.

— Mon *assistant* garait juste la voiture. Il devrait bientôt être là.

— Alors je suis content de vous avoir croisé. De nouveau, le jardinier en chef voulait vous rencontrer. Il est à la remise de maintenance.

Logan croisa les bras sur son torse et baissa les yeux vers l'homme. Est-ce qu'il plaisantait ?

— Est-ce que j'ai l'air d'être habillé pour travailler dans l'herbe ?

La bouche de l'homme s'ouvrit et se ferma, comme un poisson, alors qu'il remarquait enfin la tenue de Logan. Ce qui se révélait être un costard, pas un bleu de travail.

— Eh bien, non, bredouilla Lawson après un moment.

— Je suis là pour la soirée caritative « Des Maisons pour les réfugiés ».

Lawson eut le culot de se mettre devant Logan, bloquant son passage. Il sortit une main potelée, comme si ça pouvait empêcher Logan d'entrer.

— Monsieur, c'est seulement sur invitation.

— J'ai été invité, grommela Logan, sa patience s'élimant.

— Par qui ?

— Quinn Preston.

— Mais Mademoiselle Preston...

Lawson s'arrêta.

— Oui ? Mademoiselle Preston ?

Ses yeux s'agitèrent dans tous les sens, comme s'il évitait de regarder Logan.

— Euh. Mademoiselle Preston a un rencard.

— Ouais ? Qui ?

— Je... Je... Peter Harrington.

— Oh. Eh bien, j'ai amené mon rencard.

Logan jeta un œil derrière lui pour voir Ty approcher. Son « rencard » était super beau dans son costume.

— Il est là, ajouta Logan, glissant son bras dans celui de Ty et lui faisant un rapide baiser.

Lawson prit un teint pâle maladif. Ses yeux s'écarquillèrent en de grands ronds alors qu'il reculait face aux deux hommes.

Seigneur... On pourrait croire que Ty et lui étaient des lépreux vu la façon dont le directeur réagissait.

— Est-ce que c'était futé ? demanda Ty alors que Logan le conduisait à l'évènement.

— Probablement pas.

Logan ressentit un pincement au cœur, regrettant un peu d'avoir choqué l'homme. Il ne voulait pas que ses actions portent atteinte à son contrat avec le club. Il l'avait depuis des années et ça rapportait un bon paquet d'argent.

Enfin, si besoin, il limiterait les dégâts plus tard.

Tout de suite, il devait s'occuper d'un truc plus important.

Un groupe d'hommes était rassemblé autour de Quinn. Trois verres remplis étaient posés sur le bar devant elle alors qu'elle sirotait celui dans sa main.

— Des Tequila Sunrises ?

Un souffle échappa de sa bouche béante avant qu'elle dompte vite son expression. Logan fut impressionné de la rapidité à laquelle elle s'était remise de sa surprise de les découvrir tous les deux ici. Mais il pouvait encore voir l'interrogation dans ses yeux.

— Non, dit-elle avec les coins de ses lèvres qui se relevèrent. Ce soir, c'est parfait pour des Long Island glacés. Pas aussi puissant que les Sunrises, mais ça fera l'affaire.

Il offrit un des autres verres à Ty et en attrapa un pour lui. Il but une grande gorgée. Un peu trop sucré à son goût, mais pas mauvais.

— Hé ! cria un des hommes entassés près de Quinn. Le verre a été acheté pour la demoiselle.

Logan regarda Quinn de haut en bas et ravala son rire. *La demoiselle.* Quinn en était loin ce soir. Elle faisait plus diablesse. Une bête de sexe qui savait comment amener un homme à genoux.

Effectivement, elle les avait mis à genoux, Ty et lui. Leur présence ce soir le prouvait. Même si aucun d'eux ne s'en plaignait.

Les cheveux de Quinn étaient relevés, dévoilant la longue ligne de son cou. Quelques mèches éparpillées encadraient délicatement son visage. Les saphirs à ses oreilles soulignaient la teinte de bleu dans ses yeux gris. Ce regard qui contenait un soupçon de vice.

Elle lui fit un sourire espiègle et sortit sa jambe gauche de la fente dans sa robe, révélant une cuisse bien galbée.

— Tu aimes ?

— Beaucoup, répondit-il en jetant un œil à Ty, dont les yeux étaient fixés sur la jambe de Quinn.

Elle décala un peu plus sa jambe et Logan aperçut qu'elle ne portait pas de culotte. Il s'approcha davantage pour la bloquer de la vue des autres hommes.

Peu enchanté par le spectacle qu'elle donnait, il se pencha près d'elle.

— Qu'est-ce que tu fais ? murmura-t-il à son oreille.

— Je pensais que vous ne veniez pas, lui répondit-elle.

— Je t'expliquerai plus tard, râla-t-il.

Ça ne le dérangeait pas qu'elle s'habille d'une manière sexy, mais elle portait cette robe pour les mauvaises raisons.

Une de ces raisons se révéla à déambuler vers le haut à ce moment précis.

Quinn retira rapidement sa jambe, se cachant à nouveau avant de se tourner vers son e.

— Peter ! Comment ça va ?

Logan grimaça en entendant le ton suave et un peu excessif de Quinn.

Quand Peter avança, les autres hommes disparurent. C'était comme si Peter était venu pour réclamer son prix et que les autres étaient assez courtois pour le reconnaître.

Que des conneries ! Logan ne la laisserait pas seule avec lui.

Quinn posa une main fraîchement manucurée sur le haut du bras de Peter et le tira près d'elle.

— Peter, je veux te présenter des amis. Peter Harrington, voici Logan Reed et Tyson White.

Le crétin tendit sa main et Logan fut assez poli pour l'accepter. Quand Peter serra celle de Ty, un regard traversa son visage, révélant qu'il l'avait reconnu.

— Tyson White ? Comme dans Tyson White, le T-Bone des Boston Bulldogs ?

Ne me dites pas que ce petit bâtard est un connaisseur de football, pensa Logan. Il participe sûrement aux pronostics sportifs à son bureau. Et doit tout perdre.

— C'est moi, confirma Ty en faisant tournoyer la petite paille de son verre.

Il agissait comme si ce n'était pas grand-chose d'être reconnu comme athlète professionnel.

La bite de Logan tressaillit. Quinn et sa tenue n'étaient pas les seules choses à lui faire perdre le contrôle. Son amant, dont la peau ébène brillait sous la lumière encastrée du club, lui réveillait le bas-ventre.

— Incroyable. Je ne savais pas que la mère de Quinn avait prévu deux stars des Bulldogs pour ce soir.

Logan et Ty ouvrirent simultanément la bouche pour interroger Peter, mais Quinn leva une main, les arrêtant tous les deux.

— Deux ?

— Oui, Landis Bras Long est ici.

— Bras Long ? demanda Quinn, ses fins sourcils se fronçant.

Logan et elle regardèrent Ty d'un air interrogateur.

— Un quaterback, leur répondit-il en sirotant son verre.

— Je sais qui est Bras Long, rétorqua Logan en secouant la tête. Pourquoi il serait là ?

Et pourquoi Ty n'était-il pas inquiet de la présence de son ancien coéquipier qui pourrait découvrir sa relation avec un homme ? Même si Logan ne pensait pas que Ty voulait la garder secrète. Du moins, si c'était le cas, il n'aurait pas accepté de venir ici.

Logan se dit que cette soirée serait celle des découvertes. Quand ils avaient décidé de venir et montrer à Quinn leur soutien, de lui prouver qu'ils tenaient à elle, ils savaient que c'était le risque.

Mais, bon sang...

Que ça lui plaise ou non, Ty finirait sûrement pas être démasqué, et si Quinn faisait ce qu'elle souhaitait, elle le serait aussi. Mais la révélation de Ty se ferait devant un ancien coéquipier, ce qu'il avait réussi à éviter depuis des années. Ils avaient tous les deux décidé qu'être avec Quinn ce soir valait le risque par rapport à eux-mêmes. Malgré tout, Ty avait encore une chance de renoncer à ce désastre potentiel. Logan respecterait le choix qu'il ferait.

Apparemment serein, Ty regarda Quinn avec espoir.

— Je ne sais pas. Pourquoi il serait là ?

Quinn haussa à peine les épaules et but son verre.

— L'Association Caritative des Femmes du Monde voulait ramener des célébrités pour vendre des souvenirs dédicacés. C'est peut-être ça, ou alors il fait partie des célibataires de la vente aux enchères, répondit le blaireau.

De manière inattendue, l'ex de Quinn réorienta son attention vers elle. Sa robe sembla subitement attiser la curiosité de Peter, davantage que la perspective d'avoir deux stars de la NFL dans la pièce.

— Est-ce que cette robe est neuve ?

— Tu ne t'en souviens pas ? demanda Quinn en souriant dans son verre.

— Je pense que je me rappellerai une robe pareille. Ça ne laisse pas beaucoup de place à l'imagination, n'est-ce pas ?

Elle renversa sa tête en arrière, sa poitrine remuant assez

avec le mouvement pour s'échapper presque des étroites bandes de tissu blanc qui la retenait.

— C'est le but. C'est censé mettre en valeur mes attributs.

Peter prit dans sa paume le gros saphir lové entre les seins de Quinn.

— Est-ce que c'est la pierre de ta grand-mère ?

Logan sentit Ty se tendre à côté de lui. Il lui fit un regard lui indiquant que Quinn pouvait se défendre seule.

Même s'il n'était pas sûr d'apprécier la façon dont elle le faisait. Surtout quand elle coinça la main de Peter dans les siennes et pressa ses doigts contre les courbes nues de ses seins. La voix de Quinn devint grave et charbonneuse.

— Familière, non ?

— Oui, répondit Peter en arrachant sa main, comme si elle avait été brûlée. Je pensais bien qu'elle m'était familière.

Logan n'en croyait pas ses yeux. L'ex de Quinn paraissait vraiment gêné, embarrassé d'avoir eu sa main près de la poitrine de Quinn.

Logan éclata de rire, faisant monter le sang dans le visage de Peter.

Celui-ci recula et fixa Logan pendant un moment avant de sembler reprendre un peu d'assurance.

Logan en eut assez. Il glissa un bras autour de Quinn jusqu'à ce que sa main s'écarte sur la chair chaude du bas de son dos. Il ramassa l'étincelante pierre bleu carré et prétendit l'examiner.

— C'est un joyau magnifique.

Il croisa son regard et la reposa gentiment contre la peau délicate entre ses seins, ses doigts s'attardant dans son décolleté soyeux.

— Tout comme la femme qui le porte.

Peter éclaircit sa gorge. Vigoureusement.

— Est-ce que tu voudrais que je te prenne un autre verre,

Quinn ?

— On peut s'en occuper, à partir de maintenant, Pete, dit doucement Logan, avant que Quinn puisse lui répondre.

— C'est Peter. Quinn ?

Quinn rompit enfin son contact visuel avec Logan. Mais au lieu de regarder Peter, elle se tourna vers Ty qui lui fit un grand sourire blanc. Un sourire complice, une promesse silencieuse de ce qui viendrait plus tard. La main de Quinn flotta vers sa gorge.

— C'est bon. Merci, répondit-elle à Peter, d'un air absent.

— Oh. OK, dit Peter en tirant sur le col de sa veste. Eh bien. Je... Je vais faire connaissance avec les autres. Je te verrai un peu plus tard, Quinn.

Il hocha la tête à l'attention de Logan et Ty.

— Ravi de vous avoir rencontrés, messieurs.

LOGAN LUI FIT un signe de tête et un sourire carnassier. Ty serra la main de Peter, puis lui fit une tape sur le dos alors que l'autre détalait.

Un groupe sur la scène commença à jouer dans un coin de la pièce, ce qui étouffa une partie du bruit provenant des tables de jeu. Ty remarqua une piste de danse devant l'estrade, avec plusieurs couples enlacés.

— Tu danses avec moi ? proposa-t-il à Quinn en lui offrant sa main.

Elle sourit chaleureusement et accepta son invitation, mêlant ses doigts aux siens. Elle tendit son Long Island glacé à Logan alors que Ty la conduisait vers la zone de danse recouverte de parquet.

Une fois là-bas, Ty l'attira dans ses bras et pressa ses hanches contre les siennes. Il frotta son nez dans les cheveux de Quinn.

— Tu sens bon.

Son petit gloussement vibra contre son torse.

— Et tu es très beau ce soir.

— Juste ce soir ?

— Eh bien, tu es splendide dans ton costard. Mais sincèrement, je te préfère nu.

Il sourit dans ses cheveux, attentif à ne pas ruiner tout le travail qu'elle avait fait pour les coiffer.

— Si on est honnête, toi, tu es *pratiquement* nue.

— Je suis couverte aux bons endroits.

Ty n'était pas le meilleur danseur, mais il réussit à s'exécuter en traînant lentement ses pieds. Il était vigilant à ne pas faucher ses orteils pédicurés.

— Ty, qu'est-ce qu'il se passe ? Logan a dit qu'il expliquerait plus tard, mais...

— On ne pouvait pas te laisser faire ça toute seule.

— Mais...

— On s'est rendu compte qu'on était aussi têtus que toi en refusant de venir, gloussa-t-il. Je suppose qu'on n'est pas autant borné que toi. On était prêts à céder.

Il se sentit soudainement extrêmement possessif de la femme qu'il enlaçait dans ses bras.

— On te désire, Quinn. On tient à toi. On veut que tu le réalises.

Les doigts de Quinn se serrèrent dans son dos. Assez fort pour qu'il les sente à travers son costard.

Il entendit ce qu'il sembla curieusement être un reniflement. Il se pencha légèrement en arrière pour la regarder, mais elle détourna son visage.

— Eh ! Tu dois rester forte. Est-ce que ce n'est pas à ça que sert tout ce cinéma ?

— Si, chuchota-t-elle dans sa veste. Juste, je ne veux pas que vous fassiez quelque chose dont vous n'avez pas envie.

— Si l'on ne voulait pas le faire, on ne serait pas là.

— Vous ne savez pas ce que ça représente pour moi, dit-elle alors que son corps s'attendrissait contre le sien.

Ça confirmait que Logan et lui avaient bien fait de venir ce soir. Peu importe ce que ça leur coûtait par ailleurs, Quinn devait faire partie de leur vie. Ils n'étaient peut-être pas complètement d'accord avec ses décisions, mais elles lui appartenaient. Logan et lui seraient là pour ramasse les morceaux, si nécessaire.

— Est-ce que tu sens à quel point je te désire à cet instant ?

Elle recula un peu dans ses bras et leva un regard sérieux vers lui.

— Oh, c'est toi ? Je pensais que t'avais un saucisson dans ta poche.

Les coins de ses yeux se plissèrent, et il l'attira à nouveau contre lui, ses doigts glissant sur la peau lisse de sa colonne. Elle frémit contre lui, balançant ses hanches d'une démarche exagérée.

— *Attention,* la prévint-il.

Ses couilles se contractèrent alors que sa bite se durcissait encore plus.

Il plaqua les hanches de Quinn plus près de lui, s'assurant qu'elle sentait chaque centimètre de sa grosseur. Il leur faudrait un chausse-pied pour les séparer.

Ou pas. Il remarqua les regards que leur lançaient les couples sur la piste de danse et les autres qui s'étaient rassemblés aux tables de jeu à proximité. Certaines bonnes femmes de la haute leur envoyaient des regards mauvais, d'autres se chuchotaient des choses.

Ty soupira. Il mit un peu d'espace entre Quinn et lui.

— Qu'est-ce qui ne va pas ?

— Oh. Toujours pareil.

Une expression inquiète traversa le visage de Quinn.

— Qu'est-ce que ça veut dire ?

— Peu importe, dit Ty en secouant la tête de dégoût.

— Oh, non. Dis-moi ce qui ne va pas, insista Quinn en regardant autour d'eux, vers les participants de la soirée caritative. Ah. Laisse tomber. Je comprends maintenant.

— Je suppose que les amis de ta mère sont toujours coincés au Moyen-Âge.

— Ce ne sont pas tous les amis de ma mère, mais oui. Le country club a une politique d'adhésion stricte, si tu vois ce que je veux dire.

Il s'arrêta au milieu de la piste et scruta son visage. Logan disait qu'ils devaient être là pour elle, coûte que coûte. Ty avait été d'accord avec lui, mais...

— Quinn, est-ce que tu sais ce que tu fais ce soir ?

— Absolument.

— Non. Écoute. Ces gens n'apprécient même pas le fait qu'un noir danse avec une blanche. Comment ils vont réagir quand ils découvriront que, non seulement tu danses avec lui, mais tu couches aussi avec ?

Il leva un doigt pour l'empêcher de l'interrompre.

— *Et* non seulement, tu couches avec un noir, mais aussi avec son *amant* blanc. Je ne pense pas qu'ils soient très ouverts à cette idée.

Le groupe passa d'un slow à un autre.

Quinn attrapa ses bras et les enveloppa autour d'elle. Elle posa sa tête contre sa veste.

— Je m'en fiche.

Bon sang, ça faisait du bien de l'avoir dans ses bras.

— Quinn, tu ferais mieux d'en être sûre.

— On dirait Logan.

Ty retint un rire. Aussi drôle que ça pouvait être d'être

accusé de ressembler à Logan, ce que faisait Quinn ce soir était sérieux.

— Eh bien, il a peut-être raison. Est-ce que tu souhaites vraiment te séparer de ta famille parce qu'ils veulent que tu sois avec cet intello d'analyste ?

Elle lui donna un petit coup dans le bras.

— Hé ! Je suis une intello d'analyste.

— Tout juste.

Il la fit bouger lentement sur la piste, ses doigts pressés dans ses hanches.

— Si mes parents ne peuvent pas accepter mes décisions... ne peuvent pas accepter ce que je suis... Alors, je les emmerde.

— Quinn, c'est ta famille.

— Alors, ils doivent accepter mes choix. Ils doivent me laisser choisir qui je veux aimer.

Ty s'arrêta à nouveau, attrapant son menton et inclinant sa tête vers le haut. Il plissa les yeux pour regarder au fond de ses yeux. Elle le fixa avec insolence, comme pour le défier de douter d'elle. Il décida de laisser passer le commentaire. La piste de danse d'une soirée caritative, bondée en plus, n'était pas l'endroit pour explorer la signification de sa dernière phrase.

— Pas de boucles d'oreille ce soir ? lui demanda-t-elle.

— Parce que j'ai choisi de pencher vers le côté conservateur.

— Alors t'as décidé de t'adapter pour t'intégrer ?

Elle le défiait volontairement. Ty ravala un juron.

— Est-ce que j'ai l'air d'avoir ma place ici ? dit-il plutôt.

— Est-ce que moi j'ai l'air d'avoir ma place ici ?

Où allait-elle ?

— Oui.

— Eh bien, ça prouve que les apparences peuvent être

trompeuses.

Il pouffa.

— L'habit ne fait pas le moine ?

— Les apparences ne sont que superficielles.

— La beauté est éphémère et l'ineptie est éternelle.

Quinn bascula sa tête en arrière et éclata de rire, attirant encore plus l'attention sur eux. Pas que ce n'était pas déjà le cas. Mais son rire fit disparaître une partie de la tension de son corps.

Alors que la chanson changeait une nouvelle fois, il décida qu'il en avait assez de prétendre savoir danser. Le but de l'avoir invitée avait été d'avoir du temps ensemble et de la sentir contre lui. Pour l'aider à tenir jusqu'à plus tard. Il avait atteint son objectif. Maintenant, il pouvait la ramener en sécurité, avec tous ses orteils intacts.

Il prit son coude pour la mener hors de la piste de danse. Et droit sur Landis Bras Long.

— Bon Dieu, T. Je n'aurais jamais cru te voir ici.

— Comment ça va, Renny ?

— Renny ? demanda Quinn en regardant un homme, puis l'autre. Je pensais que son nom était Bras Long.

Ty ne lâcha pas le bras de Quinn, la maintenant près de son flanc.

— Ren, c'est Quinn Preston. Quinn, voilà Lawrence Landis, alias Bras Long. Connu dans le vestiaire sous le nom de Ren ou Renny. Le public et les médias l'ont surnommé Bras Long.

Quinn observa les bras de l'autre homme, qui étaient emballés par un costard onéreux.

— Ses bras me semblent avoir une longueur normale.

Les deux hommes rirent.

— Où tu l'as trouvée ? lui demanda Renny.

— On lui a donné ce surnom parce qu'il peut lancer loin

sur le terrain, expliqua Ty.

— Oh, désolée, répondit Quinn, ses joues clairement roses.

Renny lorgna sur la robe de Quinn. Ou plutôt, l'absence de celle-ci. Ty se sentit soudain un peu protecteur. Il était proche de tous ses anciens coéquipiers, ils étaient comme des frères. Mais pas assez pour partager. Logan était interdit. Et maintenant, Quinn aussi.

Le réaliser mit une claque à Ty. Logan avait raison. Elle leur appartenait. Tous les doutes qui pouvaient lui rester avaient disparu.

— Mon agent n'a pas évoqué ta présence. Hé, T, tu ne trouves pas ça un peu bizarre qu'on soit les seuls frangins ici ?

— On en discutait justement.

— Est-ce que t'es ici pour signer des autographes ?

— Non. Je suis là pour accompagner Quinn.

La déclaration de Ty ramena l'attention de Renny sur Quinn. Il lui fit un grand sourire et se pencha vers elle.

— T'aimes la viande noire ? chuchota-t-il.

— Est-ce qu'on parle d'une dinde pour Thanksgiving ? rétorqua Quinn.

Renny rit, son regard la balayant de la tête aux pieds.

— Waouh. La beauté et le sens de l'humour. La totale.

Renny palpa le saphir.

— Joli bijou.

Qu'est-ce qu'ils avaient avec ce putain de saphir ? La prochaine personne à toucher entre les seins de Quinn allait avoir les doigts cassés.

Ty se mit entre Quinn et lui, rompant le contact.

— Tu peux regarder, mais pas la toucher.

— Qu'est-ce qu'il y a, T ? Elle est à toi ?

Elle est à moi. Elle est à Logan.

— Elle est à nous.

Chapitre Quinze

Ces petits mots résonnèrent dans la tête de Quinn. Ils signifiaient beaucoup pour elle. D'être revendiquée purement et simplement comme ça faisait du bien. Surtout quand elle avait cru devoir vivre cette soirée toute seule.

L'ancien coéquipier de Ty leva les mains devant lui, comme pour se rendre.

— Hé, mec ! Le blanc te va bien. Aucun mal.

Quinn ne savait toujours pas ce qu'elle pensait de l'ami de Ty. Il était un peu trop présomptueux, si ce n'est arrogant. Mais, c'était apparemment un joueur professionnel connu de football. Et pas mal de surcroît.

Renny n'était pas venu habillé de manière conventionnelle. Il avait un énorme solitaire en diamant à chaque oreille. Quinn supposait qu'ils devaient faire deux carats chacun. Un de ses longs doigts portait aussi une grande bague carrée. Elle avait pu lire l'inscription qui s'y trouvait quand il avait touché son saphir. Elle indiquait *Champions du Monde*, et l'anneau était incrusté de diamants et de pierres colorées ressemblant à des rubis, en forme de bulldog.

Elle se demanda si Ty avait l'une de ces bagues.

Même si Renny avait un costard, il avait une grande croix en or suspendu à son cou. Sa chemise avait les deux boutons du haut défaits et sa ceinture était du même rouge que celui des Bulldogs. Ses cheveux étaient plaqués en tresses africaines sur sa tête. Il avait de magnifiques dents blanches et de grands yeux marron.

Et il l'observait l'examiner.

Mince.

Elle ne souhaitait pas lui donner une mauvaise idée.

— Alors, qu'est-ce que tu veux dire par *elle est à nous ?* demanda Renny.

Quinn vit le regard de Ty rebondir sur Logan. Soudain, Quinn réalisa qu'il avait du mal à admettre la vérité sur ses relations. Ou du moins, une en particulier.

Son ancien coéquipier ignorait que Ty avait une relation… était amoureux d'un autre homme.

Une boule se forma dans le ventre de Quinn. En balançant sa relation au visage de ses parents, de Peter, elle révélait celle de Logan et Ty. Elle le savait. Les deux hommes l'avaient prévenue. Et elle ne les avait pas écoutés. N'avait pas sérieusement réfléchi aux conséquences.

Elle glissa un bras dans la veste de Ty pour enlacer sa taille. La chaleur de son corps fut brûlante contre sa peau nue alors qu'elle le serrait légèrement.

Elle était tellement égoïste.

Elle n'aurait jamais dû venir. Elle n'aurait jamais dû les traîner dans ses histoires. Oui, en fin de compte, ils avaient décidé de l'escorter par eux-mêmes. Mais seulement pour lui faire plaisir.

Ses larmes piquèrent les coins de ses yeux.

— Je suis désolée, dit-elle en levant les yeux vers le visage de Ty.

Il passa la pulpe de son pouce sur sa joue et lui fit un sourire tendre.

— Ne le sois pas. On désirait être là pour toi.

— Mais je ne voulais pas que vous vous sacrifiiez pour moi.

— Ce n'est pas le cas, Quinn. Crois-moi, ce n'est pas ça.

La dernière phrase provenait de Logan, qui s'était déplacé pour les rejoindre, un air inquiet sur le visage.

— Tout va bien ? demanda-t-il.

— Très bien, assura Ty en hochant la tête.

Il présenta Logan à Renny, et les hommes se serrèrent la main.

— Je pense me souvenir de toi. T'as posé le gazon dans notre stade. Qu'est-ce que tu fais ici ?

Logan répondit avec honnêteté.

— Je suis là avec Quinn.

Le désarroi traversa les traits de Renny.

— Je ne comprends pas. Je pensais que T était avec elle.

Quinn posa une main sur le torse de Logan. Un signe silencieux pour le prévenir qu'ils n'avaient pas besoin de le faire. Ils n'avaient pas à aller jusqu'au bout ce soir.

Logan continua tout de même.

— Oui. On est tous les deux avec elle.

Cela prit une minute, mais le trouble disparut finalement du visage de Renny. Mais pas pour longtemps.

— Alors vous êtes des escorts.

Quinn ouvrit la bouche pour dire quelque chose, pour les arrêter. Mais Logan mit une main sur la sienne et la pressa. Elle eut le souffle coupé et regarda, impuissante, tout être dévoilé devant elle.

Ty secoua la tête, fixant Renny droit dans les yeux.

— Non, on est amants, répondit-il.

— Ouais, j'ai compris. Quinn et toi vous acoquinez. Alors, comment il s'intègre dans tout ça ? demanda Renny en faisant un signe de tête vers Logan.

Ce dernier enleva une peluche imaginaire de l'épaule de Ty.

— Comme il l'a dit. On est amants.

Renny recula, les yeux écarquillés.

— Attendez. Attendez.

Il fit un tour complet de lui-même, en tapant du pied et claquant ses paumes sur ses cuisses. Puis, il planta ses mains sur ses hanches et fixa Ty. Il ouvrit la bouche, puis la ferma une seconde plus tard, avant de l'ouvrir à nouveau.

— T... Vraiment ?

— Ouais, vraiment, répondit doucement Ty.

— Mec, bordel ! Waouh.

Quinn décida que c'était le moment d'intervenir.

— *Waouh* est le mot exact pour décrire notre relation.

Les lumières au-dessus de leurs têtes clignotèrent plusieurs fois pour attirer l'attention des invités. Elles furent tamisées pour donner une lueur d'ambiance. Un homme que Quinn ne connaissait pas attrapa le micro sur l'estrade, un léger projecteur brillant sur sa tête chauve.

— Mesdames et messieurs, la participation à la soirée de Monte-Carlo Des Maisons pour les réfugiés a été exception-nelle. Merci au Mandolin Bay Country Club de nous accueillir ici, et des remerciements particuliers pour le dur labeur de l'Association Caritative des Femmes du Monde. Maintenant, si vous pouvez tous prendre vos places afin de débuter la vente aux enchères des célibataires.

Un murmure se propagea dans la foule alors que les gens s'éloignaient des tables de jeu, le long des murs extérieurs, pour se diriger vers celles rondes du banquet qui entouraient la piste de danse.

— Quand on aura fini avec cette partie, le dîner sera servi, continua l'animateur. Ensuite, les tables de jeu seront rouvertes. À ce moment-là, nos célébrités locales signeront des autographes et poseront pour des photos. Et on a une surprise spéciale pour nos passionnés de sport. Landis Bras Long est parmi nous ce soir.

Un projecteur arriva de nulle part pour éclairer Renny. Il colla un sourire sur sa face, masquant le fait qu'il était encore sous le choc, et fit un petit signe de main. Des applaudissements polis s'élevèrent dans la salle.

Dès que le spot se détacha de Renny, ils bougèrent tous vers la table vide la plus proche et sombrèrent sur les chaises. Ty et Logan encadrèrent Quinn alors que Renny s'installait à la droite de Ty.

Quinn ajusta sa robe pour s'assurer de ne pas offrir un spectacle gratuit aux participants alors que le présentateur poursuivait son discours.

— Pour rappel, Des Maisons Pour Les Réfugiés a besoin de vos généreuses donations pour continuer d'aider les nécessiteux. Cet évènement caritatif a été organisé pour reconstruire des abris aux victimes de catastrophes naturelles. Ça inclut les ouragans, les tremblements de terre, les tornades et les glissements de terrain. À peu près toutes les catastrophes naturelles. Alors, sans plus attendre, on va commencer la vente aux enchères...

Un par un, les célébrités locales comme des journalistes, des personnalités sportives d'équipes-écoles locales, et de prestigieux hommes d'affaires furent appelés sur la scène pour être « vendus » au plus offrant. Le gagnant recevait un rendez-vous de son choix avec lui. Ça pouvait être un dîner ou un film, ou simplement une rencontre dans un café.

— À ton tour, chuchota Logan dans son oreille.

Quinn leva les yeux vers le présentateur, qui avait aussi le rôle de commissaire-priseur. Il lui tendait un bras, lui faisant signe de venir sur l'estrade.

— Mademoiselle Preston, fille de Margaret Preston, présidente de l'Association Caritative des Femmes du Monde. Son père est Charles Preston, associé principal retraité de Morgan, Morgan & Chandler, une des dix meilleures entreprises d'experts-comptables au monde.

Quinn se sentit mal à l'aise en avançant prudemment vers la scène. OK, ils avaient bien prouvé que son sang était bleu. Maintenant, ils allaient aussi vouloir vérifier sa dentition ?

— Mademoiselle Preston est une analyste financière séniore dans la compagnie d'assurance Anderson, Jameson et Coleman, LLC.

— Souhaiteriez-vous également connaître mon poids, ma taille et mon âge ? demanda-t-elle en s'approchant du micro et se penchant.

Des gloussements s'élevèrent dans la foule, qu'elle ne pouvait pas voir à cause des satanés projecteurs qui l'aveuglaient. De nulle part, quelqu'un lui fourra un grand chèque en carton dans les mains, lui faisant presque perdre l'équilibre.

— En plus d'avoir généreusement accepté d'être « mise en vente », Mademoiselle Preston présente un chèque de donation de cent mille dollars de la part de son entreprise.

Bon sang ! Elle ignorait combien Frank et les partenaires associés avaient donné. Sa mère avait dû lui mettre la pression. Elle devrait s'excuser auprès de son patron lundi.

En l'honneur de la donation, l'assemblée fit des applaudissements de politesse, ce qui mit Quinn à cran. L'homme prit le chèque des mains de Quinn et le posa sur une des enceintes.

— Passons maintenant à ce que tous les messieurs attendaient. À combien les enchères vont-elles commencer pour cette magnifique dame ?

Un silence de mort lui répondit et la panique monta en elle.

— Cinq cents dollars ! hurla enfin une voix solitaire.

Cinq cents ? C'était quoi ce bordel ? Les hommes avaient rapporté des milliers. Et le pire, c'était qu'elle ne reconnut même pas la voix.

— OK, les enchères ont commencé à cinq cents dollars, dit le commissaire-priseur.

— Mille ! cria le père de Quinn.

— Mille pour Monsieur Preston.

— Deux milles.

Comme elle s'y attendait, Peter avait rejoint les enchères.

Sa mère l'avait convenablement portée volontaire pour que Peter puisse la remporter. Et bien sûr, Peter faisait exactement ce que Quinn avait prévu... Il n'avait pas les couilles d'aller à l'encontre de la mère de Quinn.

Eh bien, il ne la gagnerait pas. Sinon, elle s'assurerait qu'il dépense une fortune.

— Deux mille cinq cents.

Était-ce Renny ? Merde.

Peter contra rapidement en proposant trois mille dollars.

Renny monta immédiatement les enchères à cinq mille dollars.

Ce dernier compromettait réellement les plans de Quinn. Elle ne s'était absolument pas attendue à ce qu'il enchérisse sur elle.

Avec un candidat de plus... enfin, avec son père, ça faisait deux... les choses dérapaient rapidement. Elles échappaient plus à son contrôle qu'elle ne l'avait voulu. Avant la soirée, elle avait cru que les enchères ne dépasseraient pas quelques centaines de dollars. Puis, après les sommes des premiers enchérisseurs, elle s'était dit pas plus de quelques milliers de dollars. Mais rien de tel.

— Dix milles, retentit à nouveau la voix de son père.

— Papa ! hurla Quinn avant de pouvoir se retenir.

Pourquoi son père souhaitait-il surenchérir sur Peter ? Ne voulait-il pas qu'elle soit avec Peter, tout comme le désirait sa mère ? Ne pensaient-ils pas tous les deux savoir ce qui était mieux pour elle ?

Peter, avec une voix un peu paniquée, renchérit à dix mille cinq cents dollars.

L'assemblée devint agitée. Elle entendit des murmures, mais ne put comprendre ce que les gens disaient. Elle leva une main pour protéger ses yeux de la lumière, essayant désespérément de voir la mer de table.

À distance, elle croisa le regard de Logan. Il se leva lentement, ne rompant pas leur contact visuel.

— Vingt mille.

Quinn eut le souffle coupé et le sang afflua dans son visage. Elle avait voulu que les hommes la remportent. Mais pas à ce prix-là.

Jamais à un prix si élevé. Leur entreprise se développait encore. Ils avaient besoin de cet argent.

Peter se mit brusquement debout, sa chaise tombant en arrière et se fracassant sur le sol. Il était à deux tables des gars.

— Vingt-deux mille dollars.

Quinn pressa une main sur sa poitrine.

— *Bon Dieu, arrêtez,* chuchota-t-elle, mais personne ne l'entendit.

Renny, toujours assis, amena l'enchère à vingt-cinq mille.

Il éclata de rire, comme s'il était aussi surpris que l'assemblée de ce qu'il venait de faire.

Les murmures augmentèrent dans la foule. Tous les yeux étaient posés sur les hommes debout, qui se défiaient l'un l'autre par leur langage corporel.

— Vingt-six mille, déclara Peter dont le regard fila vers Renny.

Le commissaire-priseur avait arrêté d'annoncer les sommes. Il se trouvait sur l'estrade, impuissant, comme Quinn. Le micro pendait par sa corde entre ses doigts.

La chaise de Ty érafla le sol en reculant alors qu'il se levait aux côtés de Logan. Il plaça une main sur l'épaule de son amant et fit un sourire à Quinn.

Elle voulut lui hurler *non*. Elle en fut incapable. Elle souhaitait dire à Logan et Ty de laisser Renny et Peter se battre entre eux. Sa bouche refusa de fonctionner.

— Trente mille.

Bien qu'il n'eût pas crié, tout le monde l'entendit. Une stupéfaction collective s'éleva dans l'assemblée.

Peter les regarda tous les deux, bouche bée. Il leva les yeux vers Quinn, secoua la tête, puis s'assit brutalement.

Comme si le commissaire-priseur se réveillait subitement d'un coma, il éclaircit sa gorge et hissa le micro.

— Les enchères sont à trente mille dollars, mesdames et messieurs. Y a-t-il d'autres propositions pour cette délicieuse dame ?

Quinn voulut mettre un coup de poing dans le ventre du mec. Ty et Logan gagnaient. La dernière chose dont elle avait besoin, c'était que quelqu'un intervienne dans les enchères, pour augmenter encore plus les montants.

Trente mille dollars. Quinn avait mal à la poitrine. Elle prit conscience de ses ongles creusant des demi-lunes dans ses paumes. Elle tenta de se détendre, mais échoua.

C'était bien trop d'argent. Elle ne pouvait pas les laisser faire. Ils avaient besoin de cet argent pour le système d'irrigation.

Elle regarda Peter qui croisait les bras sur son torse. Elle souhaita qu'il surenchérisse sur les gars. Elle jura dans sa tête, elle ne voulait pas que Peter l'emporte. Bon sang ! Elle était déchirée.

Elle les rembourserait tout simplement. C'était aussi clair que ça. Elle s'assurerait de leur rendre chaque centime. Peu importe combien de temps ça lui prendrait. Même si ça signifiait vendre le bracelet tennis en diamants que son père lui avait offert. Elle n'en avait pas besoin. Elle mettrait même en gage tous les autres bijoux inutiles qu'elle possédait. À part le collier de sa grand-mère. Elle ne pouvait pas se résoudre à s'en séparer.

Le commissaire-priseur cria plusieurs fois le montant de trente mille dollars et demanda à l'assemblée s'il y avait d'autres enchères. Personne ne se leva ou ne hurla.

— Vendu ! Le rencard à trente mille dollars avec la jeune femme, accordé au monsieur à cette table, déclara-t-il en pointant le micro vers Ty.

Le silence surnaturel fut assourdissant. Quand il y aurait dû y avoir des applaudissements et des acclamations, il n'y eut rien.

Ces putains de riches snobs devraient être contents que l'association reçoive une si grosse somme d'argent. Mais au lieu de le voir comme une bonne chose, ils le percevaient comme un scandale. Quinn soupira de dégoût.

Ty avança vers l'estrade. Elle supposa pour réclamer son prix. Il n'y avait rien de comparable à vendre de la chair fraîche pour une bonne cause, pensa-t-elle amèrement. Quand Ty approcha, il tendit sa main. Quinn la saisit, et elle le laissa la guider dans l'escalier et l'aider à descendre sur la piste de danse. Le projecteur la suivit, comme si l'enchère n'était pas terminée.

Alors que Quinn passait la dernière marche et rejoignait la terre ferme, Ty la prit dans ses bras et fit étalage du baiser qu'il lui donna. Ses lèvres pleines et soyeuses capturèrent les siennes, et il plaqua ses hanches contre les siennes. Il suivit le frôlement de leurs lèvres et l'intensifia jusqu'à pencher sa tête. Sa langue explora la bouche de Quinn, balayant la sienne jusqu'à ce qu'elle sente la montée du désir au fond d'elle.

Pendant quelques secondes, elle oublia qu'ils avaient un auditoire. Jusqu'à ce que les murmures commencent. Et plus Ty et elle s'embrassaient, plus les participants devenaient bruyants jusqu'à entendre un rugissement dans ses oreilles. Qu'il provienne de la foule ou de l'intérieur de sa tête, elle s'en fichait. Elle se détacha et regarda autour d'elle. Tous les yeux étaient braqués sur eux. Elle était persuadée d'avoir choqué tous ceux qui connaissaient sa famille. Non seulement elle montrait une passion non retenue en public, mais elle avait touché les lèvres d'un noir. Un péché capital pour les membres de ce country club.

Elle renversa sa tête en arrière et rit à gorge déployée pour que tout le monde l'entende.

Elle regarda autour d'elle, jusqu'à trouver Logan. Elle saisit fermement la main de Ty et le traîna jusqu'à l'endroit où se tenait leur amant, toujours debout à leur table. Sans lâcher la main de Ty, elle attrapa l'arrière de la tête de Logan avec sa main libre. Elle le tira vers elle et plaqua sa bouche contre la sienne. Elle voulut lui donner un aussi bon baiser que celui de Ty, mais Logan garda les lèvres fermées, l'obligeant à rester chaste.

Quand elle laissa Logan reculer, elle secoua lentement la tête, mais lui fit un sourire espiègle. Elle le lui rendit et attrapa aussi sa main pour remorquer ses deux hommes et s'approcher de sa mère.

Celle-ci, presque aussi pâle que la nappe, était assise à sa table, raide. Elle était entourée par ces amis snobinards. Elle paraissait extrêmement déçue que son plan se soit retourné contre elle. Elle ne pouvait pas se réjouir pour son association qui avait ramassé un gros paquet d'argent pour le financement de leur cause. Non, ce serait trop judicieux. Elle préférerait s'appesantir sur le fait que Peter n'avait pas remporté Quinn. Qu'il n'obtenait pas de deuxième chance avec sa fille.

Quinn s'arrêta à la table et inclina la tête vers elle.

— Mère.

Alors que les gars l'encadraient, Quinn glissa ses bras dans les leurs.

— Je souhaiterais te présenter...

Mes amants.

Elle hésita. Même si elle voulait le jeter dans la figure de sa mère, elle en fut incapable. Pas devant tout le monde. Pas ce soir. Quoi qu'il arrive, cette femme était toujours sa mère et elle l'aimait, malgré ses défauts. Celle-ci le découvrirait bien assez tôt de toute façon.

— J'aimerais te présenter mes bons amis Ty White et Logan Reed.

La bouche de sa mère s'ouvrit, mais aucun son n'en sortit. Une des autres dames de la table renversa son verre, criant quand de l'eau éclaboussa ses jambes.

Logan fit un signe de tête à la mère de Quinn.

— Madame Preston, on s'assurera de faire parvenir le chèque à l'association aussi vite que possible.

Alors que sa mère restait là, assise, sans un mot, Quinn tira sur les bras des hommes et les conduisit vers la sortie.

L'air nocturne était un peu plus frais que ce qu'elle croyait. Quinn trembla légèrement. Ty enleva sa veste et la glissa sur ses épaules nues. Il passa un bras autour d'elle, maintenant la grande veste en place.

— C'est mieux ? demanda-t-il.

— Tout va mieux, répondit-elle en lui faisant un sourire chaleureux.

Logan se mit devant eux, leur faisant un regard sérieux. Il tira sur les revers de la veste de Ty pour s'assurer du confort de Quinn.

— Or...

— Quinn ! cria sa mère en trottinant derrière eux par les doubles portes.

Pas encore. Elle ne pouvait plus endurer de réprimandes de la part de sa mère. Même si elle aurait dû s'attendre à celle-ci.

Surtout après le spectacle qu'eux trois avaient donné à l'entourage de celle-ci.

Quinn fouilla dans sa pochette et fourra le ticket de parking dans les mains du jeune homme aux yeux écarquillés. Il jeta un bref coup d'œil aux hommes, puis décolla vers le parking.

— Quinn ! Bon sang !

Quinn se retourna, surprise, pour croiser les yeux énervés de sa mère. Celle-ci n'avait jamais juré. Du moins, elle ne parvint pas à s'en souvenir. Jamais.

— Quinn. Je ne peux pas trouver ton père. Je pense qu'il est mort d'embarras.

Elle les regarda tous les trois, ses mains plantées sur ses hanches, la colère déformant son visage.

— Qu'est-ce que ça veut dire, tout ça ?

Est-ce que sa mère souhaitait vraiment savoir ? Ils n'étaient plus au milieu d'une foule. Il n'y aurait pas de meilleur moment pour que Quinn fasse passer le message.

— Mère, ce sont mes amants.

— Je ne comprends pas.

Logan saisit le haut de son bras à travers la veste de Ty, mais Quinn ignora son avertissement silencieux et arracha son bras de sa main.

— Qu'est-ce que tu ne comprends pas ? Ils sont tous les deux mes *amants*.

Sa mère empoigna sa poitrine et chancela en arrière.

Logan se précipita pour l'assister, mais elle s'écarta de lui, le tenant à distance d'une main.

— Non, ne me touchez pas.

Son regard épingla Quinn, qui était toujours soutenue fermement par Ty. En fait, Ty avait plus l'air de la retenir à présent. Comme s'il avait peur de ce que Quinn pourrait faire à sa mère s'il la lâchait.

— Quinn, ce n'est peut-être pas le moment, l'avertit Logan.

— Est... Est-ce que tu dis que tu couches avec ces hommes en même temps ?

— Je n'ai pas dit ça, mais tu peux le supposer.

— Alors, ils couchent l'un avec l'autre ? Ils sont gais ?

— Elle est toute seule, réagit Logan en reculant avec raideur.

— Mère, c'est un truc que tu ne comprends pas. Tu ne devrais pas étiqueter les gens comme ça.

— Sois réaliste, Quinn. Les gens sont tout le temps catalogués. C'est la vie. Si tu penses pouvoir vivre sans être étiquetée ou jugée, tu dois revenir à la réalité.

Quinn fit un brusque mouvement en avant pour essayer de se dégager de la poigne de Ty. Il resserra son bras autour d'elle, la maintenant en place.

— Alors comment me cataloguerais-tu ?

— Dis-le-moi, contra sa mère.

Quinn entendit les mots tacites entre elles.

Salope. Pute.

Elle pouvait le voir sur le visage de sa mère.

— Pourquoi, Quinn ? Pourquoi amènerais-tu ces gais avec toi pour ma soirée caritative ?

Ces gais.

— Pourquoi pas ? Pourquoi je devrais m'en empêcher ? Ils ont peut-être une grande place dans ma vie. Ils sont peut-être importants pour moi. Peut-être...

La voix de Quinn se fissura. Elle prit une inspiration tremblante alors qu'elle luttait contre le picotement des larmes.

— Mère, ces gais comme tu le dis si bien, sont la meilleure chose qui me soit arrivée. Ils s'aiment. Ils me chérissent. Ils ne me jugent pas. Pas comme le fait ma famille. Peut-être qu'ils comptent plus pour moi que tu pourrais l'imaginer.

— Plus que ton père et moi ?

Quinn garda la bouche fermée. Elle ne voulait pas clore toutes les portes ce soir. Ce n'était vraiment pas ce qu'elle souhaitait. Mais c'était la direction que ça prenait. Et elle en avait été consciente quand elle avait décidé d'inviter Ty et Logan.

— Je vois. Eh bien, si tu continues, ne t'attends pas à ce que ton père ou moi soyons là quand tu auras besoin de nous. Les associations seront plus qu'heureuses d'avoir ton héritage.

— L'argent ne fait pas tout.

— Non. C'est vrai. Mais qu'en est-il d'un semblant de fierté ? De dignité ?

Le valet amena l'Infiniti de Quinn sur le trottoir incurvé jusqu'à l'entrée.

Quinn sentit toute la combativité quitter son corps. Elle était épuisée. Elle avait besoin de ramper dans un coin, lécher ses blessures et réévaluer sa situation.

Elle n'avait pas voulu se séparer de ses parents. Elle avait simplement souhaité leur donner une leçon quand ils essayaient de contrôler sa vie.

— J'ai suffisamment de fierté et de dignité, répondit-elle en redressant les épaules. C'est pour ça que je ne retourne pas auprès de Peter.

Le valet trouva enfin le courage de sortir de la voiture. Il se tint près de la porte-conducteur ouverte, sa pomme d'Adam dodelinant nerveusement. Logan prit finalement pitié de lui et fit le tour du véhicule, lui mettant un pourboire dans la main. Ty jeta ses clés au jeune homme et lui dit d'aller chercher sa voiture, lui donnant une description du SUV. Avec un regard soulagé, le jeune s'éloigna rapidement.

Logan fit le tour jusqu'au côté passager et ouvrit la porte.

— Allons-y, Quinn. Ty, ramène le SUV à la ferme.

Ce dernier hocha la tête et mena Quinn jusqu'à Logan.

— Viens. Je vais te reconduire à la maison.

Logan l'aida à se mettre sur le siège passager, la veste de Ty toujours enveloppée autour d'elle. Le tissu contenait le mélange musqué et boisé de l'odeur de Ty, la réconfortant d'une certaine manière.

Logan ferma la porte et fit le tour jusqu'au côté passager. Le SUV noir arriva derrière eux et Ty y grimpa.

Quinn regarda sa mère par la fenêtre. Elle restait là, seule, à scruter sa fille, son enfant unique, partir avec deux hommes qu'elle n'approuvait pas, qu'elle n'acceptait pas et n'accepterait probablement jamais.

Quinn ressentit une grande tristesse dans son cœur. Si elle pensait avoir déçu ses parents avant en n'acceptant pas leur choix de compagnon, elle était incapable d'imaginer la déception que sa mère ressentait envers elle en cet instant.

Logan posa une main réconfortante sur son genou alors qu'il s'éloignait du trottoir.

— C'est dommage qu'on rate de dîner. Surtout à mille dollars la place.

Quinn arracha ses yeux de sa mère et pivota pour faire face au profil de Logan.

Il n'y avait aucune raison qu'ils partent de cette soirée avec des estomacs vides.

— Attends.

— Quoi ? demanda-t-il en écrasant les freins.

— Fais le tour par l'arrière.

Avec ses indications, il dirigea la voiture jusqu'à l'arrière-cuisine.

— Je reviens.

Chapitre Seize

LOGAN AVAIT INSTALLÉ une nappe de pique-nique devant la cheminée. Un mélange de tubes contemporains et de vieux succès se jouait dans les enceintes d'ambiance, disposées stratégiquement dans la grande pièce ouverte. Parce qu'il faisait chaud, au lieu d'allumer un feu, Ty avait placé des bougies sur le foyer et les tables aux alentours. Leur lumière donnait une atmosphère romantique à la pièce.

Les sacs de nourriture à emporter, que Quinn avait retirés des cuisines du country club, étaient éparpillés, vides, au milieu de la couverture.

Les hommes étaient allongés sur le sol, digérant leur repas de poitrine de canard à l'orange et au miel, de raviolis aux champignons sauvages et de haricots verts amandine. Ty était étendu sur son dos, ses bras glissés sous sa tête. Il était en pantalon noir et chemise blanche déboutonnée, exposant ainsi un maillot de corps moulant qui enlaçait son torse musclé.

Logan était couché sur son flanc, la tête posée sur sa main, ses yeux se fermant occasionnellement. Il avait libéré ses cheveux de sa queue-de-cheval, et ils se répandaient autour de son visage. Ses lèvres étaient légèrement courbées dans les coins, d'un air satisfait. Il était torse et pieds nus, un jean usé sur ses hanches, mais pas attaché.

Les hommes présentaient un exemple parfait de relaxation, alors que Quinn mâchonnait sa lèvre inférieure d'anxiété.

Elle tombait dans l'incertitude. Même les deux verres de champagne qu'elle avait dérobé aux serveurs n'avaient pas semblé la calmer.

— C'étaient des plats à emporter de luxe, commenta Ty d'une voix grave, donnant un peu l'impression d'être dans les vapes.

— Toute cette soirée a fini par coûter trop cher, murmura Quinn après avoir lâché un grand soupir.

De plus d'une façon.

Logan passa une paume sur la petite barbe de son menton.

— Je ne veux pas te dire que je te l'avais dit, mais...

Sa voix devint inaudible.

— Tu me l'avais dit, finit Quinn pour lui. Je sais. Je sais. Au fond de moi, je savais comment réagirait ma mère, mais j'espérais... Je ne sais pas ce que j'espérais.

En fait, elle savait très bien. Elle avait escompté que ses parents la voient enfin comme une adulte, voient qu'elle pouvait faire ses choix, et encore plus important, qu'ils réalisent enfin que son bonheur devrait être plus essentiel qu'avoir le beau-fils *parfait*.

Mais bon... Ça avait été un énorme échec. Fois deux.

Tout comme sa relation l'avait été avec Peter.

Mais qu'importe ce que pensaient ses parents, son bonheur était crucial. Et si ça voulait dire être avec Logan, être avec Ty, alors c'est ce qui devait se passer.

Ty se redressa, tendit la main vers Quinn et l'attira entre ses jambes. Il la tint tendrement contre lui, son dos lové contre son torse. Il passa une main dans ses cheveux, y cueillant les pinces une par une. Mèche par mèche, il libéra sa crinière jusqu'à ce qu'elle se déploie sur ses épaules. Ça faisait du bien d'enlever ces machins désagréables de ses cheveux et de son crâne.

Ty glissa une mèche de cheveux derrière son oreille.

— Tes parents oublieront ce qu'il s'est passé ce soir. Tu verras. D'ici peu, ils t'appelleront et t'embêteront à nouveau.

Quinn inspira profondément par le nez.

— Je ne pense pas. J'ai fait une scène devant tous ceux qui comptent pour eux.

— Les parents ont tendance à pardonner et oublier, ajouta Logan en fronçant les sourcils. Je n'en reviens pas d'avoir dit ça. Ma mère ne m'a jamais pardonné... ou n'a jamais oublié.

Il lâcha un long grognement.

— Désolé, je ne voulais pas en rajouter.

— Je me sens mal pour mon père. Je sais qu'il m'aime et qu'il ne souhaite que le meilleur pour moi.

Elle passait ses mains machinalement sur les tendons des bras de Ty dans un rythme qui la calmait.

— Alors, il devrait savoir que Peter n'était pas ce que ou ce qui était le mieux pour toi.

— Mais la façon dont je le leur ai fait comprendre, à ma mère et lui, n'était pas la meilleure pour vous deux.

Elle renversa sa tête en arrière, la lovant dans le creux entre le pec musclé de Ty et sa clavicule. C'était la place parfaite. Elle soupira.

— Je vous promets que je vous rembourserai chaque centime de cet argent, peu importe ce que je dois faire pour le trouver. Je sais que vous en avez besoin pour votre entreprise.

Et si vous perdez des contrats, j'irai en chercher d'autres. Je ne veux pas que vous souffriez d'un truc que j'ai fait.

— Qu'on a fait, la corrigea Ty en enroulant un doigt autour d'une mèche de cheveux.

— Quoi ?

— Quelque chose *qu'on* a fait, répéta-t-il en tirant gentiment sur ses cheveux. On a pris la décision de venir et d'être là pour toi. On a tout fait un choix conscient ce soir.

— Mais ce soir, j'ai prouvé que je ne suis pas mieux que ma mère. Je vous ai utilisé pour obtenir ce que je voulais. Je suis égoïste.

— Alors, nous aussi. On te désire et on ne souhaite pas te perdre. On veut être là pour toi, à n'importe quel prix. Dès que tu as besoin de nous, et peu importe les raisons.

— Mais...

Quinn put sentir Ty secouer la tête au-dessus d'elle, son menton effleurant ses cheveux.

— Pas de mais. Pas de regrets. Ce qui est fait est fait.

Ty attrapa la flute de champagne la plus proche et avala une gorgée. Il passa le verre, qui semblait bien trop fragile dans ses grandes mains, à Quinn. Au lieu de le lui prendre, elle enveloppa ses doigts autour des siens et le leva à ses lèvres. L'alcool pétillant picota son nez quand elle le but.

Elle laissa Ty remettre la flute sur le foyer. Elle reposa sa tête sur son torse alors que ses bras puissants glissaient autour d'elle, lui donnant une impression de sécurité. D'être désirée.

Plus tôt, elle avait retiré ses talons, mais elle portait encore la veste de son costard au-dessus de sa robe. Elle se pencha en avant assez longtemps pour enlever la veste et la jeter près de la chaise rembourrée avant de replonger dans ses bras.

Elle pourrait rester comme ça pour toujours.

Ça la rendait heureuse.

. . .

Voir Quinn dans sa robe sensuelle, enveloppée dans les bras de Ty, coupa le souffle à Logan. Il ne s'en remettait pas de ressentir ce genre de choses pour une femme. Pas une nouvelle fois. Du moins, pas depuis Ty.

Il n'aurait jamais cru qu'une femme pourrait s'intégrer si bien dans sa vie. Et ce n'était pas que dans sa vie. Dans leur vie. Celle de Ty et lui.

Il avait réfléchi à lui demander de s'installer avec eux depuis qu'elle les avait chassés de son appartement. Le sentiment de perte qu'il avait ressenti quand il avait passé sa porte ce soir-là lui avait fait tourner la tête. C'était une des raisons pour lesquelles il avait décidé de tout risquer en allant à la soirée caritative. Il devait lui montrer qu'ils l'aimaient. Qu'ils étaient tous les trois dans le même bateau. Ou du moins, c'était ce qu'il avait espéré.

Il avait discuté de la nouvelle composition du ménage avec Ty, qui avait paru hésitant au début. Mais quand Ty avait envisagé qu'elle ne soit plus du tout dans leur vie, il avait rapidement changé d'avis.

Ty avait simplement besoin d'être certain que Quinn ne nuirait pas à leur relation, à Logan et lui. Logan ne pouvait pas le lui promettre, mais il lui avait dit qu'inviter Quinn dans leur vie de manière permanente pourrait la renforcer.

Maintenant, après tout ce qu'il s'était passé ce soir, Quinn avait besoin d'être rassurée. Ou même d'avoir une confirmation.

Elle venait de chambouler sa vie. Logan se rappelait ce que ça faisait. Quand il s'était dévoilé. Lorsque sa femme avait découvert la vérité sur sa bisexualité.

Il savait que ce ne serait pas parfait tous les jours. Une

relation était compliquée, c'était du vrai travail, rien qu'avec deux personnes. Alors, avec trois ?

Mais du moment que les trois étaient prêts à essayer...

— Ça m'épate... commença Quinn, perçant ses pensées.

Logan roula pour se mettre en position assise.

— Quoi ?

Il se décala jusqu'à être étendu à côté de Ty et s'appuya contre le bras puissant de l'homme. Celui-ci le leva, une invitation silencieuse pour Logan de se blottir plus près. Logan le fit donc.

— Comment vous pouvez vous dire librement que vous vous aimez.

Se sentant satisfait avec le bras de Ty l'enlaçant, il tendit la main pour repousser une mèche perdue des cheveux couleur de miel de Quinn.

— Pourquoi ? Pourquoi c'est si incroyable ?

— Je n'ai jamais...

Sa voix se fissura. Elle baissa les yeux vers ses genoux et joua avec l'ourlet de sa robe.

— Je n'ai jamais dit « Je t'aime », à part à mes parents.

— À personne ? Pas même Peter ?

Sa petite révélation surprit Logan. De ce qu'il avait compris, Peter et Quinn étaient restés longtemps ensemble. Des années, il lui semblait.

— Non. C'est ça qui m'impressionne tant, je suppose. Que vous soyez tous les deux si ouverts sur vos sentiments. Il n'y a pas de jeux entre vous.

— Une relation ne devrait pas être composée de jeux, soupira Logan. Elle devrait se baser sur la confiance et l'honnêteté.

Ty passa paresseusement ses doigts sur le bras nu de Logan.

— Et ce n'est pas nécessaire de déclarer son amour.

— Mais c'est agréable.

— Oui. C'est plaisant, accorda Logan. Par contre, si tu aimes vraiment quelqu'un, il le saura avec ou sans paroles.

— C'est le respect que tu lui montres, les actions que tu fais, dit Ty dont la voix grave résonna dans le dos de Logan. C'est tout ce qui a plus de valeur que les mots.

— Les mots sont sympas. Mais ils peuvent être vides, songea Quinn.

Ty laissa sortir un long sifflement.

— Dis-moi si ces mots sont vides, rétorqua-t-il d'une voix grave et enrouée. Lo, je t'aime.

Logan tourna sa tête et fit un petit sourire à son partenaire.

— Je t'aime aussi.

— Mais... protesta Quinn.

Logan la fit taire en posant un doigt sur ses lèvres. Il se mit à genoux et pivota pour faire face à Ty. Il lui agrippa la mâchoire et se pencha, ses lèvres rencontrant celles de son amant. La bouche de celui-ci s'ouvrit, donnant accès à la langue de Logan. Ty avait le goût du champagne et des fraises que Quinn avait ajoutées dans les flutes. Il était savoureux.

Ty suça la lèvre inférieure de Logan et la mordilla, faisant durcir la bite de celui-ci, la sienne faisant pression contre la fermeture râpeuse. Puisque Logan n'avait pas pris la peine d'enfiler un caleçon quand il s'était changé, son sexe dépassait du haut de son jean ouvert. Le pouce de Ty le trouva et frotta la tête sensible, capturant la goutte de précum nacré sur son doigt.

— Ah, putain, grommela Logan en broyant plus violemment la bouche de Ty.

Ce dernier enroula ses doigts chauds autour du cou de Logan pour l'immobiliser, mais celui-ci recula, se penchant en arrière pour voir la réaction de Quinn.

Comme il s'y attendait, la respiration de son amante avait accéléré et était devenue superficielle. Ses tétons avaient durci sous le tissu d'un blanc pur de sa robe.

— Déshabille Ty, lui ordonna-t-il.

Quinn n'hésita pas. Comme Logan, elle se mit à genoux et se tourna vers l'homme noir, tout en restant lovée entre les cuisses de celui-ci. Il fit passer la chemise ouverte de Ty par ses larges épaules et la jeta sur la veste de costard écartée. Elle attrapa le bas de son maillot de corps avec ses deux mains et le tira lentement vers le haut, comme si elle déballait un cadeau. La peau foncée de Ty étincela sur ses muscles fermes, les flammes noires de son tatouage à peine visibles sur son teint sous la lumière tamisée.

Le dos des doigts de Quinn effleura les tétons de celui-ci alors qu'elle soulevait le t-shirt. Ty inclina sa tête alors qu'elle tirait plus haut l'habit, puis l'enlevait complètement. Elle le balança sur la pile grandissante de vêtements.

Quinn se pencha et captura un des tétons noirs dans sa bouche alors qu'elle tendait la main vers le fermoir de son pantalon de costume. Elle eut un peu de mal à défaire la fermeture, car la bite de Ty était dure et prête, faisant pression contre le tissu. Après quelques tentatives, elle descendit la braguette et Logan put voir l'impressionnant gonflement dans le caleçon de son amant.

Il n'accueillerait pas cette grosse bite en lui ce soir, mais il profiterait du canal serré de son partenaire. Il prévoyait de revendiquer son homme. Et probablement sa femme.

Quinn plongea sa main dans le boxer de Ty, l'abaissant et libérant ainsi sa verge. Sa main semblait petite en comparaison, si pâle contre le manche d'une teinte ébène brillant. Elle caressa sa douce longueur tout en taquinant son téton avec ses lèvres et sa langue.

Les couilles de Logan se contractèrent douloureusement dans l'entrejambe de son jean. Il se leva, ses yeux ne quittant jamais ce que faisait Quinn à Ty. Il enleva le pantalon et le jeta sans se soucier d'où il atterrissait. Il se remit alors à genoux, empoignant fermement la base de son sexe. Il se pressa au même rythme qu'avait Quinn sur Ty. À présent, la tête de la verge de celui-ci était luisante et grasse de ses fluides, quelque chose que Logan voulut goûter. Il visualisa la bite dure et lisse de Ty dans sa bouche et se frictionna plus rapidement.

Avant de perdre complètement la tête, Logan se mit d'un coup debout.

— Je m'attends à ce que vous soyez tous les deux nus à mon retour, déclara-t-il.

Ensuite, il alla dans la chambre pour récupérer préservatifs et lubrifiant. Penser à ce que les deux autres faisaient sans lui dans le salon lui donna envie de se dépêcher. Il se força à prendre son temps, et même un peu plus. L'attente le durcit encore plus.

Logan ralentit sa respiration en retournant dans le couloir. Quand il vit Ty et Quinn, il fut satisfait. Ils étaient exactement comme il le leur avait ordonné. Nus, leurs peaux brillant à la lueur des bougies. Le cul rond et ferme de Ty était en l'air, le tentant, alors qu'il était agenouillé entre les jambes de Quinn, la tête enfouie entre ses cuisses.

Logan s'arrêta pour regarder alors que la tête de Quinn était renversée en arrière, ses yeux fermés, et ses lèvres ouvertes. Ty avait un de ses tétons emprisonné entre ses doigts, et il le tordait et le tirait. Logan ne parvint pas à voir son autre main. Elle avait disparu entre les jambes de Quinn et faisait apparemment de la magie, car Quinn lâchait de petits gémissements et arquait son dos en une extase indéniable.

Logan posa la main sur le postérieur arrondi de Ty en se plaçant derrière lui. Son amant ne leva pas la tête de la chatte de Quinn, mais souleva plutôt son fessier plus haut dans une invitation silencieuse. Logan se prépara alors rapidement, lubrifiant sa bite extrêmement dure. Il fit attention à ne pas trop se caresser, ne voulant pas perdre le contrôle avant d'être au fond du cul de Ty.

Il se positionna parfaitement. Il était aligné au bon endroit pour pénétrer Ty, mais pouvait encore l'observer donner du plaisir à Quinn, et regarder les réactions décomplexées de celle-ci.

Avec une main autour de la base de sa bite, il en appuya le bout contre le trou plissé de Ty, le contemplant relâcher ses muscles pour se préparer. Logan se pressa doucement contre lui, jusqu'à ce que la pointe de sa verge traverse l'étroit cercle musculaire. Il voulut plonger au fond, éperonner brutalement son amant à grands coups, mais il se retint. Il agrippa les hanches de Ty avec ses doigts et lutta pour garder le contrôle de lui-même. Il ferma les yeux de la scène devant lui. Il inspira de l'air par son nez et le relâcha par la bouche, essayant de calmer son cœur galopant, de combattre l'envie de se propulser de manière incontrôlée.

Il enfonça son manche sur un autre centimètre, le canal de Ty comme un cocon de chaleur autour de sa bite palpitante. Il avança d'un centimètre, et d'un deuxième, sa concentration se rompant presque.

Il baissa les yeux vers le visage de Quinn, qui se tordait de plaisir sous les bons soins de Ty. De petits sons lui échappaient, et elle avait réussi à déloger les doigts de Ty de son téton. À présent, elle jouait avec ses seins, ses longs ongles appuyant et égratignant les bouts durs.

Il perdit la tête. Incapable de se contenir plus longtemps, il bondit contre les fesses de Ty. Il s'engouffra rapidement, profondément et violemment, maintenant les hanches de son partenaire en place. Celui-ci cria dans la chatte de Quinn, la faisant hurler à son tour. Logan renversa sa tête en arrière et le pilonna durement. La chaleur autour de son sexe était écrasante et il voulut éteindre le feu de sa semence. Chaque fois qu'il baisait Ty, il avait l'impression de le revendiquer une nouvelle fois. Ty était à lui.

Ty était à lui.

Il s'abandonna au désir accablant de posséder entièrement son amant. Il s'enfonça au fond et fit de petits mouvements pour se propulser, broyant ses bourses contre le cul de Ty. Il se pencha et fit sombrer ses dents dans le dos lisse de l'autre homme, assez fort pour accentuer le plaisir, mais pas assez pour percer sa peau.

Ty grogna encore une fois contre Quinn, ses longs doigts creusant les cuisses de celle-ci, l'écartant encore plus. Les yeux de cette dernière s'ouvrirent et elle se souleva, enveloppant ses mains autour de la tête de Ty. Elle le tint bien contre elle en criant, les cuisses tremblantes.

Logan sentit la vague de chaleur remonter de ses boules alors que son orgasme le submergeait. Son sperme gicla violemment de son sexe.

Logan voulut s'effondrer, mais ne souhaitait pas écraser Ty. Alors que ses spasmes s'estompaient, il attendit un moment avant de relâcher prudemment son amant. Il attrapa une serviette proche pour se nettoyer, ainsi que Ty.

Il jeta la serviette de côté et se posa contre la cheminée, son dos contre la pierre et les jambes écartées. Il tapota la couverture entre ses cuisses.

— Quinn, viens.

Elle rampa vers lui et il l'installa entre ses jambes, son dos contre son torse. Ty s'assit sur son derrière, les regardant avec impatience, sa bite toujours dure. Logan lui tendit une main et celui-ci n'hésita pas. Il se rapprocha.

Logan attrapa un préservatif et déchira le paquet d'aluminium.

— T, fut tout ce qu'il eut à dire.

Son amant s'agenouilla entre les jambes de Logan et celles de Quinn. Logan fit passer sa main derrière Quinn pour placer le préservatif sur la verge suintante de Ty, le déroulant sur sa longueur. Il prit son temps pour caresser le manche de son amant, sentant à quel point ses bourses étaient douces et lourdes. À contrecœur, il laissa l'homme se retirer. Logan passa ensuite ses paumes sur l'intérieur des cuisses de Quinn. Il leva ses jambes pour les mettre sur les siennes, l'ouvrant en grand.

Ty se rapprocha, sa longue bite dodelinant à la verticale. Patientant.

Logan fit dériver ses doigts sur les bords des plis de Quinn, émerveillée par sa moiteur, sa chaleur. Il glissa deux doigts en elle, et elle cria.

— T'es prête ? murmura-t-il dans son oreille.

— Oh, mon Dieu. Oui. Je suis si prête.

— T'es si humide. Est-ce que tu veux sa grosse queue en toi ?

— Oui. Oh, oui. Je veux qu'il me baise, dit Quinn en tendant les mains et les écartant sur le buste de Ty. J'ai besoin que tu me baises maintenant, Ty. Tout de suite !

Celui-ci s'abaissa sur elle, sur Logan, tout son poids sur ses bras.

— Je veux que t'attendes jusqu'à ce que je te le dise, lui indiqua Logan.

— Lo...

— Tu attendras jusqu'à ce que je te le dise.

— J'ai besoin de lui maintenant, Logan.

— Tu attendras.

Ty inclina ses hanches jusqu'à ce que son sexe cogne l'entrée de Quinn. Les doigts de cette dernière creusèrent son torse.

— Attendez, prévint Logan.

Ty ferma les yeux et Logan put y voir son débat interne. Son cerveau lui disait d'obéir à son amant et son corps lui disait le contraire.

Logan remonta ses mains sur les flancs de Quinn, sur ses seins et le long de son cou. Il tourna son visage rougi et prit possession de sa bouche. Elle lui rendit sauvagement son baiser, mordant ses lèvres sans douceur, capturant sa langue entre ses dents. Pendant un moment, il pensa qu'elle était tellement excitée qu'elle pouvait lui arracher la langue. Mais elle le laissa finalement partir et il recula assez pour que leurs souffles se mélangent encore.

— Maintenant.

Ty se décala alors que Logan embrassait à nouveau Quinn. Quand son amant glissa dans sa partenaire, elle cria dans la bouche de Logan. Quinn fut poussée contre lui avec chaque impulsion que prenait Ty. La tête de celui-ci pendait et ses bras tremblèrent alors qu'il s'enfonçait en elle, ses fesses se fléchissant à chaque coup.

Logan saisit les seins de Quinn, ses pouces décrivant des cercles sur les tétons. Il enfouit son visage dans son cou, sa langue caressant sa chair. Il posa ses lèvres sur sa clavicule et pressa les pointes rigides de ses tétons entre ses doigts.

— Ty, lève-toi.

Il obéit, changeant l'angle de ses hanches jusqu'à ce qu'il puisse regarder Logan droit dans les yeux. Sans relâcher les seins de Quinn, Logan embrassa son amant par-dessus l'épaule de celle-ci. Ty ralentit sa cadence avec de plus longs coups allant jusqu'au fond. Quinn enveloppa ses jambes autour de sa taille, accrochant ses chevilles derrière son large dos.

Elle colla son visage contre eux, faisant reculer Logan de leur baiser.

— Je veux aussi vous embrasser.

Leurs têtes proches, Quinn embrassa Logan et Ty tour à tour.

— Oh, mon Dieu... Est-ce que ça peut être meilleur ? demanda-t-elle en chuchotant, son front pressé sur les leurs.

— Oui. Tu pourrais nous aimer, lui rétorqua Logan.

Ty se figea, sa respiration saccadée, et il attendit. Tout comme Logan, il attendit sa réponse.

— Je... Je suis en train de vous aimer. Là, tout de suite.

— Non. Je disais que tu pourrais nous *aimer*.

— C'est... C'est le cas.

— Alors, dis-le. On veut l'entendre.

Elle gigota comme pour s'échapper, mais elle était bien coincée entre eux. Son agitation poussa Ty à se propulser une fois, deux fois, avant de s'immobiliser à nouveau. Toujours en attente de l'admission de Quinn.

— C'est bon, d'accord. C'est vrai. Je vous aime. Je vous aime tous les deux.

Ce n'était pas une déclaration tendre d'amour, elle était en colère. Elle semblait énervée que Logan lui ait fait reconnaître ses sentiments.

Elle était agacée et elle voulait jouir. Elle rua furieusement contre Ty, qui ne pouvait plus se retenir. Logan se pencha en arrière, l'attirant contre son torse, tordant ses tétons. Elle se bascula violemment contre lui alors que Ty la pilonnait.

— Baise-moi plus fort, le provoqua-t-elle.

— Est-ce que tu veux qu'il soit brutal, bébé ? lui demanda

Logan d'une voix grinçante, attrapant le lobe de son oreille entre ses dents.

— *Oui.*

— Ah, putain ! Elle est trop serrée, râla Ty.

Logan pressa sa joue contre celle de Quinn.

— Est-ce que tu vas jouir ?

— Je ne veux pas que ça prenne fin.

Elle eut le souffle coupé et Logan jura entendre sa voix trembler, ce qui lui serra la poitrine.

Il y avait plus de poids dans ses paroles qu'elle l'avait réalisé.

Ou peut-être qu'elle pensait ce qu'elle avait dit.

— Ça ne va pas se finir. Je te le promets. Lâche-toi.

Quinn renversa sa tête en arrière, dans le buste de Logan, le faisant grogner de douleur. Elle enfonça ses ongles dans ses cuisses et tout son corps frémit, s'incurvant comme un arc.

— Je viens ! cria-t-elle, sa respiration saccadée et rapide.

— C'est ça, bébé. Ça fait du bien. Non ?

Il parlait aux deux. Ses deux amants. Ses deux amours.

Une vague de tendresse remonta du fond de son ventre alors que Ty se contractait dans ses bras et grognait, son expression se tordant du soulagement qu'il vivait.

Quelques secondes plus tard, Ty relâcha ses muscles tendus et se décala d'entre leurs jambes pour s'effondrer sur la couverture. Il se débarrassa du préservatif dans un des sacs de nourriture vides, puis glissa un bras sous sa tête.

Logan et Quinn vinrent à ses côtés. Celle-ci s'allongea à côté de Ty et posa sa tête sur son torse. Logan la prit en cuillère de derrière, ses bras se drapant sur ses hanches pour entrelacer ses doigts dans les siens.

Un sentiment de paix le submergea.

Pendant un très long moment, personne ne dit un mot. Ils

restèrent étendus ensemble. Le rythme apaisant de leurs respirations était le seul bruit dans la pièce.

— On a une proposition pour toi, dit finalement Logan, rompant le silence.

— Hmm ? murmura Quinn, dont la réponse somnolente fit sourire Logan.

Il se pencha et croisa le regard de Ty. Celui-ci fit un petit hochement de tête.

— Quinn, c'est sérieux.

— OK. C'est quoi cette proposition ? Ou est-ce que c'est juste une *nouvelle* position ?

— On veut que tu viennes t'installer chez nous.

— Quoi ? Attendez. Je vous avoue mon amour pour vous, je m'expose, mais je n'ai entendu aucune déclaration d'un amour inconditionnel de votre part.

— Tu doutes de notre amour pour toi ?

— Eh bien, je vous ai entendu vous dire que vous vous aimiez. Pourquoi pas moi ?

— OK... murmura Logan en lui faisant un petit baiser. Quinn, je t'aime.

Celle-ci se tourna pour regarder Ty. Il lui sourit, effleurant son front avec ses lèvres.

— Je t'aime aussi, Quinn. Je n'ai jamais cru pouvoir aimer quelqu'un d'autre que Logan. J'avais tort.

— OK, mais même. Vous ne pensez pas que c'est trop tôt ?

— Non. Pas du tout. Ça nous convient. Et c'est plus que ça.

— Plus ?

— On ne veut pas simplement que tu vives ici. Je... on, se corrigea Logan. On souhaite que tu gères l'entreprise.

— Mais je suis douée dans mon travail. Et ça paye plutôt bien.

Osez doublement

— Tu peux avoir des parts de la ferme. Si tu le désires, tu pourrais faire des consultations à côté pour te faire plus d'argent. On te fera un bureau. Notre entreprise se développe, et on voudrait que t'en fasses partie.

— On souhaite que tu fasses partie de nos vies, ajouta Ty.

— C'est sérieux... chuchota-t-elle.

— Quinn, reste avec nous pour toujours, dit Logan.

Il repoussa l'angoisse d'un refus potentiel. Une idée apparut dans sa tête.

— Je te défie.

— Je te défie doublement, rétorqua Ty.

En réponse, le rire de Quinn retentit dans la pièce.

Les deux hommes l'accompagnèrent.

Inscrivez-vous à la lettre d'information de Jeanne pour connaître ses prochaines sorties, ses ventes et bien plus encore (En anglais):

http://www.jeannestjames.com/ newslettersignup

Jamais elle n'avait été si audacieuse dans la vie avant de proposer quelque chose de si osé...

Depuis la perte de son mari dans un tragique accident quelques années auparavant, Ève Sanders n'avait pas fréquenté d'hommes. La mort de son mari lui a fait réaliser que la vie était courte, alors pourquoi perdre du temps à nier ses désirs inassouvis ? Ève désire deux hommes, mais pas n'importe lesquels. Les deux sont d'anciens champions du Super Bowl et meilleurs amis.

Quand les deux hommes participent à l'évènement caritatif "Soirée Rencards avec des Célébrités", Ève est déterminée non seulement à être la plus offrante sur le quarterback retraité de la NFL, Lawrence Landis alias "Bras Long", mais aussi Cole Dixon, son ancien coéquipier chez les Boston Bulldogs. Toutefois, Ren a un problème avec l'idée qu'un homme sorte avec la même femme que lui, mais il ne prévoit assurément pas de la partager au lit. Même si c'est avec son meilleur ami.

Ouvertement bisexuel, Cole est attiré par Ren et le désire secrètement depuis des années. Il n'est jamais passé à l'action, partant du principe que Ren ne voudrait jamais être avec un homme. La proposition osée d'Ève donne de l'espoir à Cole qui commence à croire que son rêve deviendra peut-être réalité.

Être avec deux hommes est l'un des fantasmes d'Ève, mais elle n'a jamais été si entreprenante auparavant. Non seulement elle est nerveuse de proposer quelque chose de si aventureux aux deux hommes, mais elle se demande s'ils seront tous les deux partants ?

Tournez la page pour lire le premier chapitre du livre suivant : Proposition osée

Proposition osée (livre 2)

Chapitre un

— J'en ai marre de ces conneries.

— Ne m'en parle pas, Renny.

Ren Landis se tourna vers la voix derrière lui. Il n'avait pas réalisé qu'il n'était pas seul.

Son ancien coéquipier des Boston Bulldogs et meilleur ami lui fit un grand sourire et une petite tape sur le cul.

— Pourquoi on participe à cette merde ? demanda Ren à Cole Dixon.

— Qui sait ? répondit Cole en haussant négligemment les épaules. Parce qu'on veut redonner à la société ?

— Redonner, répéta Ren en se moquant.

Il secoua la tête et soupira.

— C'est ça.

La pauvreté, le cancer, le SIDA, la famine, les catastrophes naturelles... Les causes étaient infinies. Mais c'était une manière de redonner. Cole avait raison.

Il avait eu une carrière réussie. S'était fait plus d'argent que nécessaire. Il avait gagné le respect du public, de ses camarades de la NFL, et la plupart du temps, des médias. Imaginez ça. Lui. Le bon vieux Lawrence « Bras Long » Landis. Bon, pour la presse à scandales, ce n'était pas tout à fait vrai.

Plus il « redonnait », plus il recevait. Sa gloire ne s'était pas arrêtée après avoir pris sa retraite au bel âge de trente-deux ans, ce qui était jeune pour un quarterback. Non, les œuvres caritatives l'aidaient à rester sous les projecteurs. Il avait des sponsors, des spots publicitaires, des shows de télé-réalité, des cadeaux et des femmes. Énormément de femmes.

Alors, il ne devrait pas faire la pleurnicheuse et se plaindre de passer une soirée à un évènement caritatif. Bien qu'il pût être chez lui, à regarder *SportsCenter* sur ESPN. Ou même *Danse avec les Stars*, bon sang.

Ren sentit une main dans son dos.

— Holà, où t'es parti ?

— Nulle part, répondit Ren en secouant la tête.

Il feignit donner un coup de poing dans le ventre de Cole.

— Mince. Je veux juste terminer cette soirée.

De tous les évènements caritatifs auxquels il participait, les « enchères » étaient ce qu'il détestait le plus Le genre où il devait se mettre sur la scène et se pavaner. Où il n'était rien de plus qu'un bout de viande. Où il revenait au plus gros enchérisseur, qui se révélait généralement être une vieille qui ne connaissait rien au football. Ou une gonzesse qui savait seulement qu'il était « quelqu'un » de connu. Ou encore, une fan qui avait suffisamment d'argent pour « l'acheter » et attendait de lui plus qu'un dîner en échange de son argent.

— Sais pas pourquoi Dan continue de nous enrôler dans ces trucs. J'les déteste aussi.

Comme lui, Ren ignorait pourquoi. Dan était leur agent

sportif à tous les deux. Il lui avait pourtant dit qu'il n'aimait pas les enchères. Il devrait lui faire comprendre. Encore une fois. La prochaine fois que Dan l'engagera pour un de ces trucs, il se prendra un coup de pied, pointure quarante-sept, dans son cul. Bonne cause ou non.

— Hé, Renny. Est-ce que je t'ai dit que ton cul semblait vachement bien ces derniers temps ? Et que ça me manque d'être derrière quand tu te penches ?

Ren gloussa. Il était habitué aux plaisanteries bon enfant de Cole. En effet, Ren était un ancien quarterback de la NFL chez les Boston Bulldogs. Et il était doué, en plus. Cole avait été son running back, son bras droit pendant toute sa carrière dans cette équipe. Cole n'avait jamais caché qu'il aimait le sexe, peu importe la personne, que ce soit un homme ou une femme. Ou même les deux en même temps.

En fait, Ren avait toujours envié la confiance de Cole en sa virilité, sa sexualité. Il lui rappelait un autre ancien coéquipier, Ty White.

Ty était dans une relation avec deux partenaires, un homme *et* une femme. Tombant sur lui à un évènement caritatif similaire un an auparavant, il avait souhaité lui poser un million de questions pour savoir comment tout ça marchait, mais il n'avait pas eu l'occasion. Il n'avait pas non plus voulu trop se mêler de leur vie privée.

Mais il était assurément curieux. Qui ne le serait pas ? La plupart des relations entre deux personnes étaient déjà assez compliquées. Ren était le roi des relations ratées. Mais y ajouter une personne supplémentaire ? Il secoua la tête.

Des applaudissements interrompirent les pensées de Ren. Il se décala sur son autre jambe. Cole et lui se tenaient derrière des rideaux dans une zone d'attente improvisée. L'image de requins attendant des appâts surgit dans son esprit alors que la voix de la maîtresse de cérémonie retentissait dans la salle.

— Mesdames et messieurs, nous sommes heureux que vous ayez tous décidé de venir ce soir pour soutenir cette grande cause...

Ren eut l'estomac retourné. Avait-il dit qu'il détestait ces trucs ? Il les *haïssait*.

Il essuya ses paumes moites sur ses cuisses.

— Frangin, tu peux pas être aussi nerveux !

— Tais-toi, marmonna Ren, poussant Cole à exploser de rire.

Et pas d'un rire normal, mais exagéré. Avec des doigts, un rire gras et même une claque sur le genou. Il allait lui botter le cul. Juste après celui de Dan.

— Renny, t'es une putain de légende, mec ! T'es habitué à être la vedette !

— C'est pas pareil.

— T'es sérieux ? s'étonna Cole, la surprise visible sur son visage Cole.

— Je t'ai dit de la boucler, répéta Ren.

Le gars prenait plaisir à en rajouter.

— Si tu dois vomir, fais-le autre part.

— Je ne vais pas dégueuler. C'est juste que certaines de ces femmes sont tenaces. À me griffer, essayer de défaire mon pantalon, coller leur langue dans mon oreille. L'une d'elles a presque avalé mes boucles d'oreille.

Ren tira sur l'un des gros diamants sur son oreille.

— T'adores les femmes !

— Ouais, quand elles sont sexy ! Certaines, elles sont terrifiantes ! Bestiales, même !

Cole plaqua un bras autour des épaules de Ren et les pressa.

— Après tu vas dire que tu te sens violé.

Ren voulut effacer cet air suffisant de son visage. Mais Cole avait probablement raison. Ren se prenait trop la tête sur tout ça. Il était uniquement obligé de passer quelques heures avec la plus grosse enchérisseuse. Si elle choisissait d'aller voir un film, alors ce serait encore mieux. Deux heures dans l'obscurité sans parler.

— Pourquoi on est les seuls idiots à attendre dans cette pièce ? J'ai besoin d'air.

Il repoussa l'épais tissu noir censé faire office de « porte », et sortit d'un pas lourd avant d'entendre la réponse de Cole.

Il marcha à grands pas dans le bruyant couloir bondé, se faufilant entre les hommes et les femmes vendus aux enchères.

Il reçut plusieurs tapes sur le dos alors que les gens le reconnaissaient. Il se débarrassa d'eux avec un mouvement d'épaules et enfonça la porte de sortie suivante pour surgir dans la douceur nocturne de la soirée, inspirant profondément.

Des éclats de rire s'élevèrent à sa droite et un petit groupe de gens l'approcha. Il fut incapable de savoir de qui il s'agissait avant que les gens soient sous la lampe de sécurité du bâtiment.

— Renny ! Ça alors ! Quelles sont les chances de te croiser ici ? le taquina Quinn Preston en avançant vers lui, encadrée par deux hommes la tenant par le bras.

L'un noir, l'autre fortement bronzé, les deux arborant de grands sourires. Ren balaya Quinn du regard, de ses pieds vernis à sa tête.

Foutrement sexy.

— Magnifique comme toujours, Quinn, dit-il tout haut.

— Enceinte comme jamais, tu veux dire.

Ren étudia son ventre rond et lutta contre l'envie de tendre la main et le toucher.

— Toujours ravissante. Félicitations d'ailleurs.

Il se pencha vers Quinn et l'embrassa. Il visa la bouche, mais elle tourna la tête à la dernière minute, ses lèvres effleurant sa joue à la place. Il rit en se reculant. Ty trouverait la tentative drôle, mais Logan pas vraiment. Et c'était exactement pour cela qu'il l'avait fait. Il y eut une lueur dans le regard de Quinn.

— Vous savez qui est le père ?

— Non, répondit Quinn. Ça n'a pas d'importance.

— Eh bien, vous le découvrirez assez tôt quand le bébé sortira vanille ou chocolat. Plus aucun doute à ce moment-là !

— Même si je préférerais un mélange chocolat-vanille, je serai contente avec les deux saveurs, rétorqua Quinn en lui faisant un clin d'œil.

C'était une belle femme. Ty avait vraiment de la chance. Bien que Ren ne soit pas convaincu par le partage. Ty était ouvertement bi, alors peut-être qu'il avait les meilleures conditions en étant avec un homme et une femme. Quoi qu'il en soit, il ignorait comme ça fonctionnait dans leur relation, mais ça marchait. Aucun doute là-dessus.

Ren se rapprocha de Ty et donna une tape dans le dos à son ancien coéquipier des Boston Bulldogs.

— Frangin, j'espère que tes nageurs étaient les plus forts !

Logan éclaircit sa gorge et attira l'attention de Ren.

— Félicitations à vous deux.

Ren offrit sa main à Logan qui accepta l'invitation et la serra fermement. Mais il ne lâcha pas le bras de Quinn. En effet, Logan avait tendance à être possessif.

Pas que Ren puisse le lui reprocher. Il avait tenté de remporter sa femme, il y a un an, à une enchère semblable à celle-ci.

— Alors, j'ai entendu que tu étais la victime cette fois, Renny, dit Quinn en rapprochant ses deux hommes d'elle.

— Ouais. Quelle chance ! Par contre, j'ai décidé de botter le cul de Dan s'il m'engage dans d'autres trucs du genre.

Il inclina sa tête et examina Quinn.

— Vous allez enchérir sur moi ce soir et sauver un frère ?

Logan détacha son bras de celui de Quinn et le passa autour de ses épaules à la place, plantant sa seconde main sur son ventre gonflé. Un signe évident de possession.

— Elle a déjà les mains pleines, Renny, déclara Logan, sa voix un peu grave et tendue.

Logan était toujours obsédé par les enchères de l'année dernière. Il devait passer à autre chose.

— Je me souviens de cette horrible soirée où t'as essayé de m'acheter à l'évènement Des Maisons pour les Réfugiés. Difficile à croire que ça fait presque un an, songea-t-elle en fronçant les sourcils. T'as fait monter les enchères.

— Non. Je pensais juste que tu valais chaque centime. Et cette robe que tu portais... Waouuuuh.

Il passa une main sur son front, y essuyant la sueur invisible.

— Canon.

— Je ne rentrerais jamais dans cette robe maintenant.

— Rien de mal à avoir un bébé dans le ventre.

— Vraiment ? Est-ce que t'aimerais en avoir un ? plaisanta-t-elle en massant inconsciemment le creux de son dos.

— Je les fais, rétorqua Ren. Je ne les enfourne pas.

Ren entendit un son provenir de Ty et le vit se retenir de rire. Quinn donna un coup de coude dans les côtes de son amant.

— Très drôle, dit-elle sèchement.

Quinn repoussa une mèche de cheveux de son visage. Ren fut alors momentanément aveuglé par l'éclat d'une énorme pierre bleue sur son annulaire gauche.

— Je me rappelle ce saphir. Jolie bague. Mais il était bien plus sympa à pendre entre tes seins.

— Et maintenant, c'est ma bague de fiançailles.

— Ces gars sont trop radins pour t'offrir des diamants ? commenta-t-il en haussant ses sourcils.

— Le saphir appartenait à ma grand-mère décédée. C'est une façon de ne pas l'oublier.

Elle leva sa main et la fourra sous le nez de Ren.

— Tu vois les deux diamants des deux côtés du saphir ?

— On ne peut pas les rater non plus, dit Ren en capturant sa main et l'examinant.

Pendant qu'il avait sa main dans la sienne, il en profita pour l'éloigner de ses hommes et l'escorta pour la ramener par la porte arrière du bâtiment, dans le couloir. Ty l'attrapa avant qu'elle se referme derrière eux. Il la tint pour son deuxième amant, Logan.

— L'un est de Logan et l'autre de Ty.

— Bonne idée.

— Oui, gloussa Quinn. Très chouette.

— Alors, le clébard veut venir à notre cérémonie de fiançailles ? lui proposa Ty. Il n'y aura que quelques personnes.

— Oui, juste quelques-unes, reprit Quinn, impliquant qu'il y aurait bien plus de personnes que ce qu'elle souhaitait. On adorerait que tu viennes.

Ren ne rata pas son regard qui dévia vers Logan.

— Vous voulez *tous* que je vienne ? demanda-t-il en observant celui-ci.

— Bien sûr, répondit Logan en gardant une expression neutre. Viens. Ça va être un évènement très décontracté. En fait, amène un rencard.

La voix de la maîtresse de cérémonie retentit dans les haut-parleurs.

— Et maintenant, ce que vous attendiez tous... L'Enchère des Célébrités !

— J'dois y aller, dit Ren en grimaçant et jurant.

— On t'enverra l'invitation par email, lui lança Quinn alors qu'il s'éloignait d'un pas pressé.

— Je serai là. Juste, promettez-moi qu'il n'y aura pas d'enchères.

Alors qu'il entrait sur l'estrade comme un prisonnier dans le couloir de la mort, se dirigeant vers la chaise électrique, des rires le suivirent.

Disponible ici : mybook.to/DaringProposal-FR

Si vous avez aimé ce livre

Merci de votre lecture. Si vous avez apprécié ce livre, merci de publier un avis sur votre site de vente préféré et/ou catalogue en ligne de type Goodreads pour en informer les autres lecteurs. Les avis sont toujours très appréciés et quelques mots suffiront à aider énormément une auteure indépendante comme moi!

Livres en Français

Made Maleen: Un conte de fées moderne revisité

Endommagé

SÉRIE DES FRÈRES EN UNIFORME :
Des Frères en Uniforme : Max (livre 1)
Des Frères en Uniforme : Marc (livre 2)
Des Frères en Uniforme : Matt (Tome 3) - comprend aussi
Teddy (Nouvelle 3.5)
Des Frères en Uniforme : Noël Chez la Famille Bryson
(livre 4)

LA SÉRIE DARE MÉNAGE :
Osez doublement (livre 1)
Proposition osée (livre 2)
Osez être trois (livre 3)
Un désir osé (livre 4)
Oser s'abandonner (livre 5)
Un voyage audacieux (livre 6)

Livres en Français

La suite est à venir !

294

À propos de l'auteur

JEANNE ST. JAMES est une auteure de romances, dont les best-sellers sont en vente dans le monde entier et figurent au classement de *USA Today*. Elle adore mettre en scène des femmes fortes et des mâles alpha. Elle n'avait que treize ans quand elle a commencé à écrire. Son premier texte publié était une nouvelle érotique, dans le magazine *Playgirl*. Elle a écrit sa toute première romance en 2009. Depuis, elle est l'auteure de plus de cinquante romances contemporaines. Ses sujets de prédilection sont les histoires M/F et M/M, les trios M/M/F et les couples mixtes. Elle écrit aussi sous le nom de plume J.J. Masters. Envie de découvrir un peu plus ses œuvres ? Téléchargez un extrait gratuit en anglais : Book-Hip.com/MTQQKK

Pour ne rien rater de ses actualités et de ses parutions, consultez son site web www.jeannestjames.com ou inscrivez-vous à sa newsletter (en anglais): http://www.jeannestjames.com/newslettersignup

www.jeannestjames.com
jeanne@jeannestjames.com

Jeanne's Groupe de lecteurs: https://www.facebook.com/groups/JeannesReviewCrew/
TikTok: https://www.tiktok.com/@jeannestjames

Amazon.fr: https://www.amazon.fr/~/e/B002YBDE7O

facebook.com/JeanneStJamesAuthor

instagram.com/JeanneStJames

bookbub.com/authors/jeanne-st-james

goodreads.com/JeanneStJames

pinterest.com/JeanneStJames

Aussi par Jeanne St. James

Retrouvez mon ordre de lecture complet ici:

https://www.jeannestjames.com/reading-order

* Disponible en livre audio (anglais)

Des livres qui se suffisent à eux-mêmes:

Made Maleen: A Modern Twist on a Fairy Tale *

Damaged *

Rip Cord: The Complete Trilogy *

Everything About You (A Second Chance Gay Romance) *

Reigniting Chase (An M/M Standalone) *

Brothers in Blue Series:

Brothers in Blue: Max *

Brothers in Blue: Marc *

Brothers in Blue: Matt *

Teddy: A Brothers in Blue Novelette *

Brothers in Blue: A Bryson Family Christmas *

The Dare Ménage Series:

Double Dare *

Daring Proposal *

Dare to Be Three *

A Daring Desire *

Dare to Surrender *

A Daring Journey *

The Obsessed Novellas:

Forever Him *

Only Him *

Needing Him *

Loving Her *

Tempting Him *

Down & Dirty: Dirty Angels MC Series®:

Down & Dirty: Zak *

Down & Dirty: Jag *

Down & Dirty: Hawk *

Down & Dirty: Diesel *

Down & Dirty: Axel *

Down & Dirty: Slade *

Down & Dirty: Dawg *

Down & Dirty: Dex *

Down & Dirty: Linc *

Down & Dirty: Crow *

Crossing the Line (A DAMC/Blue Avengers MC Crossover) *

Magnum: A Dark Knights MC/Dirty Angels MC Crossover *

Crash: A Dirty Angels MC/Blood Fury MC Crossover *

In the Shadows Security Series:

Guts & Glory: Mercy *

Guts & Glory: Ryder *

Guts & Glory: Hunter *

Guts & Glory: Walker *

Guts & Glory: Steel *

Guts & Glory: Brick *

Blood & Bones: Blood Fury MC®:

Blood & Bones: Trip *

Blood & Bones: Sig *

Blood & Bones: Judge *

Blood & Bones: Deacon *

Blood & Bones: Cage *

Blood & Bones: Shade *

Blood & Bones: Rook *

Blood & Bones: Rev *

Blood & Bones: Ozzy *

Blood & Bones: Dodge *

Blood & Bones: Whip *

Blood & Bones: Easy

Beyond the Badge: Blue Avengers MC™:

Beyond the Badge: Fletch

Beyond the Badge: Finn

Beyond the Badge: Decker

Beyond the Badge: Rez

Beyond the Badge: Crew

Beyond the Badge: Nox

www.ingramcontent.com/pod-product-compliance
Lightning Source LLC
Chambersburg PA
CBHW051249210726
48287CB00002B/420